POR UM TOQUE DE MAGIA

Trindade Leprechaun

CAROLINA MUNHÓZ

POR UM TOQUE DE MAGIA

Trindade Leprechaun

FANTÁSTICA ROCCO

Copyright © 2017 *by* Carolina Munhóz

Direitos desta edição reservados
à EDITORA ROCCO LTDA.
Av. Presidente Wilson, 231 – 8º andar
20030-021 – Rio de Janeiro, RJ
Tel.: (21) 3525-2000 – Fax: (21) 3525-2001
rocco@rocco.com.br | www.rocco.com.br

Printed in Brazil/Impresso no Brasil

Preparação de originais
MILENA VARGAS

CIP-Brasil. Catalogação na fonte.
Sindicato Nacional dos Editores de Livros, RJ.

Munhóz, Carolina, 1988-
M932p   Por um toque de magia / Carolina Munhóz. – 1 ed. – Rio de Janeiro: Fantástica Rocco, 2017.
      (Trindade Leprechaun; 3)

    ISBN: 978-85-68263-55-6
    ISBN: 978-85-68263-56-3 (e-book)

    1. Ficção brasileira. I. Título II. Série.

17-41398   CDD: 869.93   CDU: 821.134.3(81)-3

O texto deste livro obedece às normas do
Acordo Ortográfico da Língua Portuguesa.

"Quando você quer alguma coisa, todo o universo conspira para que você realize o seu desejo."

PAULO COELHO

*Para João Carlos, Cléo e Carla.
Minha família. Minha maior bênção.*

I

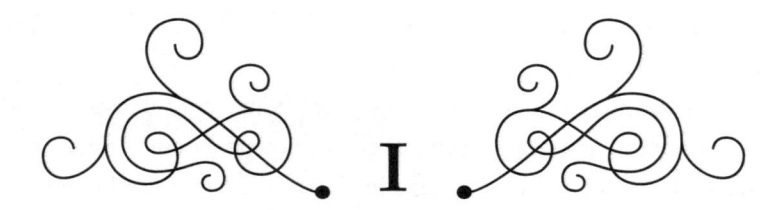

Emily já olhava para sua imagem embaçada, com olhos vazios, por algumas horas. Enxergava a solidão do fundo do poço no mar verde do olhar. Ainda era difícil acreditar em tudo que havia acontecido, em tudo o que descobrira. Era doloroso demais pensar no quanto tinha sido enganada desde a morte de seus pais. Ou desde que conhecera Aaron.

Mas sua vida inteira fora na verdade uma mentira, o que era ainda mais difícil de admitir. Não havia sido apenas ele a mentir para ela. Seus pais também tinham feito isso por toda a sua existência.

Stephen MacAuley aprendera com os melhores. Não era à toa que ele se tornara braço direito de seus pais.

A Trindade Leprechaun lhe informara que o pai do melhor amigo de Padrigan e atual CEO da marca de sua família fora investigado por eles no passado, o que deixava algo claro: até os grandes Leprechauns sofriam com momentos de azar. Como a Trindade não havia percebido que Steven era um deles? Por que não tinham acompanhado a família conforme os anos se passaram? Bastaria olhar por dois segundos para perceber que o filho Stephen era diferente. Era sortudo demais. Todos foram ingênuos, e a família dela pagou o preço.

O patriarca da família MacAuley só teria sido investigado caso se envolvesse com atividades suspeitas, e pelo que Emily confirmara nas últimas semanas, havia passado tudo que sabia para o filho, que hoje era um dos homens de negócios mais ricos de toda Irlanda.

Meu pai confiou em você. Minha mãe confiou em você. Eu... eu confiei em você, MacAuley.

Seu corpo inteiro doía só de pensar em como continuava errando. Precisava aprender a ser esperta. Deixara aquele homem ficar com o escritório de seus pais, com o legado deles. Entregara tudo sem nem mesmo hesitar.

Emily ainda encarava sua imagem distorcida. O vermelho de seu cabelo se destacava na brancura do ambiente ao redor. Sua linda e desejada cabeleira, comentada por todos os círculos sociais e invejada pelas mulheres que queriam ser ela, agora parecia ganhar uma tonalidade ainda mais vibrante.

— Agora ninguém mais deve querer ser eu — sussurrou para a forma a sua frente. — Por que alguém gostaria, né?

Em um ato de loucura, dor ou desespero, ela deu um soco!

O choque veio um instante depois do movimento.

Depois o barulho, que tinha certeza de que chamaria a atenção do homem no cômodo ao lado.

O espelho do banheiro se espatifou pela pia de mármore, sobre o chão antes impecável. Os funcionários do hotel cinco estrelas não iriam gostar daquilo.

A mão sangrava, e, mesmo com dor, ela usou-a para pegar um dos cacos pontiagudos de vidro à sua frente, resolvendo mergulhar naquele frenesi como nunca fizera antes.

— Emily! Emily! Abra aqui! — comentou a voz masculina atrás da porta trancada da suíte mais cara do Four Seasons de Praga.

Ela não respondeu. Nem fez questão de abrir. Ele entenderia, Emily precisava fazer aquilo.

Começou a cortar com o vidro, em movimentos imprecisos, liberando a dor que carregava dentro de si. Gritava a cada gesto. Precisava deixar para trás a imagem da antiga Emily O'Connell. Mas que besteira acreditar naquilo, era uma façanha que já havia tentado, sem sucesso, há algum tempo. Desde que voltara para casa, em estado de choque, e encontrara Liam pela primeira vez.

Nunca deixaria de ser a individualista, mesquinha e fraca Emily O'Connell. Nada pelo que passara havia mudado profundamente seus atos e mentalidade.

— Se você não abrir essa porta eu vou derrubá-la, O'Connell! Não faça nenhuma idiotice. Foi você quem me procurou, lembra?

Viu só? Até ele sabe que só faço besteira, pensou enquanto cortava mais um pouco com o pedaço de vidro do espelho.

Sua imagem mudava. A agonia ia passando conforme tentava libertar-se de seu antigo eu.

— Que droga, garota!

O barulho do que parecia um pé chutando a maçaneta da porta logo se sobressaiu sobre os berros. Era impossível que ninguém do hotel ainda não tivesse percebido que algo muito errado acontecia no quarto mais exclusivo deles. Ela ainda não entendia por que Aaron continuava a se expor, achando que a Trindade não iria encontrá-los em um lugar chique como aquele. Que Liam não estivesse atrás dela.

BUM! BUM! BUM!

A porta cedeu e o estrago foi feito. Toda a cena era um tanto perturbadora.

Emily estava rodeada de cacos de espelho, descalça, com o braço ensanguentado, e mechas de seus cabelos espalhavam-se por todos os lados.

— Está se cortando, sua louca? Droga! Que besteira é essa? Por que quer se machucar? — questionou ele irritado, procurando uma toalha para cobrir o braço dela e afastando com os pés os cacos de vidro espalhados pelo chão.

Ela percebeu raiva na voz dele, mas também algo diferente.

Aaron parecia preocupado. Parecia se importar.

Ela ainda significava algo para ele, mesmo que não quisesse admitir. Estava claro na urgência dos movimentos e em seu olhar de pânico.

— Me cortando? — balbuciou a garota, ficando zonza conforme a adrenalina abaixava.

Então percebeu como a cena se apresentava. Ela estava sangrando como em um filme de terror dos mais sinistros, com um caco de vidro na mão, trancada em um banheiro e gritando com uma loucura desesperada. Não podia culpá-lo por acreditar que queria tirar a própria vida.

— Me dê seu braço — gritou ele com urgência, molhando a ponta de uma toalha para limpar a camada grossa de sangue que cobria sua pele alva.

Os olhos de Emily continuavam embaçados, não mais pela fumaça do banho quente tomado havia poucos minutos. Agora sentia que ia desmaiar.

— Aaron... Aaron...

Só então ele a olhou com calma e notou qual era a diferença.

— Mas é uma destrambelhada mesmo! Eu pensei... eu pensei...

Aaron havia roubado o seu poder e dito ter matado os seus pais, mas, diferentemente do que ela esperava, o rapaz magro de olhar enigmático a puxou em um abraço apertado daqueles vistos em reencontros de aeroporto.

Cabelo! Em meio à histeria, ela havia apenas cortado mechas de seu cabelo. O sangue vinha do soco dado no espelho; nada que um kit de primeiros socorros não resolvesse.

— Isso que dá não ter sorte. Nem um corte de cabelo decente eu consigo — comentou ela, sarcástica, com o pouco de voz que lhe restava na exaustão após seu momento de surto.

Aaron enrolou a mão machucada na toalha e pegou Emily no colo, tirando-a do banheiro. Sabia que logo teria que arranjar uma boa desculpa e pagar um excelente suborno para que fofocas sobre o incidente não se espalhassem fora daquele quarto. Não podia ter a mídia em seu encalço. Podiam ser encontrados. Pela Trindade, por Liam, Darren ou pior.

Stephen MacAuley poderia descobrir que ele o estava traindo.

Que ele resolvera ser totalmente sincero com ela...

Pela primeira vez.

2

A sorte de Aaron voltou a funcionar em seguida. Em alguns momentos o rapaz achava que estar ao lado de Emily bloqueava seu poder. Não entendia como havia conseguido se machucar mesmo tão perto dele; sua sorte deveria ter impedido um ato como aquele. Entretanto, a energia tinha voltado com a chegada da equipe do hotel, e não tiveram problemas com o episódio do banheiro. O hotel aceitou as desculpas, mudou-os de quarto e recebeu um cheque polpudo para o conserto do espelho e da porta. E por fim até lhes conseguiram uma cabeleireira para arrumar o estrago feito pela garota.

— Ainda bem que você ficou poucos minutos sozinha naquela droga de banheiro. Podia ter estragado o cabelo todo — desabafou Aaron estressado, ao fechar a porta após se despedir da mulher que arrumara o novo corte. — Esqueceu que a beleza é uma das poucas coisas que te restam nessa vida?

Emily teve vontade de se levantar da poltrona azul da sala onde se encontrava e dar um tapa bem dado no rosto dele, mas respirou fundo.

— É mesmo, né? Besteira minha — comentou com ironia.

Ela voltou a atenção para um novo espelho, dessa vez localizado acima do sofá, e analisou o resultado de sua rebeldia. Os antes longos e retos cabelos ruivos estavam com o comprimento menor e com a frente repicada, mas ela ainda tinha muito cabelo e só parecia mais descolada, continuava praticamente a mesma Emily.

A jovem se levantou e foi olhar pela primeira vez a vista do quarto deles. Nunca imaginaria que iria parar em Praga naquele momento, muito menos na companhia de Aaron. Mas ao encarar o rio Vltava através do vidro e notar que estava tão perto da Charles Bridge, com uma bela vista para o castelo da cidade, começava a acreditar que tudo aquilo era real.

Que de alguma forma esquisita havia se unido ao seu maior inimigo.

— Você não falou nada no táxi até o aeroporto de Los Angeles, nem no voo, e muito menos aqui no hotel. O que está acontecendo? Por que esse momento "eu quero ir para um hospício" no banheiro? – perguntou Aaron observando Emily passar com seu roupão branco a sua frente.

Ela sorriu com ironia para seu reflexo no espelho. De onde estava sentado ele não percebeu o movimento dos lábios dela.

— É engraçado como você acha fácil fazer tudo que estou fazendo neste momento...

— É engraçado que você tenha me procurado e agora esteja com medo de ouvir algumas verdades – retrucou ele.

Emily se virou e caminhou lentamente até a poltrona perto de onde Aaron estava. Sentia falta do antigo cabelo comprido dele, mas muito mais de poder abraçá-lo e sentir os seus lábios com gosto de menta.

— Por que então você não começa do início?

Foi a vez de Aaron dar um sorriso irônico, que ela viu muito bem.

— Melhor darmos uma volta...

Emily suspirou, sem entender onde ele queria chegar. Ele sempre a desafiava, apenas para se esquivar no momento de fornecer respostas.

— Eu não vim aqui para fazer turismo – respondeu ela, ríspida.

— E eu não sou obrigado a dizer nada. Já tenho o seu poder e o do seu patético namoradinho, e a sua presença só me traz problemas. Se quiser as respostas, vai ter que ser do meu jeito.

— Apesar de tudo isso, você tem me vigiado de perto, e apareceu prontamente quando resolvi te chamar. Intrigante, não é?

— Cuidado com as suas palavras, Emys! — rosnou ele, parecendo ferido no ego.

Emys.

O apelido trouxe a recordação de uma das primeiras conversas deles. De quando Aaron lhe disse que algumas pessoas ainda não estavam preparadas para seus destinos. *Será que ele sabia desde o início que eu acabaria derrotada dessa forma?*

— Para onde quer ir? — resmungou a garota, encarando-o, acariciando a mão ainda dolorida.

— Você não vai conseguir viver só com a roupa do corpo e esse roupão, não é? Temos que comprar algumas peças, e também itens para o dia a dia. Eu também vim correndo ao seu encontro e não pude nem arrumar uma mala direito. Vi que você conseguiu trazer algumas coisas, mas não serão suficientes.

Ele veio correndo me encontrar, pensou Emily em um misto estranho de sentimentos. Precisava se lembrar a cada minuto de que sua vida tinha sido destruída por conta daquele homem.

— Não pretendo brincar de casinha com você, Aaron! Estou aqui só para você me esclarecer a morte de meus pais e o roubo do meu poder. Você devia se sentir grato por eu não estar tentando te matar agora mesmo.

O rapaz apertou os olhos cinzentos e respirou fundo. A irritação dele com as constantes reclamações e ameaças era visível.

— Eu não sou o Google, não estou aqui para te dar respostas automáticas. Se você quer sinceridade, ajuda, vai ter que ser do meu jeito e no ritmo que eu quiser. Essa é a última vez que eu digo isso! Lembre-se: se eu quisesse, também poderia te machucar. E é bem mais provável que eu consiga, não você!

Emily deu-se por vencida. Sentia-se quase uma vítima de abuso doméstico. Aaron dispunha de toda a informação de que ela precisava, e além disso a mistura de sentimentos acabava com os pedaços espalhados que ainda existiam no lugar de seu coração.

— Ok! Vamos comprar as coisas que faltam. Vou tentar me vestir com o que tenho por aqui.

Aaron levantou e tirou o celular do bolso como se fosse fazer uma ligação. O gesto chamou a atenção da garota.

— Pode usar uma camiseta minha, se preferir. Tenho algumas na mochila que está no quarto. Depois podemos sentar em um restaurante da Old Town e começo a contar minha história.

Ótimo! O desgraçado vai fazer tudo em público para que eu não possa matá-lo no processo.

Não tendo alternativa, concordou, e observou o homem sair do quarto discando algum número enquanto se afastava. Era difícil imaginar para quem ele poderia ligar. Seria para a pseudoesposa? Talvez para os pais, se realmente os tivesse. Apenas temia que a oferta de ajuda fosse na verdade uma armadilha; não sabia ainda como reagiria se encontrasse MacAuley. Queria conseguir recuperar o seu poder antes desse momento, por mais que ansiasse por esse encontro.

Entrou no quarto e abriu o roupão, revelando o corpo nu. Estremeceu com a possibilidade de Aaron entrar ali antes que ela se vestisse, mas ao mesmo tempo sabia que ele não veria nada que não tivesse visto antes.

Com cuidado para não machucar ainda mais sua mão, procurou uma camiseta limpa e buscou suas botas, que deviam estar jogadas em algum lugar. Quando encontrou o tecido, não resistiu e o trouxe para perto do nariz, sentindo o cheiro de Aaron ainda na peça. Um aroma de Jean Paul Gaultier de que sentia saudade.

Qual o meu problema?

Ela não sabia responder.

Algumas horas antes fazia amor com um homem que acreditava amar, e sabia o quanto ele era bom para ela. Um homem com quem ela resolvera se envolver mesmo sabendo que aquilo poderia significar o término de sua maior e melhor amizade. Agora cheirava a camiseta de um antigo amor que a havia machucado de todas as formas possíveis.

Parecia que a falta de sorte afetava a sua inteligência.

Talvez só um toque de magia pudesse ajudá-la.

Com seus mais de mil anos, Praga continuava a mesma que Emily conhecera quando participara de um dos muitos desfiles de moda organizados pelos pais. A capital da República Tcheca era uma das menores cidades que já conhecera, mas também uma das mais enigmáticas, com sua arquitetura que misturava do gótico ao renascentista e prédios modernos que conviviam lado a lado com um dos maiores castelos do mundo. A cidade era pulsante, com uma ótima vida noturna, diversas galerias de arte admiradas por colecionadores e um incontável número de turistas em praticamente cada metro quadrado. Os edifícios altos em tons pastéis com pináculos marcavam o horizonte com um toque medieval especial e inusitado, lembrando os contos dos irmãos Grimm. Emily sentiu vontade de sair pelas ruas ao pensar nisso. Contudo, não conseguia deixar de pensar que cada minuto perdido podia deixar MacAuley mais próximo deles, ou talvez ser o minuto em que Liam deixaria de amá-la por estar ao lado de Aaron.

— Vejo que a camiseta coube — comentou Aaron ao vê-la saindo do quarto. — Só não esqueça o casaco, pois está bem frio lá fora.

Por que ele fica agindo como se fosse minha mãe? Como se o meu bem-estar importasse?

— Quem te vê tão preocupado poderia achar que você ainda tem algum interesse em mim, Aaron. Ou seria Allan?

O rapaz endureceu a face por alguns segundos, mas logo abriu seu sorriso debochado, vestindo o próprio casaco, que antes estava apoiado no braço da poltrona.

— Talvez seja Adam. São tantos nomes, amor, que eu nem sei mais.

Aaron virou as costas e seguiu para a porta com o intuito de finalmente sair.

Ela não se deixou abalar. Sabia só pelo tom que ele apenas zombava de sua cara.

Os dois deixaram o hotel e caminharam no sentido do começo da Charles Bridge, em direção a uma pequena praça com a estátua verde-água do imperador Karel IV, Charles para os americanos, responsável pela construção da ponte que levava seu nome. Emily ficou alguns segundos observando o monumento imponente antes que Aaron a puxasse na direção de uma das ruelas que levavam para a área central de Old Town.

— Não quero ficar tão exposto perto do hotel — explicou o rapaz.

Emily ficou surpresa, pois até então ela parecia ser a única a se importar com a exposição deles. Imaginou se o telefonema dado pelo rapaz tinha alguma conexão com aquele comentário, mas não quis voltar a interrogá-lo tão cedo.

Caminharam por bons minutos pelas ruas apertadas repletas de pessoas e lojas das mais diversas, com vitrines lotadas de doces coloridos, joias com pedras avantajadas e artigos de decoração com cenários da cidade. Passaram por diversos pontos que vendiam o famoso *trdelník*, uma espécie de pão doce formado por um tubo anelado feito com uma massa parecida com a de um *pretzel*, que ficava girando sobre uma brasa de carvão até estar pronto para ser servido, polvilhado em açúcar e canela. Passar tantas vezes diante daquele doce fazia com o que o estômago dela lembrasse que estava quase vazio.

Continuaram seguindo pelo chão de pedras escuras até entrarem em uma área mais ampla. Não era ainda o centro, mas era um dos pontos de mais comércio da cidade.

— Preciso ir em cada loja com você ou irá se comportar?

— Você fala como se eu fosse um cachorro ou uma criança — respondeu Emily mal-humorada.

— Tem horas que você age como ambos.

Ela bufou, sinalizando com a cabeça que não faria nenhuma besteira, e aceitou as notas que o rapaz lhe estendeu, odiando ter que aceitar dinheiro do homem que tirara a sua sorte financeira. Não conseguia nem imaginar quando ele havia conseguido trocar as cédulas para a moeda local; sabia que novas roupas eram necessárias, não queriam ser rastreados pelos cartões, e concordou com o rabo entre as pernas em fazer as compras individualmente.

— Ligue o seu celular que te aviso quando for para nos encontrarmos.

Emily ficou observando-o se afastar e parou para encarar o aparelho desligado desde que entrara no táxi de Aaron em Los Angeles. Havia a chance de também ser rastreada por ele, de haver ligações da TL, mas seu maior receio era encontrar algo de Liam.

Quando o telefone voltou à vida, vibrou diversas vezes, um sinal claro de que pelo menos um de seus temores se realizaria.

A primeira coisa que notou foi que os alertas de suas redes sociais tinham pirado com a quantidade de mensagens recebidas desde o seu retorno ao mundo cibernético. Passou os olhos por elas, enrolando enquanto criava coragem de ver as ligações e mensagens privadas. Aquele medo lembrou-a de quando Aaron havia ligado para o mesmo aparelho enquanto ela fazia compras no shopping brasileiro.

Fazer compras nunca mais será a mesma coisa. Que lindo!

Os seguidores estavam felizes de ver a antiga socialite ressurgir, e nem pareciam os mesmos que a haviam abandonado. Muitos pediam para que ela voltasse a postar fotos, imploravam por uma imagem dela e diziam sentir saudade. Emily resolveu respirar fundo e voltar para o que interessava, pois logo Aaron poderia ligar e não tinha nem começado as compras.

Havia duas ligações perdidas e duas mensagens no aparelho. Sentiu o corpo tremer e olhou em volta à procura de um banco, para não passar vexame. Um dos números tinha código americano, e concluiu que havia perdido uma ligação da Trindade. Mas o outro o seu aparelho reconhecia.

Liam tinha telefonado.

E uma das mensagens era dele.

De todas as escolhas que você podia ter feito, decidiu pela que mais iria me machucar. Não acredito que realmente teve coragem de escrever que me ama. Estou saindo de Los Angeles, não preciso ficar na TL. Por favor, nunca mais me procure. Ele pode não ter matado os seus pais, mas definitivamente nos matou.

Conseguia sentir a dor inserida em cada palavra. Sentia-se um monstro lendo aquilo, e não culpava Liam por se sentir traído daquela forma. Ficou triste por vê-lo abandonar a Trindade, achava que ele estava desperdiçando uma chance de se reencontrar, mas entendia que sem ela por lá talvez tudo perdesse o sentido. Precisava acreditar, como no caso de Darren, que Liam iria perdoá-la quando todo o pesadelo com Aaron terminasse.

Por fim, viu a segunda mensagem no aparelho e confirmou uma teoria que criara em sua mente.

Estamos aqui se precisar de ajuda. Não iremos falhar novamente. M.G.

A Trindade Leprechaun sabia o que Emily estava fazendo e com quem estava. Eles contavam com ela para acabar com a família MacAuley.

O envio dos documentos em privado havia tido um propósito.

RELATÓRIO TL   N° 1.211.000.040.921.342

Para a excelentíssima Comissão Perseguidora

Assunto:
ACOMPANHAMENTO DE ROUBO
• *Indivíduo recém-cadastrado* • Anexo ao caso N° 1.211.000.040.743.461

A Leprechaun Emily O'Connell deixa a sede da Trindade sem comunicar aos membros, após receber evidências que indicam a identidade do assassino de seus pais. A pessoa também teria ligação com o roubo de sua sorte.

Localização da vítima: Desconhecida. Estamos tentando localizá-la. A socialite abandonou a sede ao pular a janela do banheiro de seu quarto, deixando um companheiro para trás.

Informação importante: Liam Barnett deixou a sede algumas horas depois do descobrimento da fuga dela.

Histórico: documentos sobre a tradicional família irlandesa MacAuley foram disponibilizados para a vítima. Um dos membros dessa família, investigada anos atrás, é CEO da empresa dela e supostamente grande amigo dos pais assassinados.

Status: o conselho acredita que a vítima tenha ido atrás do Leprechaun impostor que acreditava ter cometido o assassinato em busca de respostas. Aaron Locky é a identidade conhecida por eles, mas há registros de outros nomes para o mesmo sujeito.

Acontecimento: Steven MacAuley, patriarca da importante família, demonstrou sinais de crescimento em mercados muito diversos pelo mundo alguns anos atrás. A comissão da época chegou a investigá-lo, mas não achou provas suficientes para condená-lo.

3

Emily levou um susto quando seu celular tocou, e quase deixou as sacolas pesadas caírem no chão. Por alguns segundos, chegou a pensar que podia ser uma ligação de Liam, mas sabia que não podia se perder naquela ilusão, sua cabeça já começava a distorcer os limites da realidade. O rapaz deixara bem claro em sua última mensagem que nunca iria querê-la de volta. Era apenas uma ligação perdida de Aaron, o que indicava que ele devia ter terminado sua parte das compras.

Se encontraram na porta do shopping Palladium. Para a surpresa dela, Aaron carregava o dobro de sacolas que ela, o que algum tempo atrás seria impossível. Naquela área não havia lojas com as marcas favoritas deles, mas era o local mais perto e fácil para fazer compras de sobrevivência até voltarem para uma vida mais próxima do normal, seguindo caminhos separados.

— Um motorista do hotel virá buscar as nossas sacolas. Daqui vamos a pé até a praça central de Old Town, e podemos começar a conversar lá. Sei que está impaciente e não quero que seu próximo surto venha tão depressa. Mas você logo vai saber de tudo.

Emily preferiu não se pronunciar. Se o rapaz queria andar até o ponto turístico para sentar e finalmente dizer tudo o que tinha de ser dito, ela não se importava com mais nada. Nem com o fato de que caminhava com o homem que destruíra todos os relacionamentos de sua vida.

Após deixarem as sacolas, caminharam até o centro em silêncio. Emily limitou-se a observar a paisagem ao redor, que parecia ter sido tirada de livros antigos. No passado, os dois já haviam andado juntos por uma cidade histórica, como seres humanos normais. Estar ali com ele fazia com que ela se lembrasse de quando Aaron a levou para passear de ônibus por Londres. Ele tinha um dom para fazê-la sair de casa para atividades ao ar livre, e odiava-se por se deixar levar dessa forma. Com Liam, não conseguira sair para explorar o Rio de Janeiro como fazia naquele momento, mesmo que a contragosto. Durante todo o tempo em que havia ficado nas terras brasileiras, pensara no homem que agora andava ao seu lado, e não no homem com quem estava envolvida. E agora a situação parecia se repetir, mas de forma inversa.

Em menos de dez minutos, chegaram ao centro antigo de Praga. A praça em que estavam se destacava por ser o palco de boa parte da história local. Duas igrejas compunham a paisagem, a Týn, em seu estilo gótico com duas torres, e a Saint Nicholas, de construção barroca. A estátua de Jan Hus, um líder protestante de Praga que morreu queimado pelo Papa, se erguia bem ao centro, mas o ponto mais admirado pelos turistas era a Torre Astronômica, conhecida como Orloj, um prédio de ricos detalhes com um gigantesco relógio construído em 1410. Aquele era o terceiro relógio astronômico mais antigo do mundo, e o único que ainda funcionava, o que era realmente de se admirar.

Como você conseguiu sobreviver a esse mundo tão caótico?, perguntou Emily mentalmente para o relógio, enquanto desviavam de turistas afobados que fotografavam o edifício como se em algum momento ele fosse sair do lugar.

— Seria mundano demais para você comprar comida de uma barraquinha típica, madame? – perguntou Aaron, zombando dela enquanto mostrava as dezenas de barracas de madeira enfileiradas repletas de guloseimas.

— A garota que você conheceu não existe mais, Aaron! Não sei por que insiste em achar que nada mudou.

Ele riu.

— Já pensou que talvez a mudança tenha sido pra melhor? A Emily O'Connell que conheci naquele casamento em Dublin nunca andaria a pé por uma cidade nem cogitaria comer em uma barraca que não cobrasse mais do que dez euros em um prato.

— A Emily O'Connell que você conheceu saiu para comer *fish and chips* com você no Temple Bar pelo mesmo valor e te deu uma chance de ser feliz. Acho melhor pararmos de idiotice e sentarmos logo em algum restaurante, pois você não sabe quem eu era ou quem eu sou agora.

Aaron franziu o cenho por alguns segundos.

O fluxo de pessoas movia-se ao contrário deles, seguindo na direção do relógio dourado, azul e amarelo com pequenas estatuetas ao redor. De hora em hora, acontecia a famosa magia daquela relíquia, o momento em que os doze apóstolos apareciam e se moviam em conjunto com outras esculturas pela estrutura. Presenciavam aquele instante, mas nenhum dos dois parou para admirá-lo.

— Aqui está bom — disse Aaron sentando-se na varanda de um restaurante típico com pequenas fogueiras para aquecer os clientes. — Mais tarde podemos comer em um local perto do hotel de que ouvi falar. Fiquei sabendo que acabou de ganhar mais uma estrela do Michelin e tem uma ótima reputação.

Aaron pegou o cardápio das mãos do garçom, que se apresentou para eles em inglês ao notar que eram estrangeiros.

— Eu não estou preocupada com o jantar. Nem com estrelas do Michelin. Por mim, eu nem estaria almoçando aqui. Não sei por que estamos em Praga. Poderíamos ter conversado tranquilamente em Los Angeles, ou até voltado para Dublin.

Ele abaixou devagar o cardápio que tampava o rosto comprido e observou-a, sério, parecendo querer analisar cada detalhe de seu rosto. O gesto a deixou insegura, agarrando de forma inconsciente os braços da cadeira de vime e corando de forma embaraçosa.

— Você pode me fazer uma pergunta agora, Emys! Apenas uma! Depois nós vamos olhar para esse cardápio apetitoso, escolheremos os pratos mais caros e só depois de tomar um gole do vinho que eu decidir é que você poderá me fazer outra.

Aaron não estava fazendo uma sugestão, ele simplesmente deixava claro quem mandava. A garota sentiu-se impotente perante aquelas palavras e sabia que cada uma delas estava carregada de um poder que ela não possuía mais. Percebia isso na pressão em seu corpo toda vez que ele falava grosso, como se um feitiço fosse jogado e a estivesse mantendo prisioneira para o resto da vida.

Mas você não vai mais me dominar dessa forma. Eu não vou permitir. Não posso permitir. Com ou sem poder.

Segurando uma vontade louca e repentina de chorar, Emily respirou fundo e contou de dez a zero para criar coragem de abrir aquela ferida que mal tinha começado a cicatrizar.

— Você sabe quem realmente matou meus pais? – perguntou de supetão, tentando reprimir a voz embargada.

O garçom que se aproximava para pegar os pedidos deu alguns passos para trás ao ouvir a pergunta. Aquela não era uma conversa típica de almoço.

O silêncio que se seguiu foi desconfortável.

Aaron continuava olhando-a com seriedade, e Emily esperou pelo sarcasmo, ou por uma resposta atravessada, mas para a sua surpresa ele cumpriu o prometido.

— Eu sei quem tinha seus pais como alvo. Não tenho uma confirmação direta, mas imagino que essa pessoa tenha completado o trabalho.

Completado o trabalho, ela pensou com raiva, quase quebrando o vime da cadeira com as mãos. *Como ele tem coragem de falar algo assim?*

— E como você permitiu que essa pessoa fizesse isso? – indagou ela em seguida, ignorando qualquer regra imposta por ele.

Aaron voltou então a sorrir e a debochar dela.

— Você não me escuta, senhorita? – perguntou ele, e depois fez sinal para o garçom se aproximar. — Eu vou querer um *kulajda*, e por favor peça para o chefe deixar a sopa fervendo. Também vamos querer a sua melhor garrafa de vinho tinto.

Desprevenida, Emily olhou de relance o cardápio. Sentindo-se pressionada, acabou por pedir em voz baixa o mesmo que ele.

Patética! Nem ao menos sou capaz de pedir a minha própria comida quando esse monstro está perto de mim. Por que não consigo agir com ele como ajo com as outras pessoas?

— Agora vamos conversar sobre qualquer outra coisa até provar o nosso vinho.

Ela detestava aquele método. Queria ouvir tudo de uma vez, sentir a dor em uma porrada só como um esparadrapo retirado sem aviso. Entretanto, Aaron era um torturador, sempre mostrara esse seu lado, e a levaria à agonia até o último segundo só para observar os diversos graus de sofrimento que causava nela.

— Não tenho assunto... — resmungou a ruiva virando o rosto para a praça. Um jovem casal passava de mãos dadas com uma menininha de tranças.

— Vai me deixar curioso? Quero saber se alguém te ligou desde a sua fuga repentina de Los Angeles.

Foi a vez dela de soltar um riso sarcástico.

— Curioso com isso, Aaron? Nunca imaginei que um Leprechaun poderoso pudesse se preocupar com assuntos tão frívolos.

Ele não tirava o sorriso do rosto, e um dos dedos alongados percorria o contorno da taça vazia.

— Sempre me preocupei em saber detalhes de sua vida. Ou já se esqueceu?

Emily sentiu um arrepio na espinha. Era como se estivesse de volta àquele casamento onde haviam se encontrado pela primeira vez.

— Pensei que não fossem preocupações, e sim pesquisa de campo para o seu *trabalho*.

O sorriso dele titubeou. Certamente ele também odiava o fato de ela conseguir perturbá-lo.

A tensão foi quebrada pelo garçom, que chegou com uma garrafa de vinho, explicando os detalhes específicos da safra e do sabor, papo que Emily sempre ignorou.

— Você sempre foi mais do que um trabalho... — soltou ele quando o garçom se afastou.

Aaron levantou a taça de vinho em um brinde e deu o primeiro gole, degustando cada gota. Ele assistiu com satisfação aos mil sentimentos sendo refletidos no rosto alvo da jovem à sua frente.

— Como você simplesmente deixou alguém matar os meus pais, Aaron?

Aquela conversa não podia morrer. Ele precisava encarar as consequências de ajudá-la a entender o ocorrido.

— Antes de chegarmos nessa parte, acho melhor eu começar do início...

— Sempre é bom começar assim — concordou ela, sentando-se ereta na cadeira para prestar atenção em cada palavra.

Emily desejava a companhia de Liam ou Darren naquele momento. Por muitos meses, os três haviam buscado as explicações que estava prestes a ouvir.

— Nem tudo o que te contei sobre mim durante o tempo que passamos juntos foi mentira. Dei a entender isso em nosso encontro na catedral, mas gostaria que você não esquecesse tudo o que eu disse nos meses que compartilhamos.

O sangue dela ferveu com esse comentário mais do que o prato que chegava borbulhando na bandeja do garçom.

— No nosso encontro? Hum! Engraçado você chamar aquele momento de encontro. Foi a primeira vez que alguém me deixou presa contra uma parede usando magia antiga.

— O Aaron que você encontrou aquele dia não é quem eu sou. Eu precisei agir daquela maneira. Foi a única forma que encontrei para você não se ferir. E também para o Liam não se ferir.

Ela sentiu vontade de rir de nervoso.

— Como pode dizer isso? Para eu não me ferir? Aquele foi o segundo pior dia da minha vida! Você acabou comigo, esmagando cada centímetro do meu ser, e agora vem com esse papo de que o monstro que destruiu a minha vida não é você de verdade? Ficou maluco?

Aaron suspirou, sabendo que era perigoso ter toda aquela conversa em público, porém sabia que Emily seria capaz de partir para a agressão física se estivessem sozinhos. Não queria ter de usar o seu poder novamente contra ela.

— Naquele dia, o que mais te machucou no meu discurso foi eu dizer que matei os seus pais. E como eu supostamente tinha elaborado tudo aquilo, certo? — Ela balançou a cabeça positivamente, perguntando-se onde aquele raciocínio pararia. — E em Los Angeles você teve a confirmação de que eu não sou o assassino de seus pais. Imagino que a TL tenha te mostrado a pesquisa deles. Então você não tem como dizer que o Aaron daquele dia foi completamente real.

Emily ficou totalmente chocada com aquelas palavras, mas o que ele dizia fazia certo sentido. Aaron realmente tinha explicado como planejara a morte de seus pais e como executara seus planos. Agora que ela sabia sobre MacAuley, tentava repassar todo o filme daquele encontro na cripta da igreja.

— Você sabe sobre a Trindade?

Foi a vez dele de assentir.

— Eles têm me procurado desde que comecei a tomar poderes. Só que meus métodos são mais avançados do que os métodos de pesquisa deles... na verdade, acabaram perseguindo diversas identidades minhas nos últimos anos.

— Então o Liam não foi a sua primeira vítima?

Falar dele com Aaron voltava a fazer o seu coração sangrar.

— Pois é! Seu namoradinho não vai mais poder se sentir tão especial. Precisei mentir para vocês a esse respeito, mas já tinha atingido outros Leprechauns antes.

— Por que você usa esse tom sempre que fala sobre o Liam? Não entendo qual o seu problema com ele.

Aaron ignorou a pergunta, começando a saborear o seu prato borbulhante, uma sopa de batata cremosa com cogumelos, aneto, vinagre e um ovo escalfado no topo.

— Não é possível! – insistiu Emily. – Primeiro você inventa que ele é o seu grande inimigo, fazendo dele o meu vilão, e depois que eu descubro tudo, agora você só sabe falar sobre ele com esse rancor misturado com deboche.

Ele deu mais uma colherada e enxugou os lábios lentamente com o guardanapo, antes de voltar a responder.

— Você não descobriu nada. Essa é a questão! Agora... você quer mesmo gastar tempo me perguntando coisas sobre ele, ou quer saber sobre os seus pais?

Uma dor a atingiu diretamente no peito. Por mais que fosse adorar descobrir a fonte de tanta raiva, Liam não era uma prioridade naquele cenário. Estava ali para saber de coisas muito mais importantes.

— Então vamos esquecer o Liam e até a TL por um minuto. Você disse que queria começar do início, por isso me explique sua nova versão de como eu fui parar na sua lista de vítimas.

Ela mal tocara em seu prato. Aaron reparou nisso, mas seguiu em frente, pois havia prometido dar aquelas explicações.

— Ok. Vamos lá! Nasci em São Francisco, como já te disse. A Cassidy realmente me conheceu lá. Cheguei até a investigá-la para saber se era uma de nós, mas ela estava bem longe disso...

— A história que me contou sobre os seus pais é verdadeira?

— Sim. Eu não podia mudá-la, pois sabia que você conhecia a Cassidy, e ela me conheceu em minha vida normal. Se eu inventasse outra história, como fiz com alguns Leprechauns, poderia ter problemas. Só revelei meu passado verdadeiro para você e Liam, por incrível que pareça. Mas você é a única que sabe da minha vida com mais detalhes. Nem minha esposa sabe sobre meus pais.

Minha esposa.

Ainda era difícil ouvir isso.

— Então seu pai trabalhava com ações e sua mãe trabalhava com revenda de produtos para emagrecer. Certo?

— Boa memória! Não imaginava que ainda lembrasse depois de tanto tempo.

Emily soltou um riso irônico e pela primeira vez deu uma colherada em seu prato, que já não borbulhava mais.

— Tive noites em claro o suficiente para relembrar cada palavra dita por você. Verdadeiras ou não.

— Sentiu saudade?

A boca dela se retorceu em mais um riso.

— Ódio mesmo...

Ele ficou em silêncio.

Às vezes, ela achava que Aaron também se incomodava com tudo que tinha acontecido entre eles. Que as tragédias também o tivessem afetado de alguma maneira. Não conseguia compreender aquilo, porém, os longos silêncios lhe diziam muito.

Por que você está aqui? Por que estamos conversando?, perguntava-se.

Era impossível não se fazer diversas perguntas quando sua vida tinha sido jogada em tantas direções em um espaço tão curto de tempo. Estar em Praga ao lado de Aaron falando sobre o passado parecia ser o momento mais lógico dos últimos tempos.

— Então você fez o seu poder refletir na carreira de seus pais, sem chamar a atenção da Trindade para você – concluiu Emily relembrando o momento que ele falara sobre seu passado quando estavam juntos.

— Na verdade, não foi de propósito. Nessa época eu não sabia da existência da TL. Fiz isso mais para me preservar, eu não sabia como lidar com toda essa sorte anormal, mas claro que ter camuflado meu poder me tornou um bom alvo para o meu mestre.

Alvo. Mestre.

Passara noites pensando em procurar pelos pais de Aaron. Chegara até a pesquisar sobre famílias ricas em São Francisco, mas eram tantas que havia sido mais fácil se convencer de que tudo que ele contara de sua vida era mentira.

Então Emily se lembrou de que Aaron havia aprendido tudo sobre os Leprechauns e a linhagem com um investidor estrangeiro próximo a seu pai. Esse homem foi responsável por guiá-lo. Com a lembrança veio o esclarecimento. Quem também tivera os poderes camuflados pelos pais, saindo do radar da Trindade?

Não! Não pode ser!

A expressão de pânico cobriu seu rosto e ela percebeu que tudo era na verdade muito lógico, apesar de ter sido tão difícil de imaginar.

A explicação estava todo aquele tempo bem debaixo do seu nariz, e ela poderia ter descoberto tudo ao receber os documentos entregues por Margareth.

— Foi assim que tudo começou... — balbuciou ela, ainda em choque pela descoberta.

— Foi assim — confirmou ele, e hesitou, parecendo querer segurar sua mão.

Emily tinha dificuldade em respirar, pensar e até reagir.

Como não havia ligado os fatos antes?, perguntava-se.

— Stephen MacAuley foi o seu mestre.

Foi como eles se conheceram e os caminhos de todos se cruzaram.

O homem que matara os seus pais havia treinado Aaron.

4

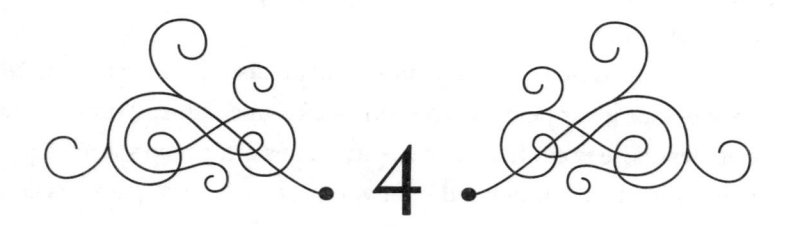

As mãos de Emily tremiam como se estivesse apenas de biquíni no meio de um nevoeiro, mas todo o resto do corpo estava paralisado. Nem mesmo os olhos se mexiam, perdidos em um abismo infinito.

Aaron entendia que a compreensão dos fatos trazia muita dor para a mulher à sua frente, por isso lhe deu um tempo para processar tudo. Contudo, ele sabia que, se ela quisesse vingança, precisava começar a agir, e estavam perdendo tempo demais.

— Você não sabe o peso que saiu dos meus ombros agora que contei a verdade — desabafou ele, ainda observando o olhar vazio de Emily.

Demorou algum tempo para que ela voltasse a si. De repente, a ruiva segurou a própria mão em um gesto rápido, para fazê-la parar de tremer, e voltou o olhar morto na direção dele sem demonstrar sentimentos.

— Eu ainda não sei toda a verdade, Aaron! E você está longe de ter a sua consciência tranquila. Por mim, você nunca terá!

Ele sabia. Entretanto, não carregar a total responsabilidade pela morte dos pais dela mudava um pouco a relação entre eles. Aquilo era um bônus para ele. Emily podia odiá-lo por diversos motivos, mas nunca poderia condená-lo por aquele crime sórdido.

— Podemos continuar? — indagou o rapaz enquanto finalizava seu prato, consciente de que a revelação sobre a identidade de seu mestre era apenas a ponta do iceberg.

Emily não havia comido um quinto de sua sopa e demonstrava não ter vontade de continuar.

— Meu maior desejo é saber tudo, mas preciso de um minuto. Não posso me deixar levar pelos meus sentimentos imediatos. Aprendi a minha lição depois de te conhecer. Se eu ouvir mais um pouco sobre Stephen MacAuley, posso acabar pegando um voo para Dublin só para tirá-lo da cadeira do meu pai a socos.

Aaron conseguia visualizar a cena.

— Já que você é tão poderoso, pague a conta desse seu almoço — continuou a garota, pegando sua bolsa. — Preciso tomar um ar. Te encontro mais tarde no hotel para terminarmos essa história.

— Mas...

— Fique tranquilo, Aaron! Você sabe que não vou fugir. Não agora que o quebra-cabeça está se formando.

Ele suspirou.

— Não é bom você ficar sozinha. Pode ser perigoso — argumentou ele, já fazendo sinal para o garçom trazer a conta.

O rosto sem vida dela voltou a encará-lo.

— Não existe perigo. Meu perigo era você. Se MacAuley me quisesse morta, ele ou você já poderia ter terminado o *trabalho*.

Aaron sabia que o que ela dizia era verdade.

Mas não sabia até quando continuaria sendo.

⧖

Andar sem destino parecia uma boa ideia após uma grande revelação. Como um chocolate quente no fim de um dia de tempestade.

Emily não conhecia Praga o suficiente para voltar sozinha ao hotel, e não tinha mais a sorte que antes a levaria até a porta sem precisar perguntar para ninguém a direção. Mas ela sabia que de alguma forma chegaria aonde precisava. Tinha apenas que seguir o fluxo e procurar pelo rio. Só precisava se virar sozinha e deixar o destino fazer um pouco de seu trabalho.

A revelação de que MacAuley fazia parte da vida de Aaron há tantos anos deixara a garota atordoada. A caminhada era necessária, pois lidar com o fato de que o melhor amigo de seu pai havia sido o assassino dele era quase tão forte quanto ouvir que o assassino era seu namorado. Mas saber que todos estavam envolvidos no esquema só tornava ainda mais apertado o nó que estava tentando desfazer naquela jornada.

MacAuley treinou Aaron por anos e o ensinou a roubar o poder de outros Leprechauns. De alguma forma nessa confusão toda, ele descobriu sobre os meus pais e pediu para que Aaron me seduzisse para roubar nosso pote de ouro, concluiu ela conforme andava pela rua Platnéřská em sentido ao rio Vltava.

Passara por livrarias de exemplares raros e galerias de arte requisitadas sem nem ao menos as notar no trajeto. Para Emily, a caminhada era uma boa desculpa para se afastar de Aaron por alguns minutos. Tentou imaginar como teria sido sua vida se não tivesse se rendido ao charme dele, mas logo se deu conta de que o fator charme deveria contar muito pouco, pois devia ter sido o poder dele misturado ao de outros Leprechauns que a tornara uma presa fácil.

Eu era a garota que não se apegava a ninguém.

Agora ela era a garota que repelia a todos.

Os prédios em tons pastel de por volta de quatro andares passavam lentamente conforme caminhava pela extensa rua. Em pouco tempo, chegou a Křižovnická, onde já conseguia fácil acesso ao hotel. No final, não tinha precisado andar mais do que alguns minutos, pois tudo naquela parte de Praga era de fácil acesso.

Encaminhou-se para o quarto sem saber se Aaron já havia chegado. Preferia ter o lugar só para ela e ainda não sabia como a dinâmica daquela noite aconteceria. Estava tão cansada quando chegaram à cidade que nem percebera que dividiriam o mesmo quarto.

Entrou na suíte, que, para sua alegria, estava vazia. Aaron devia ter percebido que estavam próximos do hotel, e tinha dado mais tempo para ela espairecer. Seu coração se enterneceu. Não esquecia da raiva que sentia dele, mas também sabia o quanto ele se arriscara estando ali. Talvez tudo aquilo fosse mais uma armação de Stephen, ou então o rapaz poderia ter decidido traí-lo. Se fosse a segunda hipótese, se esforçava para imaginar por que Aaron estava se arriscando.

Será que é para se livrar do peso nos ombros?

Ela o conhecia o suficiente para saber que não era aquilo. Se fosse, ele deveria estar naquele momento procurando todas as suas vítimas e se desculpando com cada uma delas. Não conseguia nem imaginar a lista de atrocidades que ele já poderia ter cometido. Ao que parecia, Aaron na verdade só estava interessado em se livrar do carma com ela. Nem Liam estava nos planos dele.

Aproveitando a solidão, ela pegou o conteúdo de uma das sacolas e dirigiu-se ao banheiro. Precisava de um excelente banho quente e boas horas de sono, antes de ter estrutura para continuar a conversa com ele.

Pouco tempo depois, encontrava-se embaixo das cobertas cheirosas do hotel, sem sinal ainda do rapaz no quarto. A ausência dele começou a perturbá-la. Não chegara a cogitar que Aaron também poderia fugir ou passar por algum tipo de perigo. Se ele sumisse naquele momento, Emily não se perdoaria, pois teria deixado escapar a chance de entender a morte de seus pais, além da perda dos poderes e patrimônios deles.

Uma mistura de cansaço, preocupação e ansiedade acabou derrubando-a, e a jovem dormiu de luz acesa e celular na mão.

Duas horas depois, Aaron entrou pelo quarto do hotel tentando não fazer barulho. Tivera a intuição de que ela estaria dormindo. Mesmo sujo de ter ficado na rua por tanto tempo, preferiu apenas se livrar das roupas e entrar nas cobertas. Acordaria com um belo sermão, mas não deixaria aquela oportunidade passar.

Os últimos meses tinham sido uma montanha-russa para ele também. Migrando de país em país com várias identidades falsas e lutando contra uma voz dentro de si que exigia a presença daquele outro corpo perto dele.

Emily O'Connell e Aaron Locky encontravam-se na mesma cama, dividindo as mesmas cobertas, e mais uma vez sincronizando suas respirações.

Ela iria odiar ter consciência daquilo.

Ele estava aproveitando o momento mais do que deveria.

5

Os olhos cinzentos se abriram lentamente, tentando se adaptar à claridade do quarto. Havia se esquecido de fechar as cortinas antes de dormir, e a manhã de um novo dia em Praga chegava com rapidez, mostrando o mundo azulado que precisavam desbravar lá fora.

Para a surpresa dele, um par de olhos esmeralda o encarava de volta, parecendo acostumado com a claridade do ambiente.

Emily acordara primeiro e não o havia expulsado aos gritos e tapas da cama.

— Já estou pronta para saber o resto — disse ela com a voz calma, não demonstrando dar atenção ao fato de estarem dividindo o lençol. — Acho melhor pegarmos um lanche para comer enquanto andamos. Quero chegar ao castelo antes de estar lotado de turistas. Podemos conversar por lá.

A ruiva se levantou para buscar o roupão do hotel, e Aaron ficou lutando com diversas perguntas internas. Era estranho que ela não tivesse reagido com a proximidade entre eles. Conhecendo a garota, resolveu limitar-se aos seus típicos comentários maldosos.

— Falou como uma verdadeira turista...

Ela lançou um olhar rabugento na direção dele, mas um pequeno sorriso revelou que entendera a brincadeira, deixando-o ainda mais surpreso com sua reação.

Uma hora depois, os dois estavam de banho tomado, com roupas novas, cada um com uma fruta diferente na mão e prontos para atravessar a Charles Bridge em direção ao outro lado da cidade.

Naquela manhã, Emily e Aaron resolveram iniciar a caminhada pela torre gótica contemporânea no lado antigo da cidade, onde se encontravam hospedados. A torre ficava logo na entrada, decorada por esculturas magníficas de Petr Parleř.

Caminhariam até o outro lado do rio, onde a ponte terminava com duas outras torres de alturas diferentes, uma mais antiga, da época romântica, e outra mais alta, que oferecia a turistas e locais uma vista panorâmica da cidade.

Estavam quietos desde que Emily propusera a excursão. Ela não sabia como se mantinha de pé apenas com a maçã que pegou do hotel antes de sair. Tinha comido pouco no restaurante checo e pulado o jantar, mas pelo menos dormir parecia ter-lhe feito bem. Sua mente estava mais clara naquele novo dia do que no *jet lag* cheio de emoções do anterior.

— Não sei se você já passou por aqui antes, mas essa galeria de esculturas é excepcional. Sempre gostei de pontes, são passagens criadas pelo homem para se atingir um objetivo, e esta é uma das minhas prediletas no mundo. Provavelmente o meu ponto favorito da cidade — declarou Aaron um tanto nostálgico enquanto andavam pelo chão de pedra.

Emily estranhou aquela observação. Não conseguia relacionar um homem como Aaron àquele local em que pisavam. As esculturas eram de cunho religioso, e sabia que ele estava longe de se interessar por isso. Entretanto, ela sentiu um pulsar forte de energia enquanto andavam por ali. Toda vez que admirava uma das estátuas, a energia parecia aumentar. Tinha a mesma sensação de quando estiveram perante o Livro de

Kells em Dublin. Aquela ponte provavelmente carregava magia, e ele compartilhava isso com ela.

— Aqui seria um ótimo final de arco-íris — sussurrou ela, alto o suficiente para que ele fosse capaz de ouvir.

Precisava testá-lo para saber até que ponto ia toda aquela bondade que ele demonstrava desde que ela postara na internet que precisava encontrá-lo. Por isso não se estressara quando havia se deparado com ele em sua cama. Preferia fingir que estavam do mesmo lado e conferir se frases como aquela agiriam no subconsciente dele.

— Pontes sempre são um ótimo lugar para um arco-íris. Podem ser o começo deles ou o final — respondeu ele em tom neutro, por mais que uma pequena ruga tivesse aparecido entre os olhos já habituados com a luz do dia.

Emily continuou a observar as esculturas pelas quais passavam, escuras e bem maiores do que ela, ainda que estivessem posicionadas no chão. Gostava de observar também os postes de luz que se alternavam com as figuras católicas. Uma vez, ela se lembrava que atravessara aquele local com Darren após chegarem de um desfile da O'C. Tivera que tirar os sapatos, por ironia do destino, enquanto caminhavam embriagados, aproveitando a bela iluminação da lua e das lâmpadas alaranjadas. Owen também estava na ocasião, e rira dos dois amigos bêbados que dançavam como malucos enquanto pessoas se afastavam temerosas.

Aquele tinha sido um bom dia, pensou deixando a mente vagar.

— Você ficou mais séria... — comentou Aaron percebendo a mudança na postura dela.

— Relembrando bons momentos que não existem mais.

Ele a olhou com um semblante que parecia ser de pena. Ela não gostou daquilo, mas preferiu não dizer nada.

— Pelo menos o Golem aqui de Praga não resolveu nos atacar. Dois Leprechauns passando por um lugar místico poderiam atrair tal criatura — brincou ele quando estavam quase do outro lado.

Emily estranhou o comentário.

— Do que está falando, seu maluco?

— Do Golem do Vltava! Uma criatura mitológica concebida por um dos rabinos do bairro judeu para afastar os vizinhos que queriam destruí-los. Diz a lenda que ele criou o Golem usando barro do rio e antigos rituais mágicos, depois o deixou escondido no sótão da Sinagoga para proteger os judeus quando necessário, mas claro que o bicho saiu do controle e depois começou a atacá-los sem dó.

— Isso me cheira a Frankenstein...

— Falam que esse Golem serviu de inspiração para a história também. Só que nunca saberemos a verdade, não é?

— Nós nem mesmo sabemos direito o que somos. Imagine outros monstros — concluiu a garota ao atravessar o portal que levava ao distrito do castelo.

A caminhada até o castelo era bem mais longa e íngreme do que o percurso que haviam feito do outro lado da cidade. Por mais que ela tivesse se exercitado desde que começara a praticar luta, o sedentarismo de toda uma vida afetava suas pernas conforme subiam a colina. Emily preferiu resguardar o fôlego, e não puxou assunto com Aaron durante o trajeto. Ele não parecia cansado, mas também não tentou se comunicar enquanto andavam.

O Castelo de Praga era a construção mais importante da cidade, considerado o maior castelo do mundo, apesar de não ser como os outros. O espaço começara a ser erguido no século IX e atualmente servia como residência presidencial, assim como antigamente havia sido habitado pelos reis da Boêmia. Por conta da ampla estrutura, era fácil se perder na região, por isso seguiam o fluxo de turistas que já rondavam o lugar.

Emily mal havia visitado o castelo em suas últimas passagens pela cidade. Por isso, só agora percebia que o lugar se tratava na verdade de uma pequena cidade, e alguns pontos estavam abertos para os visitantes como eles. Todo o lugar era dominado pelas imensas torres da Catedral de St. Vitus, uma estrutura gótica do século XIV de tons dourados e escuros, adornada por diversas gárgulas que não se repetiam e uma fachada cheia de detalhes únicos, difícil de memorizar. Foram necessários quase seiscentos anos para que aquela catedral ficasse pronta, e uma homenagem aos seus construtores finais fora inserida na forma de pequenas estátuas: quatro homens de terno logo abaixo da roseta da porta principal.

A catedral misturava elementos medievais, góticos e modernos, tanto que um dos seus vitrais mais famosos havia sido pintado pelo artista Alfons Mucha, um dos maiores nomes da Art Nouveau, que estava no auge de sua carreira na época em que a catedral estava sendo concluída.

— Você já tinha visitado essa parte do castelo? — perguntou Aaron à garota, que parecia deslumbrada com a beleza ao redor.

— A O'C fez um desfile aqui na região do Lobkowicz Palace, mas foi de noite e quase nem prestei atenção no lugar. Eu me arrependo muito disso. Devia ter aproveitado mais essas viagens. Lembro que minha mãe estava linda em um casaco branco, com o cabelo preso todo para trás mostrando os brincos que meu pai tinha lhe presenteado naquela noite. Eu devia tê-la elogiado mais. Devia ter me importado com eles.

Seu desabafo fez Aaron voltar a ficar quieto por um tempo, mas logo se encaminharam ao núcleo inicial do castelo e ele encontrou o que falar.

— Não sei se dá para você notar, mas aqui existem três castelos independentes sobrepostos. Cada uma dessas camadas foi construída em uma época diferente. Escolhi Praga para conversarmos justamente por isso. A história aqui é extensa e nem sempre boa, mas a cidade não se deixou perder a beleza ao se reinventar. Mesmo com todos os nossos problemas, não podemos esquecer que houve algo entre nós.

Isso parece uma declaração de amor, pensou ela perdida nas palavras e no cenário. Contudo, sentiu-se orgulhosa por sua reação seguinte.

— Eu acho maravilhoso que o antigo acabe sendo substituído pelo novo. Se nos apegássemos apenas às coisas bonitas do passado, chegaria uma hora que teríamos somente ruínas. Do que adianta uma vida assim, não é?

O efeito do poder de Aaron não a comandava como ambos imaginavam que aconteceria. Com isso, Emily continuou a caminhada, deixando-o em seus pensamentos.

Em um dos cantos mais escondidos do Castelo de Praga, duas portas de aço guardavam o maior tesouro do país, as Joias da Coroa da Boêmia. Cada uma daquelas portas tinha sete fechaduras, compatíveis com sete chaves diferentes. Elas só eram abertas quando todos os portadores das chaves apareciam juntos por lá, dando acesso ao tesouro. Quanto mais eles se aproximavam do lugar onde aquele tesouro era guardado, mais a magia dentro deles parecia pulsar. Emily começava a se sentir embriagada por aquele poder. Não estava mais acostumada com tanta sorte em seu organismo, nem com tanta magia ao seu redor.

Aaron podia ter declarado que o local havia sido escolhido por um motivo romântico, mas ela sentia cada vez mais que havia sido pela atmosfera poderosa. Ele precisava levá-la a um local sagrado para resgatar nela qualquer tipo de poder que ainda existisse. Para motivá-la a enfrentar os seus desafios.

É muito esquisito pensar que ele está sendo o meu maior motivador.

Resgatar o passado, aprender com tudo que havia acontecido e ir atrás do vilão final fazia todo sentido ao caminhar por aquela cidade, que já havia sido o lar de Franz Kafka e de tantos outros homens e mulheres incríveis.

Chegaram em um dos mirantes com vista para a cidade, e Emily escolheu aquele local para continuarem a conversa. Estava na hora dela cavar mais na escuridão das mentiras e aprender tudo o que precisava antes de buscar justiça.

— Pronta para saber o resto? — questionou Aaron observando os telhados amarronzados da cidade distante.

Ela respirou fundo e sentou na mureta, tomando cuidado para não se desequilibrar.

Aquela era a hora.

6

Tinha sido uma longa jornada. Um inesperado romance em Dublin com uma passagem cheia de altos e baixos por Londres e um desfecho trágico dentro de uma catedral. Depois, uma busca por vingança em Paris, por esclarecimento no Rio de Janeiro, e a partida para Los Angeles. Tudo isso os levara até ali, em um castelo na cidade de Praga, quando finalmente conversavam como dois adultos. Finalmente tinham decidido ser honestos um com o outro.

— Como foi que essa sua relação com MacAuley se desenvolveu? — questionou Emily voltando a atenção para Aaron, que já não observava mais a cidade.

Naquele dia, chegariam ao final de uma história e iniciariam outra.

— Stephen é esperto. A pessoa mais esperta que eu já conheci, e olha que eu me considerava muito inteligente antes de conhecê-lo.

— Que humilde...

— Realista — retrucou ele cruzando os braços, em uma posição mais séria. — Não foi uma tarefa fácil transformar a minha vida e a de meus pais no que transformei. Você bem sabe que o poder ajuda, mas não faz tudo. É preciso ser inteligente para tirar vantagem dele, e consegui isso com maestria.

— Sim, essa parte eu já entendi. Mas ele visitou os seus pais por quê?

Emily notou que Aaron ponderou a resposta por alguns segundos e temeu que ele voltasse atrás ou criasse uma nova mentira. Mas logo o rapaz voltou a falar. Ele continuava a surpreendê-la.

— Stephen é um Leprechaun por herança. Sua família vem de gerações socialmente poderosas, mas sempre soube esconder isso. Uma vez ele comentou que a TL desconfiou de seu pai, imagino que essa informação tenha chegado a você quando estava lá. Esse foi o grande erro dos MacAuley. Mesmo assim, eles conseguiram agir por décadas sem que ninguém os detivesse – explicou Aaron.

— Eles eram especialistas em roubar o poder de outros Leprechauns?

Aaron mudou automaticamente de postura, parecendo quase orgulhoso do que estava prestes a contar. Como se admirasse os MacAuley pelos seus feitos. Aquilo embrulhava o estômago dela.

— Na verdade, eles se especializaram em terceirizar roubos de poder!

Nossa! Esse papo está parecendo cada vez mais de drogado, pensou Emily, observando os olhos dele brilharem com a empolgação.

— Você sabe que tudo isso soa como uma mentira, né?

— É claro que sim! – concordou Aaron gesticulando enquanto explicava a operação dos MacAuley. – Toda a nossa origem, o que fazemos e como somos são uma loucura. É isso que me fascina em ser um Leprechaun! Por isso aceitei me juntar a ele.

— Por isso aceitou ser um funcionário terceirizado na prática de roubo de poder? – zombou a garota começando a perder a paciência.

Aaron estava cada vez mais parecido com o homem que a prendera contra a parede da cripta da Santíssima Trindade. O mau que existia dentro dele começava a aflorar, e pela primeira vez ela temeu as consequências daquela conversa.

Muitas coisas passaram pela mente dela, principalmente o fato óbvio de que estava em um dos pontos mais altos de uma cidade onde ninguém a conhecia. Talvez até tivesse fãs em Praga, mas duvidava que alguém reconhecesse seu corpo tão facilmente, ainda mais se Aaron realmente quisesse machucá-la. Com a sorte dele, se tivesse vontade de acabar com ela naquele momento, não haveria nenhum impedimento.

Afinal de contas, Liam e Darren não se importavam mais com seu paradeiro.

Poderia morrer e ninguém daria pela sua falta.

— Stephen procurou a minha família por ter suspeitado de nossa fortuna. Disse que queria unir forças aos nossos negócios, mas na verdade estava analisando os meus pais para saber se por acaso eles eram Leprechauns. Nesse caso, ele teria duas opções: torná-los suas vítimas ou transformá-los em aliados.

— Foi aí que ele percebeu que você era o verdadeiro detentor do poder e que poderia ser o bonequinho dele?

A ironia de Emily incomodava Aaron. O dia podia ter se iniciado de forma pacífica, mas se transmutava em pesadelo a cada minuto de conversa.

— Eu não estou te entendendo, O'Connell! Você me pede para ser sincero, para te contar tudo, e agora vem com mil palavras para cima de mim. Mil julgamentos e suposições! O que você quer? Que eu pare para deixar você lidar com ele sozinha? Quer que eu vá embora da cidade e desapareça?

Os olhos da garota marejaram como tantas vezes no passado por causa dele. Precavida, ela desceu da mureta e adquiriu uma postura defensiva. Não sabia mais se deveria estar tendo aquela conversa, principalmente naquele local. Cogitou voltar ao hotel, pegar seus documentos e retornar a Dublin para encontrar uma forma de condenar Stephen MacAuley por tudo que havia feito. Mas sabia que não ficaria satisfeita somente com aquilo. Seu objetivo sempre fora fazer o homem que estava a sua frente pagar por todo sofrimento que lhe causara, não só o seu novo vilão. Inicialmente queria apenas se vingar pela morte de seus pais, contudo, cada vez mais desejava recuperar também o seu poder.

— Por que você se incomoda tanto que eu jogue na sua cara que foi manipulado por MacAuley? Não foi o que aconteceu? Qual o problema de escutar a verdade? – indagou Emily lutando para permanecer forte na frente dele.

Aaron gargalhou.

Mas não uma gargalhada normal ou irônica como normalmente dava. Ele soltou uma daquelas risadas aterrorizantes de arqui-inimigos em filmes de super-heróis.

Emily se arrependeu de não o ter sufocado com o travesseiro naquela manhã, por mais que o pensamento lhe parecesse obscuro demais. O medo começava a reinar dentro dela. Vendo Aaron ajudando, sua parte vulnerável ao rapaz queria se deixar vencer, mas naquele momento se lembrava com clareza do ódio que sentia por ele.

— Essa é a questão, eu não fui manipulado! Sempre tive total conhecimento da minha função. Foi escolha minha fazer parte da operação dele. Eu queria roubar o poder de outros Leprechauns!

A imagem dos pais mortos, a lembrança das noites solitárias, sofrendo com a ausência deles, a dor de ter aberto mão da O'C, tudo aquilo pesou no estômago dela de uma vez só.

Ouvir o homem que tanto amara falar que escolhera roubar pessoas iguais a ela era assustador e revoltante. Estava dividida entre terminar com a conversa ou não, mas o show de horror era intenso demais para parar pela metade. Lamentou não ter mais Liam nem Darren ao seu lado para ampará-la.

— Então o MacAuley foi até São Francisco, descobriu que você detinha o poder da família e te ofereceu uma posição na quadrilha dele?

— Ele foi, me conheceu e me explicou o que somos. Tudo que eu te contei antes. Só que ele percebeu que eu queria mais. Me explicou sobre o pote de ouro, o final do arco-íris e, finalmente, depois de algum tempo em que testou minha confiança, se abriu sobre como a família dele agia.

— Como eles agem, Aaron? Não aguento mais toda essa enrolação!

Alguns turistas olharam na direção deles, alarmados com a rispidez de Emily naquele lugar em geral romântico.

— Eu não estou enrolando, você que quer saber sempre tudo rápido demais! Estou explicando passo a passo o que aconteceu. É importante você saber os detalhes.

Como é que ainda estamos conversando?

— Qual foi então a revelação que ele fez? — perguntou ela tentando tranquilizar a voz.

Aaron suspirou, procurando também não perder a cabeça. Ele sabia que se não se controlasse poderia deixar todo o seu poder tomar conta de suas ações, o que quase nunca era bom.

— Os MacAuley estão envolvidos em diversos tipos de mercado. Já eram ricos antes mesmo do primeiro membro da família nascer com o dom. Eles conhecem negócios, e o mais importante: pessoas. Descobriram como localizar outros Leprechauns e ganhar a confiança deles para descobrir o ponto onde guardam a sua essência. Quando ele me encontrou, descobriu em mim uma arma de que precisava.

— Um rapaz bonito e interessante para seduzir jovens Leprechauns que poderiam agir por impulso sexual — deduziu Emily odiando-se por ter sido tão burra no passado.

Não passo de um clichê.

— Isso mesmo! — concordou Aaron voltando a agir normalmente. — Eu tenho facilidade para usar o meu poder de sedução. Também tinha e tenho ganância. Só precisava de um empurrãozinho, e foi o que Stephen me deu.

Emily colocou os cotovelos na mureta, apoiando a frente da cabeça nas palmas da mão. Pensar doía.

Tudo aquilo era muito difícil de engolir.

— Tem uma coisa que não entendo — começou a desenvolver. — Eu também sempre soube utilizar o meu poder para a sedução e MacAuley era praticamente parte da minha família. Por que ele nunca tentou me manipular?

Aaron a olhou como se a resposta estivesse embaixo de seu nariz.

— Você não é a pessoa mais inteligente, convenhamos! Sempre foi desligada e nunca teve tino para os negócios. Se fosse ambiciosa, teria um império como diversas outras socialites como você. Ao contrário, sempre desperdiçou tudo que seus pais e seu poder te deram. De nada adiantaria

MacAuley tentar recrutá-la. Sem contar que o objetivo dele nunca foi tomar o poder de vocês.

Essa parte do quebra-cabeça ainda não se encaixava. Emily não entendia como Stephen havia ficado tanto tempo ao lado dos pais sem tentar prejudicá-los.

— Vou fingir que você não me ofendeu pela milésima vez, Aaron! Mas agora me explique: se ele sempre fez esse tipo de negócio sujo e conhecia a sorte da minha família, por que ele só agiu agora? Por que pediu para você entrar na minha vida?

— Até que ponto você acha que seus pais eram ingênuos, Emily?

Aquela pergunta a pegou de surpresa.

Será que ele está querendo dizer que meus pais sabiam sobre MacAuley e mesmo assim o deixaram por perto?

— Meus pais tinham bom coração. Eu sei disso! Eles nunca se envolveriam com pessoas como MacAuley.

Mais uma vez, Aaron riu de uma forma que fez os pelos dela se arrepiarem como em um mau presságio.

— Ok, eles podiam ser as melhores pessoas do mundo, mas você consegue perceber a burrice que está falando, né? Eles se envolviam o tempo todo com pessoas assim! Stephen era o melhor amigo do seu pai e funcionário da sua família.

Ao se dar conta de que tudo fazia menos sentido ainda, ela não conseguiu mais segurar os sentimentos. Quando viu, lágrimas corriam pelas suas bochechas. Aaron perdeu o semblante risonho e adotou uma postura mais triste. Ele não gostava de vê-la daquela forma, porém, precisava levá-la até aquele momento.

Emily tinha que acordar para a realidade.

— O que você está querendo dizer, Aaron? Fala logo! O que você sabe sobre os meus pais que eu não sei?

Emily tinha medo do que poderia ouvir em seguida. As palavras dele poderiam quebrar a imagem perfeita que tinha de seus patriarcas, e não queria perder a única coisa boa que lhe restava.

Se ele dissesse que Padrigan e Claire sabiam sobre os roubos e as atividades de MacAuley, ela ficaria sem chão.

— Eu conheço Stephen há alguns bons anos e fiz diversos trabalhos para ele. Como você deve ter percebido, roubar um poder não é uma tarefa fácil e rápida. Conforme minha sorte tem aumentado, todo o processo tem se prolongado cada vez menos, como no caso de Margot, mas algumas pessoas, como você, tinham uma força maior, e isso me tomou mais tempo.

— Nossa! Como você é romântico...

Aaron ignorou a intromissão.

— Depois de alguns estudos e buscando entre seus contatos, Stephen encontrava as jovens que poderiam se enquadrar no meu caso, ou o jovem, no caso do Liam, e me passava as informações sobre o poder, a família e como a confiança da pessoa poderia ser conquistada. Quando eu descobria a localização do pote de ouro, informava a ele e, juntos, praticávamos o ritual.

A história se desviava para várias direções. Se ela não prestasse atenção facilmente poderia se perder.

— Como assim? MacAuley vai até o local? Ele estava em Malahide naquele dia? Isso não é possível! Eu percebi que era o meu final do arco-íris quando estava lá!

Ele suspirou. Estava exausto por toda confissão.

— Tentei te explicar e ensinar diversas vezes que Leprechauns são muito mais do que humanos com sorte. Nós não somos como os outros, Emys! Podemos desenvolver tantas outras habilidades, e Stephen é um dos melhores de nossa raça nisso. Deve saber mais truques do que qualquer um de nós possa imaginar.

— E qual foi o truque que ele usou naquele dia?

— Quando eu percebo que o alvo está para me revelar o local, faço a minha energia pulsar na linha que me conecta com ele. Sabe essa sensação que você tem quando estou por perto ou quando há um Leprechaun na região? São linhas de energia que nos conectam. Quanto mais você treina, mais a ligação se fortalece. Por isso, sei quando você e Liam fizeram sexo pela primeira vez. Vocês também sabem que eu senti a ligação. Por isso, Margot e eu sabíamos que vocês estavam chegando à fazenda. Tudo se interliga.

— Depois que você emite esse pulso, o que acontece? – questionou ela, tentando seguir um raciocínio que voltasse às atividades de MacAuley.

— Ele se teletransporta para o local...

Então o filho de Lachlan Johnson realmente tinha se teletransportado aquele dia na sede.

— Em Malahide você fez um ritual para roubar o meu poder ao mesmo tempo que, em algum outro lugar por lá, ele também fazia? Por quê?

— Porque não trabalho de graça, né!

Emily estava cada vez mais confusa. Ainda não compreendia bem a relação dos dois impostores, a ligação deles com seus pais nem o motivo de Aaron estar lhe contando tudo aquilo, denunciando o próprio grupo.

— Vocês dividiam o poder? – questionou ela sem saber se seguia o caminho certo em sua dedução.

— Mais ou menos isso! Tudo depende do alvo e do ramo dele. Na maior parte dos casos, dividíamos o poder. Stephen entrava com as informações e eu realizava o trabalho. Mas existem exceções como você. Ele tinha interesse em ficar com a O'C, por isso nesse caso tenho uma parte maior do poder.

Emily revirou os olhos.

— Ah, que ótimo! Então a maior parte de mim está dentro de você e ainda existe um tanto dentro naquele filho da mãe. Tão gostoso saber disso.

Ela sentiu vontade de vomitar de raiva com todo aquele absurdo.

— Acredite, é melhor que o seu poder esteja comigo! Como nossa ligação é forte, você ainda consegue sentir resquícios dele dentro de si. Se seu poder estivesse somente com MacAuley sentiria um completo vazio. Não crio uma ligação com todas as vítimas e já vi Leprechauns enlouquecerem ao perder a conexão com a sorte.

Ele disse vítima!

Era a primeira vez que ouvia Aaron utilizar aquele termo. E havia um tom de tristeza na forma como ele utilizou a palavra.

Chegava mais perto do esclarecimento.

Talvez agora fosse capaz de entender o que os pais sabiam.

RELATÓRIO TL   N° 1.211.000.040.921.420

Para a excelentíssima Comissão Central

Assunto:
ATUALIZAÇÃO FAMILIAR
• Grupo de destaque •

Novas informações sobre uma das famílias de nossa comunidade.

Atualização de cadastro para ciência da comissão.

Localização do indivíduo: Paris — França.

Habilidade familiar: produção de vinhos; vinícolas.

Histórico: recém-cadastrada após ser descoberta por duas vítimas do mesmo impostor. Órfão atualmente mora junto com o avô que não possui poderes. De acordo com os outros membros, ela é casada legalmente com o impostor Aaron Locky, conhecido por ela como Allan.

Idade de reconhecimento e cadastro no sistema TL: 25 anos. Cadastro há dois dias.

Status: indivíduo perdeu o toque de ouro, mas sua sorte ainda não pareceu diminuir. Caso a ser estudado.

Contribuições internas: por sua negligência e por aceitar casar com um impostor, agora tem contribuído com nossa instituição de apoio a Leprechauns violados.

7

Por sugestão de Aaron, desceram a pé até Malá Strana, conhecida como a cidade baixa de Praga. Era um pequeno bairro, um dos locais mais cativantes da região, e ele acreditava que valia a pena passarem por lá. As muitas ruelas de paralelepípedos um tanto íngremes haviam sofrido poucas alterações desde 1257, quando o bairro havia sido fundado. Com seus jardins tranquilos e arborizados como o Monte Petrín, de lá poderiam pegar a ponte onde voltariam para o Four Seasons.

— Ainda tenho que dar alguns telefonemas, então podemos continuar a nossa conversa no caminho. É um trajeto bacana. Vamos passar pelo museu do Franz Kafka.

Emily ficou impressionada com a cultura de Aaron. Ele falava sobre Praga como se conhecesse muito da cidade, e ela também havia percebido isso em Londres. Imaginava se aquele dom e o gosto por turismo surgiram antes da descoberta de seu poder ou depois que tinha começado a viajar pelo mundo atrás de Leprechauns, ou vítimas, termo que ele mesmo havia utilizado.

— Eu ainda tenho tantas perguntas. Você vai continuar a respondê-las? – perguntou encarando-o com os grandes olhos verdes.

Talvez porque houvessem acabado de falar sobre a linha de conexão entre eles, a garota pôde sentir um pouco do que Aaron sentia. Ele estava claramente tocado com a agonia dela.

— Estou aqui para isso! Você me chamou, Emys! Te devo essas respostas. Se quiser, faça mais uma pergunta agora.

— Ótimo! Então me fale o que meus pais sabiam das atividades do MacAuley. Não adianta me poupar dessa parte.

Aaron sabia o quanto ela queria a informação, contudo, também sabia que agora entravam nos assuntos mais espinhosos. Emily havia se provado forte, mas o rapaz ainda não sabia o quanto.

Talvez ela não aguentasse.

— Seus pais esconderam o poder de você e da Trindade Leprechaun, só que o fato de não quererem ser expostos não os impediu de ter contato com outros de nossa espécie. Com o passar dos anos, eles puderam reconhecer alguns de nós, até por possuírem uma carga forte de poder. Nem todos os Leprechauns conseguem desenvolver a habilidade de camuflar o seu poder como eu. Um dia, pelo que Stephen me contou, Padrigan notou a energia dele.

Então meu pai sabia que Stephen era um Leprechaun!

— Aquele dia, no casamento, você camuflou o seu poder quando encontrou os meus pais?

Aaron, ainda caminhando, virou o rosto e sorriu.

— Eu camuflei a minha presença mágica durante toda a minha estadia em Dublin. Liberei meus poderes apenas quando estava com você. Com os seus pais naquela festa, foi difícil manejar a dose que eu podia soltar para ter efeito em você sem entregar minha presença para eles.

— Então meu pai sentiu o poder de MacAuley. Isso foi antes deles trabalharem juntos ou não?

— Olha, eu não sei de todos os detalhes! Sei o que Stephen me contou e posso estar errado. Pelo que eu entendi, seu pai o contratou para trabalhar na O'C logo que ela entrou no mercado. Stephen sempre foi um homem de negócios reconhecido no ramo, e Padrigan sentia que ele podia ser a pessoa certa para ajudá-lo nas estratégias futuras.

Aaron ficou em silêncio por alguns instantes, enquanto desviavam de turistas que circulavam pelas ruelas do bairro.

— Por que Stephen aceitou ser um subordinado se sempre teve tanto poder? — questionou Emily, ainda confusa, assim que estavam a sós novamente.

— Também fiquei me perguntando isso. Depois entendi a estratégia dele. Se ele tivesse optado por ser dono de um negócio, a atenção ficaria toda nele. Sendo parceiro de um grande empresário, ele teria o prestígio, mas não o foco. Por anos, a O'C serviu de escudo para ele. Fingia ser apenas um funcionário dedicado do ramo de moda e nada mais.

— Só que meu pai sentiu o poder dele. Por que permitiu que continuasse na empresa?

Aaron coçou a cabeça em sinal de confusão. Receava se equivocar, acabar mentindo sem querer. Emily poderia depois recriminá-lo se estivesse errado.

— Não sei direito, mas acho que consigo imaginar. Ter esse nosso poder, conseguir fazer o que conseguimos é um tanto solitário. Seu pai tinha a sua mãe para compartilhar o peso do segredo, mas deve ter sido bom para ele encontrar outra pessoa na mesma situação. Alguém que também não fosse parte da TL.

Ela ainda odiava o fato de seu pai ter se recusado a ser cadastrado pela Trindade. Sentia que a vida deles teria sido mais fácil se ele apenas tivesse aceitado que havia uma comunidade mágica com pessoas como ele. Talvez em uma realidade como aquela ele tivesse sido sincero com ela, e Emily pudesse tomar conta de seu poder.

Talvez, se ele tivesse feito isso, hoje ela não estaria em outro país pedindo ajuda para quem menos queria.

— Ótimo! Então meu pai pensou que havia encontrado um amigo, e MacAuley encontrou um esconderijo.

— Acredito que foi meio que isso mesmo...

Ela sentiu raiva. Amava sua mãe absurdamente, mas precisava admitir que sempre havia sido a filhinha do papai. Acreditava que Padrigan era a melhor pessoa do mundo e a de maior coração. Saber que ele tinha sido enganado por anos por uma pessoa que se dizia amiga, e que isso o levara a ser assassinado, era cruel. Não sabia se conseguiria se controlar ao encontrar com o impostor.

— Você sabe por que depois de tantos anos MacAuley decidiu se voltar contra os meus pais? Qual foi a desculpa que ele deu para te envolver nisso tudo?

Aproximavam-se de um espaço aberto ao lado do rio, onde era possível ficarem próximos dos patos e cisnes enquanto olhavam o outro lado da cidade. Conseguiam ver o hotel daquele ponto, e a visão paradisíaca trazia um pouco de tranquilidade para o coração agitado dos dois.

— Se importa se sentarmos naquele banco por um tempo? Minha cabeça está dando um nó – pediu Aaron, apontando para o solitário banco de madeira que ficava embaixo de uma das poucas árvores daquele espaço, que parecia uma praia.

Emily soltou um riso.

— Pensei que só eu estivesse assim.

Outra pequena mudança de atitude. Tinha horas que o odiava, em outras se identificava com ele e era capaz de compartilhar um banco em um cenário típico de fim de temporada de seriados americanos.

— Respondendo a sua pergunta, sei um pouco do que aconteceu. Normalmente o Stephen não compartilha tantos detalhes da vida dele comigo, mas o caso de vocês foi diferente. Eu sei que não foi exatamente fácil para ele. Vocês eram importantes, e por conta dessa ligação o Stephen ficou vulnerável. Com a minha dose de sorte, adentrei na história o máximo que pude.

— Por isso sabe tanto...

— Sim! Ele me chamou, parecia desesperado. Disse que estava para ser desmascarado. Que a família para quem trabalhava desconfiava das atividades dele fora da empresa. Acho que o seu pai deve ter notado que a energia de Stephen aumentava conforme os anos, ainda que ele continuasse apenas um funcionário dele.

— Ele podia estar enganando a TL e a sociedade, mas meu pai era inteligente.

— Sim! Então Stephen me pediu para terminar mais rápido o golpe que eu estava dando, porque ele precisava da minha ajuda em Dublin.

Emily observou dois cisnes brigando com um terceiro na margem do rio.

— Foi nessa época que estava com Liam...

Pela primeira vez Aaron corou, encarando a água que reluzia com o sol quase do meio-dia.

— Sim. Liam era para ser uma vítima fácil, e pela urgência acabei jogando uma dose mais alta de poder sobre ele. Por isso acho que ele me odeia tanto. As outras pessoas com quem me envolvi não tinham sido domadas pela minha sorte como ele foi.

A garota sentiu dó de seu recente amor. Aaron parecia tê-lo massacrado, e logo em seguida ela fizera a mesma coisa. Não sabia como Liam aguentaria tanta dor. Eles podiam ter destruído o rapaz, e a intenção dela não era aquela.

— Então meu pai começou a desconfiar que MacAuley roubava poder de outros Leprechauns. Antes de ser desmascarado, Stephen resolveu matar meus pais a sangue-frio? É isso mesmo?

Emily tremia de raiva conforme dizia cada palavra. Entendia que Stephen MacAuley não queria perder o disfarce, mas assassinato lhe parecia extremo demais.

Foi aí que notou o semblante sério de Aaron observando a cidade. Tinha tocado em algum ponto dele.

— Sei que você não deve estar entendendo por que estou te contando tudo isso. Por que me arrisco dessa forma...

Emily baixou os olhos, mirando as próprias botas.

— Culpa, talvez? – sussurrou, tentando entrar na mente dele.

Aaron manteve a expressão dura, com o olhar perdido.

— Sim, talvez, pela primeira vez, eu sinta culpa. Mas acho que arrependimento seria uma palavra melhor.

O que ele quer dizer com isso?

— Você está arrependido do quê?

Ela temia a resposta

— De ter aceitado o trabalho com a sua família. De ter me envolvido com você...

Quem visse os dois de longe, sentados naquele banco entre os galhos da árvore, que davam cobertura para o lindo dia que se mostrava, não imaginava que naquele momento a verdade sobre um assassinato se revelava.

— Eu sei que tudo que vivemos foi uma mentira, Aaron. Sei lá se esse é mesmo o seu nome. Resta saber se esse seu arrependimento só tem a ver com o nosso suposto amor ou se você sabe o que destruiu quando aceitou participar da morte de meus pais.

Aquele era o ponto-chave.

Aaron parecia tenso.

— Eu não sabia que o destino deles seria esse. Ninguém nunca tinha sido morto antes, Emys! Seus pais foram os primeiros!

Por aquela resposta ela não esperava.

8

A paisagem linda e tranquila à frente deles não correspondia com o que ela sentia por dentro. No momento em que ouvira pela primeira vez que Aaron tinha matado seus pais, havia colocado na cabeça que assassinato era algo que ele considerava normal. Catalogara-o como um monstro e pronto. Supusera o mesmo ao descobrir que na verdade Stephen MacAuley havia sido o culpado.

Agora que ela sabia que o caso de seus pais era uma exceção, tudo se complicava, pois aquele deixava de ser um ato de maldade constante de um ser sem escrúpulo e passava a um caso específico e direcionado de puro horror.

Ela estava cada vez mais convencida de que precisava chegar ao fundo daquele enigma macabro.

— Aaron, como assim? Foi a primeira vez que acontecia o assassinato de uma vítima para você ou para ele?

— Isso faz alguma diferença?

Emily odiava quando ele simplesmente não respondia suas questões. Suspirou, irritada, fazendo de tudo para manter o controle.

— Claro que sim! Preciso entender por que o melhor amigo do meu pai decidiu matá-lo a sangue-frio. Imaginei que ele estivesse acostumado com o ato de se livrar de suas vítimas...

— Se ele estivesse, você e o Liam não estariam vivos, certo? — interrompeu o rapaz.

Aquele pensamento reverberou em sua cabeça.

Por quê, MacAuley? O que aconteceu naquela noite?

— Nada disso faz sentido! — reclamou ela, levantando-se e indo em direção à água.

Por um momento, Aaron receou que Emily tivesse outro momento suicida como quando haviam chegado à cidade. Contudo, estava claro que ela não iria simplesmente fugir de seus problemas. Emily provara que nada a pararia na busca pela verdade.

— Realmente nada faz sentido, mas é isso que sei. De todos os casos em que trabalhei junto com ele, nenhum deles tinha terminado em morte. Na verdade, eu nunca tinha ouvido falar de um caso dele que houvesse terminado assim. Sim, destruímos vidas e deixamos pessoas emocionalmente massacradas. Só que uma coisa é tirar o poder de alguém e destruir o seu coração no processo, outra é cometer assassinato. Eu não me juntei a eles para isso.

Emily virou-se para Aaron, que ainda se encontrava sentado. O remorso estava evidente em sua voz e ela podia até sentir sinceridade nele.

— O que realmente aconteceu na noite em que meus pais foram mortos, Aaron?

Ele baixou a cabeça e suspirou, tentando reunir forças para relembrar um dos dias mais difíceis de sua vida. Também havia sido o pior da vida da jovem que o olhava com repúdio.

— Stephen desconfiava que seu pai soubesse do segredo de sua família, do fato de roubar outros de nossa espécie. Pelo que eu sei, tentou disfarçar por um tempo o tamanho de sua sorte para ver se as suspeitas de seus pais passariam. Por precaução ele pediu para que eu fosse a Dublin seduzi-la. Em último caso, se ele não precisasse agir contra eles, acabaríamos tomando só o seu poder em vez do da família toda.

Aquilo a surpreendeu.

— Então mesmo quando ele o chamou para Dublin não era certo que meus pais perderiam o poder? Achei que o objetivo dele nesse processo era ter todo o nosso pote de ouro, além da empresa.

Aaron parecia concordar com a suposição dela.

— Normalmente os casos são assim, e sempre soube que ele tinha apreço ao seu trabalho de fachada. A O'C significa muito para ele, não há dúvidas. Mas na verdade ele não tinha desejo de tomar o poder de seus pais. Devo confessar que era eu que desejava isso mais do que ele, principalmente depois que pesquisei sobre vocês e senti a sorte de perto.

Aquela era mais uma das frases que fazia com que ela o odiasse. Que também a fazia se odiar por ter se envolvido com ele.

— Pelo visto vocês dois estavam se lixando para mim...

Doía nela a sensação de ser descartável a ponto de os dois planejarem lhe tirar tudo de mais importante sem hesitar.

— Para ele você não era exatamente uma pessoa, apenas um obstáculo. Sei como é isso, pois senti a mesma coisa pelas minhas outras vítimas. Claro que por algum tempo você se envolve e acaba se apegando às pessoas, mas para mim cada um deles estava ali apenas para me ajudar a conquistar meu objetivo: obter um final de arco-íris a mais. Para Stephen, você também era isso. Uma garota com quem ele não se importava sendo prejudicada. Como ele não estaria ligado ao roubo, seus pais nunca iriam desconfiar. Você só teria pisado na bola mais uma vez. Não esqueça que quando te conheci você também não era um exemplo de ser humano.

— E como eu tecnicamente não sabia da minha herança de sorte, eles não teriam como expressar o desespero por terem uma parte do poder da família roubada.

— Isso! — concordou Aaron se juntando a ela perto do rio. — Talvez Stephen até os recriminasse dizendo que deveriam ter compartilhado com você a informação do poder. Ninguém mais prestaria atenção nele, no poder crescente dele. A minha chegada a Dublin e o nosso envolvimento eram tudo de que ele precisava.

Emily enxergava agora com mais clareza conforme Aaron entregava novos detalhes. Ela se sentia fraca pelas muitas horas sem comer e pelo esgotamento emocional causado por toda aquela conversa. Pediu para seguirem em frente, finalmente em direção ao hotel.

— E quando nos encontramos? Por que arriscou me ver pela primeira vez em um evento em que meus pais estavam? Não teria sido melhor evitá-los?

A garota sentia-se como um detetive tentando organizar um caso. Era quase como se estivesse em um *escape room* procurando encaixar os detalhes. Como não podia simplesmente ir para a polícia fazer uma denúncia, precisava seguir um passo a passo, desvendando segredos e chegando a conclusões. Às vezes se perguntava se deveria envolver outra vez Liam e Darren em toda aquela confusão, ou se podia pedir ajuda à Trindade, como Margareth oferecera, entretanto, acreditava que Aaron deixaria de ajudá-la se envolvesse mais alguém no processo.

Precisava aguentar mais um pouco sozinha até encaixar toda a história em um começo, meio e fim. Ter ficado em casa sem se comunicar com as pessoas, tendo apenas a companhia de Darren e depois Liam, não só havia destruído seu relacionamento com eles, mas fizera com que aprendesse que odiava ficar consigo mesma por muito tempo. Aquilo havia chegado perto de matá-la.

Começava a se questionar se não era mais fácil se juntar aos pais. Talvez assim fosse finalmente encontrar paz.

Só que isso não traria justiça a eles. Padrigan também nunca a perdoaria, onde quer que estivesse.

— Eu cheguei a Dublin alguns dias antes do casamento. Foi uma grande ironia do destino. Como a única pessoa que eu conhecia da cidade iria se casar bem naquela semana? Depois lembrei que esse tipo de coisa não existe na minha vida e percebi que essa ironia era na verdade uma manifestação da minha sorte.

— Como assim? – perguntou ela, confusa.

— Eu ter chegado logo antes do casamento de Cassidy só podia ser um alerta do destino transmitido pela minha sorte. Comuniquei essa suposta coincidência para o Stephen assim que a percebi, e ele ficou de ouvidos abertos para ver se mais algum sinal aparecia. Nem eu nem ele achávamos seguro me apresentar tão perto de seus pais, mas se houvesse um porquê de nosso primeiro encontro ser necessário naquela ocasião, então precisávamos saber.

— E houve?

Emily não conseguia pensar antes de exercer a sua curiosidade. Se ele já tinha as respostas, era melhor não gastar tempo tentando descobri-las.

— Sim! Na verdade, foi uma combinação de acontecimentos. Você se lembra de alguma coisa impactante que aconteceu naquele dia? Ou melhor, naquela semana?

— Tive um incidente com o barbicha, mas aquilo foi antes do casamento.

Aaron abriu seu sorriso debochado, típico de quando percebia voltar a reinar nela a antiga Emily que não se esforçava.

— O fato de você ter percebido o seu poder pela primeira vez foi um resultado da nossa conspiração. Claro que também foi um reflexo do abuso do rapaz, mas você bem sabe que já se encontrou em situações como aquela no passado. Quando Stephen me chamou para roubar o seu poder, o universo escutou, e por incrível que pareça o seu poder tentou reagir ao se apresentar para você.

— Tem horas que você fala como se o nosso poder fosse na verdade uma pessoa ou entidade.

— E não deixa de ser — concordou ele. — Ele algumas vezes age como um anjo da guarda, como as pessoas normais gostam de acreditar.

— Então foram as fofocas sobre o barbicha que te fizeram se arriscar e ir ao casamento? Isso não faz muito sentido. Você pensou que eu voltaria a vê-lo na festa?

Por que ele simplesmente não diz logo tudo?

— O que mais aconteceu naquele dia, O'Connell?

Quando ele a chamava pelo sobrenome, era sinal de que começava a se estressar.

Pressionada, Emily botou as mãos na cabeça, tentando se concentrar enquanto atravessavam a Charles Bridge na direção do hotel. Aproveitou a magia ao redor para pedir esclarecimento.

Com isso lembrou e viu que a ida dele fazia completo sentido.

— No dia do casamento de Cassidy, fui expulsa de uma das minhas matérias na faculdade. Nesse dia eu decidi parar de estudar.

Estava claro para ela agora.

Sendo imprevisível como era, ao parar de frequentar a Trinity College poderia ter feito qualquer coisa, inclusive sair da Irlanda em busca de outros planos. Não seria estranho se ela tivesse decidido ir para Hollywood como Aoife fizera pouco antes. Se quisesse atuar em Los Angeles, poderia ter a sorte de conseguir um bom papel, mesmo sem ter terminado o curso.

Pensando naquilo, percebeu que, se tivesse tomado aquela atitude, provavelmente teria se tornado uma grande estrela. Afinal, tinha sorte naquela época. Poderia ter se destacado. Além de sua beleza e talento, tinha um nome relevante.

— Você percebeu que eu poderia sair da cidade! — comentou em voz alta assim que chegaram do outro lado.

— Bingo! — concordou Aaron observando-a enquanto viravam em direção ao Four Seasons. — Stephen ouviu o seu pai reclamar que a instituição ligou para falar da sua situação no curso. Parece que Padrigan chegou a sugerir que a ajudaria a tomar um rumo.

— Ele sabia que o fato de você ter chegado na época do casamento era um sinal, então percebeu que você precisava estar lá para me impedir de tomar uma decisão drástica.

— Isso mesmo! Se eu não tivesse entrado na sua vida aquele dia, talvez você conseguisse resistir ao meu poder por estar sendo guiada por outros objetivos. Não podíamos arriscar nada. Sem você por perto, a atenção de seus pais redobraria nele. Talvez exatamente por estarem desconfiando do Stephen eles quisessem que você se afastasse da cidade por algum tempo.

Fazia sentido.

— Por isso meu pai foi tão tranquilo comigo quando conversamos sobre o que tinha acontecido. Chegou a me apresentar na festa do casamento a um diretor de cinema e a falar que tudo daria certo — concluiu ela, percebendo que não havia sido apenas porque ele era legal.

— Eu entrei em contato com Cassidy para avisar que estava na cidade e recebi um convite. Depois procurei me organizar para saber como iria te seduzir e ao mesmo tempo evitar encontrar com seus pais.

— Imagino que a hora em que quase tomei um banho de bebida tenha te assustado – supôs a garota ao entrar com ele no elevador.

— Sim! E como! Senti o olhar do seu pai me analisando de todas as formas naquele momento. Precisei tomar um cuidado redobrado para ele não sentir a minha energia. Ali, eu percebi que você tinha pais que realmente se preocupavam, Emys! Se eu pudesse voltar atrás, nunca teria aceitado te manipular. Eu lamento muito que tudo isso tenha acontecido.

Ouvir aquilo pela voz dele era torturante. Emily não sabia se podia acreditar nas palavras e sentimentos dele.

Mas nada seria mais chocante do que o que os esperava na porta do quarto do hotel.

9

Quando Emily percebeu o cabelo preto curto, a postura encurvada e o ar arrogante, viu que estava entrando em uma enrascada. Não conseguia entender como aquela pessoa se encontrava ali parada na frente do quarto deles em plena Praga.

— Olá, marido querido! Não vai dar um beijo de boas-vindas na sua linda esposa? – perguntou Margot Dubois, parada no corredor, encarando com ar de deboche os dois que chegavam.

Emily automaticamente se virou para Aaron em busca de respostas, mas logo percebeu que aquela visita era inesperada até para ele.

Depois de alguns segundos de tensão, ele resolveu se mover indo em direção a ela.

— Bem-vinda, Margot! – respondeu ele.

Em seguida, Emily presenciou algo que nunca pensou que teria de aguentar. Aaron e Margot trocaram um dos beijos mais longos e nojentos que ela já havia visto, sem se importar com a presença dela.

Ficou petrificada pela cena de horror dos dois tocando suas línguas e se agarrando enquanto faziam barulhos que lembravam gemidos.

É muita cara de pau mesmo. Aquele foi o último pensamento da ruiva antes de conseguir reunir forças nas pernas para virar e começar a andar em sentido ao elevador. Precisava sair o quanto antes daquela cena que destruía mais um dia de sua vida.

Aaron tinha acabado de demonstrar compaixão e algum tipo de sentimento extra por ela na volta do Castelo de Praga, e não podia acreditar que ele realmente recebia a sua última vítima aos beijos na frente dela que sofrera tanto por causa dele. Só podia acreditar que ele era desumano.

— Esquisitinha, espere! — disse em bom tom Margot, interrompendo o beijo e tentando chamar a atenção da rival, que já se encontrava na metade do corredor.

Era só o que me faltava. Agora sou tachada de esquisita por uma pessoa igual a ela. A rainha do mundo dos estranhos.

Suspirando algumas vezes e tentando controlar a raiva no tom de voz, Emily ordenou ao rapaz:

— Aaron, junte as minhas coisas e as entregue no saguão. Não vou ficar aqui para assistir a essa indecência. Você é patético!

Ele não esboçara reação desde que Margot havia interrompido o momento entre eles para chamar a atenção da garota. Em vez de tentar respondê-la, foi Margot quem continuou a conversa.

— Você não precisa ir embora, querida! Na verdade, você realmente tem que sair do quarto do meu marido. Convenhamos que isso é um tanto promíscuo, mas, antes de nos alegrar com a sua saída, temos muito o que conversar, não acha?

Emily aguardava o elevador quase espumando pela boca com o atrevimento da mulher. Nunca mais tinha pensado que a reencontraria, muito menos naquelas condições. Ouvir suas lições de moral era o que menos precisava naquele momento.

E esse filho da mãe fica parado sem falar nada. Não consegue nem me defender.

Talvez aquilo fosse o que mais doía nela. Ver que Aaron, além de beijar a outra na sua frente, era capaz de continuar manipulando-a e iludindo-a. As caminhadas, conversas e revelações não passavam de limpeza de consciência dele. Ele não estava fazendo nada por ela, e isso machucava.

Precisava aceitar o fato de que não podia mais esperar sinceridade da parte dele.

— É sério, garoto! — disse Emily quando percebeu que o elevador estava para abrir em seu andar. — Quero as minhas coisas no saguão em menos de dez minutos, Locky!

Provavelmente a menção do suposto sobrenome dele o despertou.

— Emys, espera! — pediu Aaron com a voz embargada.

A ruiva parou por um segundo para encará-lo antes de seguir em frente. Com a troca de olhares, mais do que ela imaginava veio à tona. Sentiu a linha de conexão entre eles pulsar como há tempos não percebia, e em um misto de sentimentos notou algo que parecia quase um pedido de desculpas. Como se ele quisesse falar com ela sobre aquilo, porém, por algum motivo, não pudesse.

Ainda vou enlouquecer, pensou entrando pela porta de aço que se abria no último andar do hotel.

Então, antes de apertar o botão para o lobby, ouviu a francesa dizer:

— Recebi uma visitinha da sua querida TL, Emily O'Connell! E acredito que ficará interessada em saber que Stephen MacAuley me procurou também.

Aquele era o tipo de situação que ela pensava que nunca teria que enfrentar. Emily encontrava-se sentada na sala de sua suíte, com Aaron e Margot no sofá a sua frente, prestes a falar sobre a comunidade mágica deles e sobre o homem responsável por tê-los conectado da forma mais cruel possível. Era um encontro destinado ao fracasso, sem dúvidas. Não sabia se todos poderiam sair vivos daquela conversa.

Para a surpresa geral, Aaron foi o primeiro a quebrar o silêncio existente desde que Emily saíra do elevador e entrara na suíte.

— Que história é essa, Margot? — questionou ele, respirando fundo. — Você não me disse nada sobre isso no telefone quando perguntei como estavam as coisas.

Foi com ela que Aaron conversou, percebeu a ruiva lembrando do momento em que ele saíra para fazer uma ligação no dia anterior.

— Desde quando telefones são seguros, Allan? Precisava falar com você para ver se eu conseguia sentir o local onde estava. Só assim poderia tentar te encontrar e falar sem correr o risco de sermos ouvidos.

Allan. Toda aquela situação a irritava. Era estranho ouvir o suposto outro nome dele. Mas por um lado aquela conversa servia para fazê-la notar que, por mais que conversassem, Aaron também não revelava para a esposa tudo o que fazia ou sabia. Margot parecia estar tão no escuro quanto ela em alguns aspectos.

— Você conseguiu reunir poder suficiente para me localizar? — perguntou o rapaz, surpreso.

Margot pareceu se aborrecer com a questão, cruzando os braços ao se virar para encará-lo.

— Mas é óbvio! Ao contrário de seus outros casos, eu continuo me esforçando para ter pelo menos um resquício da minha sorte. O suficiente para pelo menos me conectar a você.

Emily riu de nervoso.

— Claro! Porque, ao contrário das outras vítimas dele, você ainda acredita que Aaron te ama ou sente alguma coisa em relação ao casamento de fachada que criaram. Com tantas coisas mais úteis para usar o que resta do poder do qual você abriu mão, vai usá-lo para se importar com ele? Que desperdício!

O desabafo de Emily fez Margot voltar a encará-la em vez do rapaz. O aborrecimento novamente se transformou em deboche.

— Falou a garota que teve os pais mortos e ainda está dormindo no mesmo quarto que o lobo mau.

Aquela verdade pesou no estômago dela. Não podia negar que se iludia tanto quanto Margot quando o assunto era Aaron.

— Vocês podem parar de falar bobagens e começar a focar o que é importante? — pediu Aaron irritado, passando as mãos pelo rosto e parando no cabelo em um gesto preocupado.

Margot então levantou-se e foi para a mesma janela de onde Emily encarara a cidade após seu ataque de loucura. A ruiva mexia nos cabelos agora mais curtos com um olhar perdido. De lá, a francesa começou a dar detalhes dos seus últimos dias.

— Pelo que eu pude compreender, essa garotinha passou informações minhas e da minha família para aquela comunidade de Leprechauns sobre a qual você tinha me alertado. Assim que eles foram informados e conseguiram me localizar, um agente apareceu na minha residência. Foi um sacrifício conseguir enganar o meu avô quando ele começou a tentar falar do meu poder e de você. Não tem sido fácil mantê-lo feliz agora que percebeu que você está ausente demais em nosso casamento.

O discurso fez Emily sentir-se só um pouco vitoriosa. Tinha dó de Pierre por ser tão facilmente iludido, mas saber que o casamento deles pelo menos continuava distante a alegrava. Não desejava que Aaron e ela fossem felizes juntos. Na verdade, ela não desejava a felicidade deles separados.

— E o que aconteceu nessa reunião com a TL? — perguntou Aaron mostrando-se preocupado.

Margot notou a diferença na voz dele e virou-se encarando os dois. Franziu o cenho. Pela primeira vez, ela e a outra socialite trocaram um olhar que não era de ódio. As duas começavam a ficar preocupadas com a atitude do homem que sempre se sentia seguro nas situações de perigo.

— Tentei desmentir os relatos da Emily e do loiro fortinho, mas não tinha mais conserto. Ele estava com todos os dados de meus pais, do nosso império e as condições em que se deu nosso casamento. A parte boa foi que com o meu resquício de sorte tive tempo de apagar a nossa foto do casamento do celular do meu avô. O agente queria compará-la com as que tinham sido fornecidas mostrando você.

Aaron lançou um olhar aborrecido para Emily.

— Agora você está cadastrada no sistema — zombou a ruiva, atrevendo-se a falar e observando os dois, sem se deixar perturbar pelo olhar dele.

Aquele era o momento em que Margot poderia facilmente partir para uma briga física. Havia uma tensão visível entre as duas. Maior do que quando Emily aparecera na fazenda em busca de Aaron, quando até armas de fogo estavam envolvidas.

— Sim, sua insuportável! Agora eles vão me monitorar, ainda que eu não tenha mais o meu pote de ouro. Não consigo entender! Dei conscientemente o meu poder, e essa Trindade veio me julgar, querendo me condenar. Fui informada de que estão abrindo um processo interno contra mim e ainda nem sei o que isso significa.

— Devem querer te julgar como cúmplice das coisas que ele fez, querida! — completou Emily encarando a francesa que buscava algo em sua bolsa, provavelmente cigarros.

Foi a vez de Aaron levantar-se, inquieto após essas revelações.

— A TL te disse isso e você teve coragem de me ligar e aparecer aqui em seguida? É óbvio que virão nos procurar, sua idiota! Será que mesmo depois de perder o poder vocês duas não conseguem deixar de ser burras? Nunca ninguém aprende com os próprios erros.

A explosão dele pegou de surpresa principalmente a francesa, com quem Aaron nunca havia se exaltado antes.

Margot sempre se considerara inteligente, e achava que o rapaz a admirava por ter percebido o golpe e decidido ajudá-lo por conta própria. Ouvi-lo dizer aquelas coisas a surpreendia de uma forma negativa. Fazia com que se lembrasse das diversas histórias contadas por ele sobre as outras mulheres incapazes de perceber seu golpe.

Emily, ao contrário, celebrava o momento internamente. Mesmo que a ofensa também se dirigisse a ela, não podia deixar de ficar contente ao vê-lo diminuindo o valor da outra mulher com quem não conseguia parar de competir.

Sou horrível por ficar feliz com isso?

— *Merveilleux*, Allan! Vejo agora que me arrisquei por besteira vindo até aqui. Imagino que você não precise do resto das informações que eu ia te passar sem nada em troca, babaca!

Aaron percebeu que se exaltara antes da hora. Margot havia comentado que MacAuley a procurara. Ele não podia permitir que ela se negasse a lhe passar informações por causa de sua explosão estúpida, ainda mais depois de perceber que ele estava todo aquele tempo com Emily.

— Me desculpa, Margot! Ando estressado, e estou acostumado a ser grosso assim com a O'Connell. Acabei passando dos limites. Não deveria ter falado contigo dessa forma. Sei que, se veio aqui, foi por um bom motivo.

Novamente a linha que os conectava pulsou, e Emily entendeu o sinal. Aaron manipulava Margot com beijos e desculpas. Aquele era o seu jeito de sempre conseguir o que queria, mas pela primeira vez aquelas atitudes também estavam beneficiando Emily. Ela precisava passar por toda aquela humilhação se quisesse saber por que o seu grande inimigo tinha ido procurar a *esposa* de Aaron.

— Ok, *mon amour*! Vou fingir que acredito que essas desculpas são sinceras, pois preciso que você comece a agir com minhas informações. Não quero mais essas pessoas me procurando em Paris. Não preciso de atenção indesejada. Já tenho que lidar com Pierre, qualquer outro empecilho vai me atrapalhar. Aceitei fazer parte de tudo isso para ter a minha liberdade, e não preciso voltar a ser manipulada por outras pessoas em relação ao meu dinheiro.

Margot voltava a ser a mulher que Emily encontrara na fazenda. Não parecia mais uma boba apaixonada como às vezes ela própria era. Pensava nos negócios e no seu bem-estar. Só então a ruiva conseguiu entender por que ela os procurara.

Alguma coisa que MacAuley disse deve tê-la apavorado para estar aqui, pensou tentando ficar quieta para não interromper a discussão deles.

— Não quero atrapalhar seus planos, Margot querida! Quero sempre cumprir o nosso combinado. Se preferir, posso passar uns dias em Paris para sossegar o seu avô assim que conseguir terminar essa pendência.

Todos entenderam que a pendência era Emily, e aquilo a deixou desconfortável.

— Pois bem, vamos resolver tudo logo! — começou Margot. — No dia seguinte à visita do agente da TL, recebi uma ligação inusitada. Meu funcionário avisou que havia um homem chamado Stephen MacAuley me procurando na empresa. Devo dizer que achei estranho ele se deixar ser visto assim tão facilmente. Afinal, eu poderia estar sendo vigiada! Pedi para que ele esperasse, pois não podia deixar de saber o que ele queria.

Aaron continuava agindo de forma estranha, mostrando o quanto estava agoniado com aquilo.

— Não faz sentido Stephen aparecer dessa forma em Paris, ainda mais na sua empresa. Se esse agente descobrisse sobre a visita, isso levantaria suspeitas. Ele sabe disso. Por que será que não foi mais cauteloso?

Margot encolheu os ombros e deu uma longa tragada no cigarro antes de voltar a falar.

— Seria estranho ele me procurar em qualquer lugar. Se tivesse ido até a minha casa, também levantaria suspeitas. Acho que resolveu ir até a empresa para ter uma desculpa, afinal a família dele também tem ações em vinícolas.

Emily desconhecia aquela informação, assim como muitas outras coisas sobre aquele homem de quem pouco sabia, mas tanto interferia em sua vida. Mesmo convivendo a sua vida inteira com MacAuley, a realidade era que ele continuava um completo estranho.

— Você já havia tido algum contato com ele? — questionou Emily quando Margot terminou com o cigarro.

— Não de forma direta. Aaron me disse que ele era o seu patrão, pois nosso caso teve que ser compartilhado com seus superiores. Afinal, nem Stephen MacAuley já presenciara um caso de Leprechaun que abre mão de seus poderes. Depois que Aaron explicou qual era o nosso acordo, tivemos a bênção dele, e sei que quando fomos resgatar o meu pote de ouro Stephen estava por perto pegando a sua parte.

— Chegou a vê-lo nesse dia? — perguntou Emily, novamente curiosa.

Margot riu e se debruçou na poltrona.

— Não, mas senti a sua presença! Tudo aconteceu naquela fazenda que você conheceu, ruivinha. O meu final do arco-íris era lá, por isso achamos melhor ficar no local após o casamento.

Então tudo aconteceu naquela mesma fazenda. O que teria acontecido se tivéssemos chegado alguns dias antes?, questionava-se.

— E o que Stephen queria com você? — perguntou Aaron, sem conter o desespero.

Margot suspirou, deixando que todos se concentrassem nas próximas palavras.

— Ele disse que me achava interessante e corajosa. Que nunca havia encontrado um Leprechaun como eu e que admirava o meu foco em controlar o dinheiro da minha família com ou sem poder. Ainda acrescentou que não teria a mesma capacidade se isso acontecesse com ele.

— Ótimo! Stephen saiu de Dublin para ir a Paris te elogiar?

A frustração de Aaron tinha fundamento. Margot não dizia tudo que sabia de uma vez, causando angústia nos dois que ouviam a história.

Ela o fazia experimentar do próprio veneno.

Emily, em especial, já não sabia como aguentar tanto mistério tendo que ouvir as versões dos dois sobre o assassino de seus pais.

— Não, Allan! Tenha paciência! — Margot se irritou. — Ele disse que conhecia o agente que tinha me procurado. Parece que há anos a família dele acompanha o homem, e ele achou estranha a presença dele em minha casa. Como sabia que você estava pesquisando a vida de seu próximo alvo, achou melhor me procurar por conta própria para saber se eu precisava de ajuda. Foi uma atitude simpática, mesmo que toda essa simpatia tenha sido provavelmente falsa.

Aaron abriu o celular por reflexo, parecendo querer checar se havia alguma ligação do patrão não atendida.

— Nada disso faz sentido! Se ele apareceu por causa do agente, e se o segue há anos, saberia sobre a TL e também que Emily os procurou — refletiu Aaron após fechar o aparelho.

A conclusão dele incomodou Emily.

— Não necessariamente! MacAuley e sua família não podem divulgar por aí que são Leprechauns. Imagino que seja difícil acompanhar a TL em outro continente. Se houvesse um representante deles na Europa, ficaria muito mais simples para eles o acompanharem.

Aaron tentou se convencer.

— Mas por que foi atrás da Margot? Por que falar de mim, sendo que ele nem sabe onde estou? Decidimos uma nova vítima quando estávamos a caminho do aeroporto, mas desde então não tivemos outro contato.

Emily teve dificuldade em entender.

— Como assim decidiram no caminho?

Vendo a curiosidade da garota, Margot não se aguentou e aproveitou para provocar a rival.

— Não ficou sabendo, O'Connell? A próxima vítima de Aaron está aqui em Praga! Por isso não temi segui-lo. Confirmei que a informação dada por Stephen era verdadeira, e posso dar essa desculpa para ele se quiser saber o motivo de minha viagem. Posso dizer que senti ciúmes.

Ele continua roubando poderes. Aaron não mudou nem um pouco.

A informação afetou a garota mais do que imaginaria.

Emily saiu correndo da sala em direção ao quarto para vomitar no banheiro da suíte.

Aaron a enjoava com suas atitudes.

10.

Aaron não parecia nada feliz vendo seus segredos compartilhados. Contudo, não podia extravasar sua frustração novamente, pois sabia como Margot agia: se estourasse com ela outra vez, sem dúvida ela iria embora. Ao contrário de Emily, a francesa demonstrava poder ficar sem contato com ele sem problemas. Por mais que gostasse de Aaron, ele não era necessário para sua felicidade. Ele sabia que, ainda que sumisse do mapa, ela saberia arranjar uma desculpa para o avô.

Emily respirou fundo, lavou o rosto e tentou livrar a boca do gosto ácido. Não esperava ter uma reação tão intensa, entretanto, tudo que envolvia Aaron e roubo de poder a deixava em um estado lastimável. Tentou ignorar o fato de que ele estava caçando novamente e focar a conversa de Margot com Stephen MacAuley. Aquele assunto precisava ser o seu prioritário.

— Pronta para continuar? – debochou a morena já com outro cigarro na boca, olhando outra vez para a janela com vista para o rio.

No momento em que voltou para a sala, arriscou dar um breve olhar em direção a Aaron, porém, recusou encará-lo. Faria de tudo para ter o menor contato possível com ele dali para frente. Não bastava ter presenciado aquele beijo entre ele e a mulher que detestava, agora precisava lidar com o incômodo de saber que ele planejava mais uma atrocidade. Não se obrigaria a continuar mantendo a cordialidade com ele.

Será que quando ele demorou para voltar, ontem, estava seduzindo alguma milionária ou milionário da cidade?

A percepção de que aquilo provavelmente havia mesmo acontecido a fez ter vontade de voltar para o banheiro. Com o pingo de orgulho que ainda lhe restava, segurou a necessidade e pediu para Margot continuar a sua história.

— Ótimo! Voltando ao assunto depois dessa cena desagradável — continuou a mulher, alfinetando-a. — Bem, agradeci a Stephen por ter se preocupado comigo e tentei dar o meu máximo em uma explicação.

— Você contou que Emily e Liam te denunciaram? – perguntou Aaron aflito, tentando segurar a vontade de se explicar para a ruiva.

Margot parecia perceber claramente a tensão que havia entre Aaron e a irlandesa. E não escondia se deliciar com o fato de causar um pouco mais de turbulência na relação dos dois.

— Tentei mentir para ele. Foi difícil. Não sei como não comecei a falar tudo nos primeiros segundos, afinal você sabe quanta sorte acumulada ele tem, incluindo a minha.

— Mas conseguiu? – insistiu Aaron, sem esconder a frustração.

Margot voltou a se aborrecer com ele.

— Não, Allan! Omiti algumas coisas, evitei situações que me colocassem em perigo para não acabar desmascarada. Ele perceberia se eu mentisse, ou eu entregaria algo.

— E o que você disse? – interrompeu Emily voltando a se posicionar na conversa.

— Disse que o homem veio me sondar. Ele comentou que havia notado uma queda brusca nos números da empresa desde a morte dos meus pais e o meu casamento secreto. Falei para o Stephen que o acusei de ser da concorrência ou de algum jornal, e que disse para ele não me procurar mais.

Ela foi esperta. Emily tinha que admitir que havia sido melhor a francesa desviar o assunto do que revelar fatos demais.

— Qual foi a reação dele? — questionou Aaron parecendo mais tranquilo do que antes.

— Tentou me enrolar com algumas perguntas, mas me fiz de desentendida. Acho que o fato de eu estar próxima a uma das fontes de meu poder deve ter ajudado. No final, ele comentou que devia saber o que estava acontecendo.

Emily e Aaron ficaram curiosos.

— O que estava acontecendo? — perguntou Emily, ansiosa para sair logo do quarto.

— Ele disse que há um bom tempo um relatório da TL andou circulando pelos meios mágicos. Antes de mim, Allan deve ter tentado seduzir alguma outra francesa, e isso emitiu um alarme no sistema deles, pois aparentemente os pais da garota perceberam a energia. Stephen acredita que o agente estava procurando outra vítima do mesmo impostor, que desistiu do alvo anterior. Devo confessar que fiquei um tanto chateada por ter sido a segunda opção, mas depois lembrei que você não fazia ideia do meu valor.

— Faz sentido ele pensar isso — comentou Emily tentando ignorar a parte em que Margot se gabava.

Essa se acha mais do que eu algum dia me achei.

— Ainda assim é estranho ele ter te procurado — disse Aaron cruzando os braços.

O trio ficou em silêncio por um tempo.

— Existe mais alguma coisa que eu precise ouvir? — questionou Emily finalmente, se posicionando para ajeitar suas coisas no quarto.

Margot escancarou os dentes ao ouvir a pergunta. O momento que ela tanto desejava tinha chegado.

— Acredito que não! Agora meus assuntos não te incluem!

Nojenta, pensou Emily, tentando entender como Aaron conseguia beijar uma mulher que soltava fumaça mais do que uma chaminé.

— Perfeito! — respondeu ela, virando-se em direção ao quarto que dividia com Aaron.

Entrando no recinto, começou a juntar o que trouxera consigo e também o que tinha comprado durante a visita ao shopping. Podia não ter mais sorte, mas ainda não havia perdido a inteligência, e já tinha providenciado uma mala para quando esse momento chegasse. Atirou tudo nela para sair do local o quanto antes. Tinha escutado o que precisava e ainda havia muito para pensar. Só não tinha a intenção de fazer isso ali.

— Para onde você vai, O'Connell? – sussurrou Aaron chegando perto dela para a outra não escutar.

Com toda força do mundo, Emily reuniu coragem para apenas lançar-lhe um olhar zangado.

— Allan, vou pedir serviço de quarto! Espero que esteja no clima de vinho, assim podemos nos lembrar das noites que passamos juntos na fazenda – gritou Margot no cômodo ao lado.

Emily deu um riso baixo sarcástico.

— Espero que esteja no clima, *Allan*!

A zombaria de Emily não escondia a tristeza em sua voz. Sentia-se novamente traída por Aaron, mesmo sabendo que não podia ter mais nada com ele.

Continuo sendo otária.

— Vou pedir para a Margot pegar outro quarto com o cartão dela – falou ele com uma voz mansa no ouvido dela. Bem diferente do tom alterado de toda conversa até ali. – Assim, teremos um registro dela na cidade e você pode continuar à sombra. Receio que Stephen procure saber onde você está.

Emily não queria saber de nada daquilo. Muito menos queria o dinheiro da mulher para pagar sua hospedagem. Na verdade, ela não sabia se continuaria em Praga. Não tinha por que ficar assistindo à segunda lua de mel deles e não queria ver Aaron partir mais um coração destruindo um novo poder.

Eu queria ser forte para conseguir impedi-lo de machucar mais alguém. Mas pensei que podia ajudar quando soube de Margot e só me ferrei, pensou agoniada tentando se livrar dele enquanto procurava pelo quarto por peças de roupa jogadas.

— Eu não preciso mais de nada disso — sussurrou Emily só para si, mas de forma que Aaron fosse capaz de ouvir.

Ela sentiu novamente aquele pulsar diferenciado e odiava ainda ter aquela ligação com ele, uma corrente de energia que parecia nutri-la como um cordão umbilical. Aquela relação de amor e ódio entre os dois quase chegava a sufocá-la, era como se estivesse engolindo quilos de areia.

— Vou fazer com que ela vá embora amanhã, e prometo te explicar tudo isso — começou Aaron.

A garota inspirou fundo, fechando os olhos no processo, para não tacar a mala na cabeça dele.

— Eu não quero mais explicações suas!

O silêncio pesou enquanto ela fechava o zíper para partir, e só quando ela já estava na porta ele foi capaz de falar.

— Não quer saber como foi o dia do assassinato na minha versão, Emys?

A maldita manipulação e os apelidos!

Aaron sabia que prenderia a garota com aquela bomba. No meio das conversas com ele e das revelações de Margot, esquecera-se de que havia mais a aprender sobre os últimos dias de seus pais.

Sobre MacAuley e como derrotá-lo.

— Livre-se dela — foi o que conseguiu sussurrar antes de colocar a mala no chão e sair em direção à porta. Esperaria pelo seu novo quarto no saguão do hotel para não ter que ficar mais um segundo próximo da francesa.

No fundo, de certa forma sentia-se grata. Margot não precisava compartilhar com ela a sua experiência recente com Stephen MacAuley. Porém, sabia que nada daquilo havia sido feito por bondade.

Quem a visse pela câmera do elevador, identificaria as lágrimas escorrendo livremente em seu rosto triste e humilhado. Ninguém nunca acharia que aquela mulher aparentemente derrotada um dia tinha sido uma das mais influentes da Irlanda. Olhando-se no espelho, sentia vergonha do que via. Da mulher em que se transformava. O que ela via era a Emily fraca e submissa que tanto odiava. A que ficara meses presa, sem banho e solitária.

Sentou-se no saguão após enxugar a face, tentando não chamar muita atenção. Aaron tinha razão em fazer Margot pagar o quarto. Se Emily fosse MacAuley, estaria desesperada procurando por ela e Liam.

Liam.

Temia pela segurança dele. Imaginava se ele tinha voltado para Londres e se pelo menos mantivera uma arma com que se proteger, caso o verdadeiro vilão aparecesse.

Não demorou muito para que a chamassem com a nova chave, e pensou na ironia que era acabar sozinha naquela noite, depois de ter dormido lado a lado com o inimigo.

Sentia-se sozinha. Mais do que nunca.

II

O quarto não perdia muito em luxo em relação ao anterior. De fato, se Stephen MacAuley fosse investigá-los, não estranharia Margot estar em uma das melhores suítes do hotel. Aaron devia ter perdido alguns minutos para convencê-la, mas no fundo Emily sentia-se grata por poder ficar em paz por pelo menos algumas horas em um lugar confortável.

A mente rodopiava com o excesso de informações e teorias, com a lembrança de tudo o que escutara nos últimos dias. A conversa na TL e os documentos, os momentos com Aaron, as revelações da francesa, tudo se misturava em seu raciocínio. A cada uma dessas conversas, acumulava mais informações sobre MacAuley. Mesmo assim, não tinha a mínima noção de como derrotá-lo e de como recuperar o seu poder.

Deixou a mala na sala e foi para o quarto, deitando-se sem se preocupar em tirar os sapatos. O cansaço tomava conta de seu corpo outra vez, ainda que fosse cedo. Pelo segundo dia consecutivo, parecia que perderia a batalha contra o fuso horário.

Distraída, pegou o celular no bolso do casaco. Poucas pessoas conheciam aquele número, incluindo MacAuley, e estranhava o fato de ele nunca tê-lo utilizado. Até então, eles tinham uma relação normal. Ela havia passado a empresa para ele e mantido uma pequena participação do fundo financeiro. Talvez ele nunca houvesse ligado justamente para não chamar atenção. Com a súbita desconfiança em Margot, ele poderia já ter tentado rastreá-la pela localização do aparelho, ou inventado uma desculpa para falar com ela, mas parecia que Emily continuava fora de seu radar. MacAuley provavelmente não a via como uma ameaça.

O que será que está passando pela mente dele agora?

Não podia esquecer que ele era um homem inteligente e perigoso. Por um instante, temeu ficar naquele quarto sozinha e ser descoberta por ele. Precisava começar a buscar o final do arco-íris do CEO e de Aaron, mas começava a acreditar que seria quase impossível conseguir informações tão preciosas. No fundo, não os conhecia de verdade.

Com o telefone na mão, voltou a se sentir mais humana. Lembrou-se de quando ia dormir colada em seu aparelho. A internet sempre fora parte importante de sua vida, e ela percebia o quanto se sentia diferente justamente por estar tão afastada daquele mundo.

Tentando aproveitar um pouco aquele sentimento de normalidade, resolveu acessar suas redes sociais e testemunhar, mesmo que através de uma tela, o desenrolar de um mundo que não envolvia roubos, assassinatos e conspirações.

Um mundo que não girasse em torno de Aaron Locky.

A primeira imagem que apareceu foi uma foto de Aoife com o noivo em roupas de grife indo para um baile de gala de uma fundação famosa de sua cidade. A amiga vestia azul, a cor que Emily sempre a incentivava a usar, por combinar com a sua aparência e personalidade. O pequeno detalhe fez surgir nela um sorriso involuntário, esparramada naquela cama perfeitamente arrumada.

Quantas vezes ficamos horas nos arrumando juntas, com nossas equipes, para curtir eventos assim, pensou, se segurando para não curtir a foto.

Precisava tentar não chamar atenção. Sabia que seus fãs deviam estar monitorando a sua rede.

Até seu antigo círculo social provavelmente estava em alerta. Como não andava mais com o antigo celular e havia mudado de número, não fazia ideia da quantidade de mensagens que devia ter recebido desde o seu sumiço e reaparição on-line.

Falhei tanto com você, amiga! Falhei com todo mundo!

Aquele pensamento fez com que ela lembrasse com quem mais havia errado nos últimos tempos. Magoara Liam, mas sabia que nada era comparável com o que Darren devia estar sentindo em relação a ela. Uma amizade tão longa e forte, arruinada por milhares de problemas inesperados. Queria consertar seu erro, voltar às boas com o amigo, contudo, se entrasse em contato com Darren naquele momento, só pioraria as coisas. Ele provavelmente acharia que ela só o estava procurando para desabafar seu ciúme de Aaron. Como se ele e os problemas dele não fossem importantes. Como se os seus sentimentos não valessem atenção, pois Emily sabia que aquela era a raiz do problema. Sua relação com Liam havia sido uma punhalada no melhor amigo, mas o mais grave era ele sentir que a sua companheira nem sequer o levava em consideração o suficiente para saber o que se passava com ele.

Com nostalgia, digitou o nome dele na rede social e observou as diversas imagens que se abriram. Dezenas de fotos coloridas e divertidas, como só ele sabia fazer. O Darren fora da internet era o mesmo que naquela tela: vivo, sincero, maluco e lindo. Um ser humano que Emily sabia não merecer como outra metade.

Eu errei tanto.

Mas de nada adiantava ficar remoendo aquilo. Precisava juntar forças para encarar a conversa que estava por vir com Aaron, que seria essencial para ela conseguir bolar um plano de retomada do controle de sua vida e da empresa de seus pais. Devia isso a eles.

A última foto de Darren mostrava-o ainda no Brasil, tomando sol na piscina de um hotel com vista para Copacabana. Na legenda ele dizia que não queria sair do paraíso, mas chegara a hora de voltar.

Então ele finalmente irá para Dublin.

Ficou feliz com a notícia. Ainda que ele estivesse na mesma cidade de MacAuley, Emily não imaginava que o amigo estivesse em perigo, e Darren precisava voltar para sua estabilidade. Preferia o seu melhor amigo na versão irlandesa.

Deixou o celular jogado na coberta por alguns segundos para tirar a bota e ficar mais confortável. Resolveu tirar o casaco também e prendeu o cabelo em um coque com as partes que ainda eram compridas o suficiente para se encaixar nele.

Querendo esvaziar a cabeça antes de se render ao sono, entrou mais uma vez na nostalgia que também a pegara na cidade maravilhosa e se viu ligando outra vez para alguém inesperado.

— O sumiço te faz muito bem, princesa! Você tem se lembrado das pessoas certas!

A voz brincalhona, mas cheia de si, de Owen a fez sorrir como há muito tempo não conseguia. Ligava para ele justamente na intenção de sentir de novo a sua antiga personalidade habitar o corpo estranho em que se descobrira desde que soubera ser uma Leprechaun.

— Ou talvez eu esteja me lembrando das pessoas erradas, O'Connor! — brincou a garota, deitando com o aparelho no ouvido.

Aquela espécie de déjà-vu lhe aquecia a alma e parecia até lhe devolver um pouco de poder. Possivelmente estava experimentando a esperança de um dia voltar a ser ela mesma.

— Da última vez que você ligou, disse que talvez um dia possa me dar uma chance, e agora recebo a honra de ouvir sua voz outra vez. Posso finalmente me considerar um homem de sorte? — perguntou ele do outro lado.

De sorte. Coitado! Não imagina o azar que ando carregando.

— Pode se considerar uma pessoa que me faz bem...

Do outro lado da linha, o silêncio de Owen era uma resposta em suspenso: estava óbvio que pela primeira vez ele ficara sem saber o que dizer. Nos anos em que se conheciam, apesar de terem flertado diversas vezes, ela nunca lhe dera tantas esperanças.

Emily ouviu uma respiração acelerada do outro lado e pensou em aliviar a conversa para não afastar a única pessoa do seu passado com quem ainda tinha contato. Antes disso, no entanto, o rapaz recuperou a fala.

— É um prazer poder te fazer bem, pequena!

Owen O'Connor, o playboy de Dublin, em uma frase, revelava ter um coração mais bondoso do que ela jamais imaginara.

— Obrigada! — sussurrou do outro lado, e logo tentou mudar a direção da conversa. — E me conte, como anda a nossa querida Irlanda? Já existe uma nova Emily governando nosso círculo social?

Ele voltou ao clima descontraído de quando atendeu a ligação.

— Você acha que é fácil achar outra você? Que nada! Muitas tentaram, mas ninguém conseguirá roubar o seu trono. Não dou um dia para todos voltarem a te amar assim que resolver deixar Hollywood e retornar para o seu verdadeiro palco.

Ele acha que ainda estou em Los Angeles. Todos devem achar.

Emily limitou-se a rir e preferiu não corrigir a informação. Era melhor para o rapaz não saber a sua verdadeira localização e muito menos com quem estava.

— Quem sabe um dia, Owen! Quem sabe um dia!

Os dois riram entendendo o subtexto.

— E o Darren pelo visto está voltando, né? A sua mensagem na rede deu o que falar nas colunas de fofoca, como você já deve saber. Mas ninguém entendeu nada quando percebeu que ele estava no Brasil e você nos Estados Unidos. Acho que deve ter sido a primeira vez em anos que vocês não estão no mesmo continente.

Mal sabe ele.

— Tive algumas oportunidades, e Darren precisava trabalhar no bronzeado dele. Já percebeu como aquele ser é branco? Mais um pouco na Irlanda e viraria um fantasma.

— Falou a rainha das fotos de biquíni com protetor oitenta. Não esqueça que estive com você na última viagem a Ibiza e vi seu cuidado com o sol.

Ibiza. Como foi boa aquela viagem.

Sentia falta dos momentos descontraídos com o seu grupo social, viajando para cidades exóticas, bebendo do melhor, dançando até o sol nascer e se acabando na cama com uma pessoa interessante. A Emily do passado podia ser fútil e mimada, mas sabia se divertir. A nova Emily ficava trancada pensando em planos de destruição e imaginando o homem que acreditara ser o da sua vida se esfregando em outra pessoa alguns andares acima.

— Às vezes acho que sempre fui dura demais com você, Owen!

Ele soltou um pequeno riso com a declaração sincera dela.

— Na verdade, todos nós fomos sempre duros uns com os outros, mas principalmente com nós mesmos.

Owen tinha razão.

— Foi por isso que Deus criou o dinheiro e as boas distrações — completou ele, gargalhando. — Então, quando quiser deixar de se punir, basta me ligar. No segundo seguinte estaremos em uma *penthouse* de Vegas bebendo champanhe e, de preferência, nus. Que tal?

Ela quase engasgou na própria risada. Aquele era o Owen que conhecia, e não o homem de frases tocantes que de vez em quando começava a aparecer.

— Você é um maluco mesmo! Pode deixar que levarei isso em consideração. Agora tenho que ir, o *jet lag* está me matando.

Emily pôde sentir que ele não queria desligar, mas sabia ser necessário. Por mais que gostasse de ficar flertando com ele por telefone, há poucos dias deixara um homem importante para ela porque precisava seguir o seu destino e terminar a sua saga. Não podia ficar presa em novas brincadeirinhas como aquela.

— Mande lembranças para o destrambelhado do Darren por mim. Até que estou com saudade dos exageros dele por aqui.

A garota concordou, sabendo que aquela mensagem não chegaria tão cedo ao melhor amigo. Sentia-se mal por fingir que ainda tinha contato com ele.

Mas era o certo a fazer. Tinha que ser.

Emily acordou com duas batidas secas na porta principal da suíte. Não conseguia imaginar quem poderia estar acordando-a, já que Aaron dormira com Margot naquela noite.

Antes que o pensamento voltasse a enjoá-la, virou a atenção para o relógio do quarto e percebeu que eram exatamente seis horas da manhã. Não acreditava como conseguira dormir tantas horas, novamente quase em jejum. Percebeu o quanto estava fraca quando se levantou para ir em direção à porta e quase desmaiou no processo. Todos aqueles dias intensos sem uma alimentação adequada acabavam com ela e contribuíam para sua mente pesada.

Praticamente se arrastando, dirigiu-se até a porta, mas por um momento pensou se aquele não poderia ser o momento em que MacAuley a teria descoberto.

Como vou conseguir lutar com ele desse jeito?, pensou olhando para baixo já com a visão turva.

Mas depois percebeu que aquele pensamento não era razoável. Não tinha por que ele aparecer em Praga naquele quarto, às seis da manhã, para conversar ou até mesmo matá-la. Aquele medo era apenas o seu cansaço falando.

Pelo olho mágico, percebeu do que se tratava a estranha aparição. Abrindo a porta se deparou com uma gigantesca mesa de café da manhã, decorada com flores e possivelmente destinada a uma família inteira.

O funcionário que a trazia pareceu encabulado ao notar a cara amassada dela e provavelmente lamentou tê-la acordado, mas recebera instruções para levar naquele horário o mais completo café da manhã deles àquela suíte. Percebendo o olhar de desespero do rapaz, Emily tentou forjar o melhor sorriso e agradeceu pela comida, recebendo o cartão que acompanhava a entrega.

> Emys,
>
> Não conheço ninguém que precise tanto de um café caprichado como você precisa agora. Lembre-se de que para derrotar seu inimigo é preciso reunir o máximo de força possível. Sei que ontem você não saiu do seu quarto e não a tenho visto se alimentar.
>
> Margot foi embora esta madrugada. Podemos nos encontrar quando estiver pronta. Tenho muito o que lhe dizer hoje.
>
> P.S.: Fique tranquila, eu nunca trabalhei com veneno.
>
> Com amor.

Emily despediu-se do funcionário e começou a olhar o banquete que Aaron havia enviado.

O comentário sobre veneno ainda não havia sido digerido, mas o cheiro da comida logo a atraiu, e depressa ela estava sentada devorando tudo que haviam mandado. Aaron podia irritá-la de todas as formas possíveis, entretanto, ele também sabia como agradá-la quando precisava, e aquele café da manhã era muito bem-vindo.

Mas por que a Margot foi embora de madrugada? Aquela não era a grande noite deles juntos?

Quanto mais pensava se aquela tinha sido uma decisão dela ou dele, mais acreditava que provavelmente fosse de Aaron. Margot tinha se mostrado tão possessiva que duvidava que ela fosse embora tão facilmente. Estava se preparando psicologicamente para aturar a mulher enquanto tentava descobrir tudo que Aaron escondia.

Enquanto dava um longo gole em seu suco de laranja, pensava na noite anterior e no que vira em suas redes sociais. Percebeu que a falta dos amigos e de sua antiga vida faziam-na sofrer mais até do que ver Aaron sozinho com a francesa. Aquele era um bom sinal, e isso a fez pensar em Liam.

Enquanto degustava as guloseimas, se pegou sonhando com os beijos do britânico, a forma como ele a olhava. Lembrou-se da energia que tinham compartilhado e da sensação de conquista que ele lhe dava. Perguntava-se se Liam também pensava nela. No final, ele podia estar magoado, mas a havia deixado ir sem lutar pelo seu amor. Quando decidira procurar Aaron, imaginava lá bem no fundo que Liam fosse procurá-los e que, de uma forma bem irônica, os três fossem atrás de MacAuley. Por fim, Margot, a Leprechaun que não se interessava por poderes nem por ninguém além de si mesma, demonstrou mais paixão por Aaron do que Liam por ela.

Será que teria sido melhor incluir Liam nessa caçada? Devo ir atrás dele?

Sabia a resposta. No momento que Bárbara Bonaventura compartilhara com ela o feitiço para roubar o poder de um Leprechaun, e ela não quisera compartilhar a informação com ele, sabia que estava fazendo uma escolha. Havia sido difícil, mas ainda assim era uma escolha definitiva. Não podia procurar Liam, nem Darren, nem mais ninguém. Se outras pessoas tivessem que ser envolvidas naquela história, seria pelo destino e não por convite dela.

Quando terminou de comer, Emily dirigiu-se para a janela e ficou olhando para o Castelo de Praga no horizonte, pensando se não era o momento de sair da cidade.

Não queria ficar ali, sabendo que Aaron estava planejando um roubo. Tentaria arrancar dele naquele dia todas as informações de que precisava, e escolheria um novo destino. Provavelmente precisaria se afastar dele, e aquilo lhe trazia um novo problema: não tinha ideia de onde poderia ser o final do arco-íris do rapaz.

Se soubesse, poderia recuperar a sua sorte, e provavelmente levaria junto a de todos os Leprechauns com quem ele tinha se envolvido. Seu desejo era descobrir quem eles eram para um dia conseguir devolvê-las uma por uma, mas sabia que seria uma jornada difícil.

Na próxima vez que encontrasse Liam, seria para entregar a ele o seu poder e felicidade de volta. Contudo, ainda não sabia como fazer isso, nem se conseguiria completar o ritual se Aaron não estivesse ao seu lado quando descobrisse o local.

Deveria se afastar dele e partir para a jornada contra MacAuley sem resgatar o seu poder? Não sabia responder àquilo.

Só sabia que naquele dia precisava mudar tudo.

O momento de viver sob o jugo dele chegara ao fim.

12

A campainha tocou. Aaron a esperava do outro lado, paciente. Emily se deliciara com a refeição, antes mesmo de tomar um banho, e resolveu chamá-lo para conversar. Pelo ritmo das histórias dele, estavam acabando com todas as pendências, e sua vontade era terminar aquela jornada, se arrumar e partir para o aeroporto. Prometera a si mesma que esperaria até conseguir todas as informações, para tentar visualizar qual seria o seu próximo destino.

O mundo o guiava naquele momento.

— Espero que tenha aproveitado o café da manhã que enviei — disse Aaron ao entrar na sala, observando a mesa.

Emily havia acabado com quase tudo, e sentiu-se bem por satisfazê-la.

— Pode se sentar em qualquer lugar — ordenou a garota querendo ir direto ao assunto de seu interesse.

— O que aconteceu com você? — questionou o americano, percebendo a mudança nela.

— O que você quer dizer com isso?

Ele tinha os olhos focados na garota, analisando cada centímetro de seu corpo e parecendo intrigado.

— Você não saiu do quarto ontem, pelo visto só se alimentou agora e está me recebendo sem nem mesmo tomar um banho. O que está acontecendo, Emily?

Será que agora sou obrigada a estar bonita e cheirosa para ele? Como ousa falar dessa forma comigo? Isso porque ele não me viu nos últimos meses.

A vontade dela era de falar em bom tom tudo que tinha engasgado, mas de nada adiantaria desabafar naquele momento. Precisava apenas ignorá-lo e continuar com o plano que já estava decidido. Não gastaria tempo à toa.

— Podemos ir direto ao assunto, Aaron?

A frieza na voz dela fez com que ele criasse teorias em sua mente, assim como ela diversas vezes havia criado na dela.

Emily era diferente das outras vítimas dele. Ela o desafiava de uma forma que chegava a intrigá-lo. Por mais que houvesse encontrado pessoas de personalidade forte, como Margot, ninguém mexia com o equilíbrio dele como a ruiva a sua frente.

Ela podia estar com o cabelo amassado, as roupas amarrotadas do dia anterior, provavelmente por ter dormido com elas, e sem um pingo de maquiagem: continuava sendo a mulher mais linda que ele já vira no mundo.

E aquele era o grande problema de Aaron.

Até quando ela não se importava com sua antiga imagem, continuava a mexer com ele como ninguém mais conseguia.

— Peço desculpas pelo meu comportamento ontem com a chegada de Margot. Estávamos tendo um ótimo dia antes que ela nos interrompesse, e não queria que a nossa relação regredisse depois que chegamos em Praga.

Internamente ela ria. *Aaron achou que nós criamos algum tipo de relação. Como ele pôde ter esquecido todos os momentos tensos no castelo?* O relacionamento deles havia morrido há um bom tempo, e não havia mais motivos para manter a relação após ele contar cada detalhe do que lhe interessava.

— Você faz o que quiser da sua vida. Meu único objetivo aqui é saber detalhes do dia do assassinato e por que demoraram tanto tempo para atacar de novo. Por que não se livrou de mim como fez com os meus pais?

Ele não gostou da resposta dela. Ela só conseguia enxergá-lo como um assassino, mesmo sabendo que ele não era. Além disso, ele tinha beijado outra mulher na frente dela, e Emily agora parecia nem mesmo se importar com o acontecimento.

— Não quer saber por que Margot foi embora?

Por mais que quisesse negar, Emily tinha vontade de entender o que havia acontecido na noite especial deles. Mas não podia dar o braço a torcer.

— Faz alguma diferença pra mim? — questionou Emily, fingindo maturidade, mas sentindo-se na verdade encurralada.

— Talvez. Depende do que você está sentindo...

O comentário de Aaron era um tanto inesperado. *Assim até parece que aquela francesa terminou a viagem com antecedência por minha causa.*

— Você quer saber como eu estou me sentindo, Aaron? Ótimo! Vou te contar como estou me sentindo. Desde que meus pais morreram, não existe felicidade dentro de mim. As poucas vezes que pensei que poderia voltar a ser feliz foram estragadas por você. Quando você disse que tinha sido o assassino deles, quando eu tive que deixar o Liam ao descobrir que você na verdade havia mentido. Estou há três dias longe de todo mundo que eu conheço, escutando sobre como fui iludida durante todo esse tempo. Nem consigo ficar acordada de tão deprimida, quase não consigo me alimentar, estou sem falar com o meu melhor amigo e perdida quanto aos meus próximos passos. Além de tudo, ainda preciso fingir que está tudo bem, pois não terminei de ouvir toda a sua versão e tenho que entender o que aconteceu com os meus pais na noite em que foram assassinados. Mas para isso preciso aguentar ver o homem que eu achei que amava se atracar aos beijos na minha cara com uma mulher insuportável e nojenta! O que mais você quer saber de mim, Aaron? Quer que eu pergunte por que o sexo entre vocês terminou mais rápido do que eu imaginava? É o que você quer?

No segundo seguinte, Aaron a beijou!

Mais uma vez se encontrava prensada contra a parede, diferentemente de quando ficara presa por magia na cripta da Catedral da Santíssima Trindade, agora era pela intensidade do beijo dado por ele.

O movimento havia sido tão rápido e inesperado que ela não teve tempo de preveni-lo. Não se imaginava beijando Aaron nunca mais. Aquela possibilidade tinha morrido para ela. No entanto, não podia mais se enganar: desde que lera sobre MacAuley, uma chama dentro dela, bem no fundo, havia se acendido. Quando seu inconsciente percebeu que Aaron era tudo de ruim, mas não era um assassino, aquilo a liberou de muitas formas a fantasiar.

A mesma intensidade de seu desabafo se espalhava no beijo. Emily havia soluçado a cada frase, extravasara toda a sua raiva e toda angústia que sentia. Agora, surpreendentemente, via-se em um misto de lágrimas e saliva, em movimentos violentos de cabeças e mãos percorrendo corpos. A vontade dela era de tirar a roupa daquele homem que tanto desejara e desejava.

A pressão contra a parede continuava, quase a deixando sem ar no movimento. Nenhum dos dois ousava interromper e muito menos falar qualquer coisa. O pulsar quase explodia dentro deles, e por um segundo passou pela mente dela que aquilo era perigoso.

Liam poderia sentir.

Margot poderia sentir.

Meu Deus, eu não tinha pensado nisso!

Stephen MacAuley poderia sentir.

Todos eles estavam conectados! Desesperada com o pensamento e pela realidade que caía como um balde de água fria em sua mente a cada segundo, Emily se via imóvel. Não conseguia empurrar Aaron para longe de seu corpo. Não tinha coragem de interromper o beijo que por tantas noites havia desejado quando ele sumira pela primeira vez, mesmo sabendo o monstro que ele era.

O pulsar ainda continuava e o sentimento de desespero também.

Foi nesse momento, entre se apaixonar mais uma vez pelas carícias dele e se odiar por novamente se entregar para o demônio na Terra, que ela aproveitou a magia correndo pelas suas veias e tomou uma atitude.

Em um instante estava presa contra a parede beijando o homem da sua vida...

No outro, estava sentada perto da cama chorando descontroladamente.

Tinha se teletransportado com o seu poder de Leprechaun.

Nenhum deles esperava por aquilo.

Aaron lhe deu o tempo de que precisava para respirar e extravasar sua angústia através das lágrimas rolando pelas bochechas rosadas.

Ele também precisava processar tudo que havia acontecido naquela manhã, primeiro com Margot, agora com Emily. Pressentira que algo entre eles voltaria a acontecer, mas não sabia que a intensidade da energia entre os dois pudesse fazê-la se teletransportar. Aaron nunca havia ouvido falar de alguém que houvesse conseguido fazer isso sem usar a própria fonte de poder, e ele mesmo tinha grandes dificuldades com essa habilidade em especial.

Ele se encaminhou para a porta do quarto dela, de onde a observou chorar por algum tempo. Processar toda a carga de um teletransporte repentino não era fácil, ainda mais com toda a instabilidade emocional que Emily estava vivendo nos últimos meses.

— Tradicionalmente o seu corpo entra em um portal construído pela sua energia e te descarrega em outro ponto que deseje — disse Aaron. — Acho que a energia gerada pelo toque de nossos corpos foi tão intensa que você deve ter conseguido abrir um portal. Mas eu nunca ouvi falar de uma façanha como essa.

Ela continuou encarando os pés, sem saber como continuar aquela conversa.

Naquele momento, lembrava-se do quanto podia ter aprendido se tivesse tido consciência de seu poder desde o início. Se havia conseguido realizar tal façanha agora, era apenas por usufruir da energia dele. Poder. Sorte. Palavras que estavam sempre presentes nas conversas entre os dois, mas precisava se lembrar de que ser um Leprechaun não se resumia apenas a isso. Eles tinham toda uma tradição a honrar, e Emily ainda sabia pouco sobre esse mundo que se descortinava para ela.

Será que mais alguém nos sentiu? Será que consegui estragar tudo outra vez?

O beijo tinha sido um pedaço do céu e também um bom pedaço do inferno. Criando coragem, ela enfim conseguiu perguntar:

— Por que Margot foi embora de madrugada?

Aaron não esperava que aquela fosse a sua primeira pergunta. Mas ficou satisfeito, porque aquilo só reforçava o fato de que Emily ainda sentia alguma coisa por ele.

— Eu fiquei preocupado quando ela chegou, por isso a beijei. Não sabia por que ela estava ali, nem com quem. Imaginei que Stephen pudesse estar em algum lugar escondido esperando algum erro meu, mas, como você viu, foi um alarme falso. E, naquele beijo, ela percebeu que o meu amor também era falso. Margot implicou com você o dia todo por raiva... porque não conseguiu chamar minha atenção como você conseguiu.

Ela hesitou, gostando de ouvir aquelas palavras tão inesperadas quanto a partida de Margot.

— Então vocês brigaram e ela foi embora?

Aaron soltou um riso irônico.

— Margot, na verdade, não é de brigar. Ela veio porque se sentiu encurralada pelo Stephen, e porque queria saber se eu sentia falta dela. Na cabeça dela, nosso envolvimento foi mais forte do que realmente aconteceu. Mas ela sabe admitir a derrota. Preferiu não se submeter à humilhação. Ela já ficou satisfeita só por conseguir te incomodar um pouco, então me deixou no quarto sozinho e voltou para Paris.

Que história mais esquisita, pensou Emily, mas não tinha por que prolongar a conversa. Aaron podia ter mostrado mil vezes para Margot que não havia um sentimento mais profundo entre eles, mas nada mudaria a decisão dela de ir embora.

— Aaron, você realmente gosta de mim? — questionou Emily encarando-o com os olhos absurdamente claros por conta do choro.

Ele suspirou, ainda parado à porta.

— Você sabe que sim...

Emily também suspirou, tentando não se deixar levar pela emoção outra vez. Precisava usar o sentimento dele a seu favor pela primeira vez.

— Preciso que você me fale do dia do assassinato.

13.

Aaron precisou de um momento para se preparar. Contrariado por não querer mais falar sobre aquele fatídico dia, engoliu suas vontades para realizar o desejo da jovem ainda trêmula a seu lado.

Ele não sabia se quando finalizassem aquela conversa eles se veriam outra vez. Ela não havia se entregado a seu beijo, e tinha a sensação de que a relação deles estava estragada demais para ter chance de reconquistá-la. Haviam corrido o sério risco de se revelar para Stephen MacAuley com aquele beijo e com a visita de Margot, por isso agora, mais do que nunca, precisavam agir.

Contudo, ele não queria que a história deles terminasse de vez.

Quando contou a falsa versão dos acontecimentos na catedral, por mais que ainda lutasse contra seus sentimentos por ela, pretendia vê-la novamente um dia, e acompanhou seus passos para que isso acontecesse. Agora, havia uma grande chance dele se tornar apenas mais um de seus seguidores, como todos os outros milhares de fãs que um dia ela cativou.

— Vou contar o que você quer saber, Emys!

Aaron foi até ela e se sentou a seu lado na cama, ambos retos olhando para a frente, sem conseguir se encarar.

— Quando cheguei à cidade e te encontrei no casamento, comecei a agir de acordo com o que Stephen pediu. Descobri como você funcionava e tentei te dar um pouco do seu próprio remédio. Tentei te conquistar da forma como você conquistava as pessoas.

— E eu caí como uma idiota na sua manipulação...

— Nem tanto! – discordou ele. – Você resistiu mais do que eu imaginava, até porque não sabia que estava sendo seduzida pelo meu poder. Quanto mais tempo passávamos juntos, mais eu aprendia sobre quem você era, para com isso descobrir o seu lugar especial, o final do seu arco-íris.

Isso a incomodava, pois sabia o quanto era difícil descobrir aquela informação. Precisava encontrar dois lugares secretos e não sabia por onde começar.

— Como você conseguiu isso? Stephen te pediu diretamente para descobrir o meu? – perguntou ela cheia de segundas intenções, que felizmente Aaron não percebeu.

— Quando uma pessoa se apaixona, em geral baixa todas as guardas e revela detalhes cruciais de sua vida. O final do arco-íris pode ser um lugar ligado a família, sonhos, felicidade, e você consegue descobrir isso de alguém se realmente criar uma conexão com a pessoa.

Que droga! Eu já não tenho mais uma conexão com ele, e nunca tive realmente com MacAuley, mesmo o conhecendo há anos. Como vou conseguir saber algo assim?

— Mas então ele queria o meu local?

Aaron continuou a não a encarar. Preferia tirar tudo de seu peito de uma vez e deixá-la lidar com o resto depois.

— Como disse antes, meu objetivo era distrair seus pais dos assuntos privados dele. Stephen parecia amar o seu pai e a O'C, você era o único elo fraco para ele.

— A pessoa dispensável...

— Exatamente! Para ele era assim; por isso, enquanto namorávamos, ele foi fazendo a cabeça de seus pais do quanto você chamava atenção em relação a sua sorte. Em como o mundo mágico andava perigoso.

Stephen virou o jogo dessa forma: o mundo era ruim, não ele. Seu pai acreditou e desistiu de investigá-lo a fundo, mas sua mãe não aceitou tudo facilmente.

— Ela não aceitaria. Herdei minha teimosia dela — comentou a garota, com vontade de voltar a chorar.

— No fim, ele soube que Claire havia descoberto sobre os seus roubos e me pediu para inventar uma desculpa para não nos vermos naquela noite. Ele sabia que seus pais estavam na empresa. Stephen tinha acesso fácil ao prédio, por isso não encontraram sinais de invasão. Com a sorte acumulada dele, conseguiu apagar qualquer rastro que tivesse deixado na empresa naquela noite, e me ligou mais uma vez pedindo para que eu te atacasse.

— Então você foi mesmo cúmplice da morte deles — concluiu Emily com muita dor e a voz embargada. — Você sabia que ele estava indo para a empresa porque minha mãe havia descoberto tudo.

Nesse momento ele virou para encará-la.

— Nunca passou pela minha cabeça que ele iria matá-la, Emys! Aquele não era o nosso tipo de trabalho! O Stephen que eu conhecia não seria capaz de cruzar aquela linha. Algo aconteceu naquela noite que nem para mim ele contou. Pensei que ele roubaria o poder dos dois e fugiria. Seus pais não eram da comunidade mágica e não saberiam o que fazer se ele tivesse feito isso.

— A instrução era tomar o meu poder em seguida?

Ele tentou tocá-la, mas Emily rapidamente se afastou na cama. Não queria sentir a pele de Aaron mais uma vez naquela manhã.

— Minha função era te atacar sem deixar que você me reconhecesse e aguardar as instruções. Eu poderia ter que te forçar a me contar seu final do arco-íris, ou fingir que havia sido um sequestro tradicional.

A palavra *forçar* a deixou em dúvida.

— Você já conseguiu descobrir o lugar mágico de alguém forçando a pessoa a te contar?

Pela primeira vez ele franziu a testa, desconfiado.

— Nunca precisei chegar a esse extremo, mas sei que Stephen já fez isso. Normalmente consigo manipular as pessoas, só preciso de tempo, e ele sempre me deu um bom tempo. Mas, pelo que ele me falou, quando o local é descoberto a força, o poder não se transfere de forma correta. Pode deixar sequelas no Leprechaun que perdeu sua energia, e falhas no que a recebeu.

— Então Stephen pretendia forçar os meus pais a falar?

Aaron pensou um pouco. Emily havia chegado a um ponto com o qual ele se deparara milhares de vezes.

— Fiquei sabendo da morte dos seus pais da mesma forma que você. Acreditei que a morte deles havia sido uma consequência inesperada para Stephen. Entrei em pânico, pois isso significaria que os poderes deles tinham sido transferidos para você. Como felizmente você tinha conseguido se livrar de mim quando te ataquei na saída da casa de Darren, eu não queria ter que te fazer sofrer outra vez.

Mais uma vez a mente dela dava um nó.

— Vamos partir do princípio de que a morte dos meus pais seja uma consequência da tentativa de MacAuley de descobrir o final do arco-íris da minha família. Por que ele não foi automaticamente me matar? Por que não pediu para você me atacar novamente?

Aaron deu um longo suspiro. O assunto o desgastava também.

— Você se lembra daquela noite? Tudo aconteceu muito rápido! Você conseguiu usar sua sorte contra mim durante a tentativa de sequestro, e a notícia da morte de seus pais logo chegou a todos os ouvidos de Dublin. Em pouco tempo você já estava rodeada de policiais e curiosos. Como ele poderia agir sem se tornar um suspeito?

Emily também suspirou. Ele tinha razão: tudo havia acontecido de uma forma quase impossível de acompanhar.

— Eu me lembro de conseguir afastar o meu agressor, no caso, você. Depois liguei para casa e Eoin atendeu. Foi ele que me contou sobre os meus pais. Lembro-me de ficar sabendo tudo pela polícia, e depois eu recebi a sua ligação.

— Sim! Eu percebi uma atmosfera ruim no ar. Você tinha conseguido superar o meu poder, parecendo bem mais forte do que o normal. Tentei avisar Stephen que você tinha escapado, mas ele não me atendeu. Nossa conexão também tinha uma vibração esquisita. Quando ouvi sobre o assassinato, percebi que algo havia acontecido. Liguei para você e inventei aquela história sobre Liam ter atacado os seus pais. Não sei se você se lembra, mas cheguei a dizer que você não merecia passar por tudo aquilo. Era a minha forma de tentar me desculpar pelo que Stephen tinha acabado de fazer.

Emily lançou um olhar raivoso para ele.

— Uau! Quanta gentileza! Sabia que poderia ter entregado MacAuley naquele momento? Tudo teria sido muito mais fácil.

— Teria, Emys! Concordo! Mas ele é mais poderoso do que nós dois, e eu nem sabia o que de fato tinha acontecido. Tive que improvisar e desaparecer por um tempo, assim conseguiria me organizar para o próximo passo. Talvez entender o que dera errado. Aquele dia foi difícil para mim também, mesmo que em um grau totalmente diferente do seu. Eu sabia que nós teríamos de nos afastar e também perdi o respeito que tinha pelo meu mentor. Lamentei a morte dos seus pais, pois meu objetivo nunca foi fazer um mal físico a eles.

Emily levantou-se parecendo agoniada.

— Eu sei que você quer se fazer de bonzinho e está tentando me consolar de alguma forma, mas você não tem noção do quanto é péssimo nisso! Não ligo se você sofreu ou não, Aaron! Nem se aquela noite foi como havia planejado. Só sei que perdi meus pais naquele dia pela ganância de vocês, e perdi uma pessoa que pensei que me amava. Uma pessoa que *eu* amava muito!

Aquela frase bateu em Aaron mais forte do que ele imaginava.

— Eu também te amei muito...

— Mentira! — gritou a garota tentando tapar os ouvidos. — Não me venha com mentiras! Você nunca me amou, assim como nunca amou nenhum dos que iludiu. Você é podre por dentro, Aaron! Nunca esquecerei isso!

Ele se levantou para ficar de frente para ela.

— Sei que você nunca vai esquecer, por isso não continuarei te torturando daqui para a frente. Pude te contar o que eu sei sobre o assassinato de seus pais. Espero ter ajudado em alguma coisa. Era o mínimo que eu podia fazer.

— Mas se Stephen não te atendeu e você sumiu depois, por que voltou para a minha vida? Por que continuou me vendo? Por que mesmo assim veio roubar meu toque de ouro?

Ela estava sedenta por mais informações.

— Ele não quis compartilhar comigo o que aconteceu na empresa e eu não tinha como interrogá-lo. Só sei que você se tornou obsessão dele e, ao mesmo tempo, minha.

— Como assim? — indagou Emily, confusa. — Você quer dizer que meu poder virou obsessão de vocês, certo?

— Não exatamente! Stephen não pôde te matar em seguida, pois sabia que a O'C não iria automaticamente para ele. O poder da sua família poderia ser transferido, mas não os seus bens materiais, e ele estava obstinado a permanecer com a empresa.

Emily soltou um riso sarcástico.

— Ele deve ter odiado me ver na O'C quando consegui sair de casa. Lembro de tê-lo encarado assim que cheguei por lá, deixando claro para todos que ninguém iria tomar o meu lugar. Muito menos ele.

— Stephen queria o seu poder e a sua confiança nos negócios. Queria de alguma forma destruir a sua reputação para que tivesse que passar a O'C para ele.

Naquele momento, ela não conseguia mais rir.

— E o filho da mãe conseguiu. Ele hoje tem meu poder, e eu literalmente dei a empresa da minha família de bom grado para ele.

— Eu acabei voltando, pois Stephen ameaçou te matar para conseguir o poder se eu não descobrisse para ele o seu final do arco-íris, mesmo se isso, por fim, lhe custasse a empresa que tanto amava.

A garota ainda tinha dificuldade para entendê-lo.

— Sua função sempre foi descobrir essa informação para ele. Não entendo por que ele te ameaçaria com a minha vida e por que você voltaria por conta disso.

Aaron passou as mãos pelo cabelo, irritado com o raciocínio lento dela.

— Porque eu te amava, Emily! Porque eu te amo! Stephen percebeu que a minha relação com você foi diferente! Ele sabia que eu estava chocado com a morte de seus pais e que temia que ele te machucasse. Eu queria me afastar e fazer com que você descobrisse tudo para poder te proteger, mas era impossível. Ele me obrigou a voltar e terminar o trabalho. Ao mesmo tempo, eu tentei te ensinar mais sobre o nosso poder. Para te fortalecer. Pelo menos disso ele não sabe. Também tentei te mostrar o meu amor durante aquele tempo. Os dias e noites que passamos juntos foram os melhores da minha vida. Sabia o quanto você estava triste com o que havia acontecido, entretanto, via o quanto me amava e como nos dávamos bem. Você não pode ter apagado tudo isso de sua mente.

Por pouco a garota não virou um tapa na cara dele pelo atrevimento.

— É um absurdo você me falar tudo isso agora — reclamou Emily encarando-o com a face molhada de lágrimas.

— Eu sei. Mas eu preciso ser egoísta agora. Eu preciso que você saiba de tudo! Quando fomos a Malahide, eu não tinha ideia de que você iria me revelar o seu lugar secreto. Ao perceber, fiquei em pânico, pois sabia que Stephen poderia te matar ou talvez nos matar se eu não o avisasse. Acabei o alertando. Hoje, me arrependo. Percebi que era melhor termos sacrificado nossas vidas do que deixá-lo dominar o poder dos seus pais depois de tudo o que fez.

Emily sabia que o senso de Aaron do que era certo ou errado era bem diferente do das outras pessoas, mas, conforme escutava aquelas histórias, sentia que entendia melhor o que se passava dentro dele.

Aaron vivera com uma família que o havia usado, teve um homem dissimulado como mentor e achou no poder a sua forma de se sentir valioso no mundo. No fundo, era uma pessoa sozinha e destruída, quase tanto quanto ela. A diferença era que Emily nunca havia ferido alguém intencionalmente, ao contrário dele. Se tudo que ele havia falado fosse verdade, ela entenderia o porquê de ele ter entregado o lugar mágico dela para MacAuley. Aaron temia que o CEO a matasse, então um homem apaixonado e com culpa faria qualquer coisa para salvar a vida da pessoa amada, até mesmo traí-la, fazendo-a perder seu dom mais sagrado.

— Depois que você conseguiu roubar meu poder, sumiu por mais um tempo. Por que voltou a me procurar na Catedral? Stephen já tinha o que precisava de mim.

— Depois que o poder de sua família veio para mim e para Stephen, ele usou a sorte para manipular o destino da O'C. Na época, a empresa passava por maus bocados. Você tinha deixado o cargo de CEO, mas mesmo assim ele fingiu estar procurando outro lugar para trabalhar. Essas eram manobras dele para afastar qualquer suspeita do assassinato de seus pais e do roubo de poderes. A família MacAuley sempre precisou de atenção redobrada quando o assunto era sorte e status no mundo dos negócios.

— Você pediu para me encontrar justamente nessa época.

— Sim! Essa parte é importante. Preciso que me escute bem.

Os dois continuavam em pé, encarando-se frente a frente no quarto de hotel luxuoso.

— Eu estou escutando, Aaron! Não gosto do que estou ouvindo, mas ainda não fiquei surda!

Ele suspirou antes de finalizar sua história.

— Naquele momento, eu já devia ter desaparecido da sua vida, assim como fiz no passado com as minhas outras vítimas. Só que eu não conseguia me desligar de você, e Stephen percebeu isso. Ele temia que meus sentimentos por você acabassem o entregando de alguma forma. Stephen já tinha o seu poder, estava prestes a dominar a O'C, não precisava que você desconfiasse dele. Se você continuasse a vê-lo como um ex-funcionário de seu pai, o plano dele já teria dado certo.

— Isso eu já entendi, só não consigo compreender por que você foi tão cruel comigo naquela catedral? Por que mentiu daquela forma e me chutou quando eu já estava no chão? Você ultrapassou todos os limites!

Reviver aqueles momentos dilacerava o coração dela.

— Nós tínhamos descoberto que Liam a havia localizado. Isso nos traria problemas. Acredito que Stephen pensou em eliminá-lo, mas eu ainda estava chocado demais com a morte da sua família. Como ele nunca me contou o que aconteceu, também não podia me sugerir dar um fim nele. Precisei inventar toda aquela história da catedral para tirar você da pista de Stephen... e ao mesmo tempo quis te dar combustível suficiente para se unir a Liam contra um inimigo comum. Pensei que se encontrariam e que ele fosse se transformar em outro Darren para você. Uma pessoa amiga que entenderia a dor de ser um Leprechaun sem poderes. Por isso, assumi toda a culpa e te fiz me odiar por completo. Era a minha única forma de deixar Stephen feliz e manter você e Liam a salvo.

Mais uma vez, Aaron está tentando fingir que não queria ter me machucado.

Tinha medo de acabar acreditando e outra vez ser decepcionada.

RELATÓRIO TL   N° 1.211.000.040.921.510

Para a excelentíssima Comissão Reguladora

Assunto:
RELATÓRIO DE FAMÍLIAS LOCALIZADAS
• *Última atualização* •

Foram identificadas no último mês mais três famílias, somando-se oito novos indivíduos a serem monitorados. Em todos os casos, alertados pelos agentes.

Localização das famílias:
Gangnam – Seoul – Coreia do Sul
Hancock Park – Los Angeles – Estados Unidos
Rosedale – Toronto – Canadá

Total mundial de famílias localizadas:
6.142

Total mundial de indivíduos localizados:
16.363

Total mundial de indivíduos cientes:
9.350

14

Nos últimos dias, Emily havia escutado Aaron com o máximo de paciência que conseguira acumular. Já não havia sido fácil ficar na presença dele sabendo que praticava seus atos escusos contra outras pessoas naquele momento. Porém, nada podia ser comparável com o terror que era precisar ouvir a sua versão sobre os momentos mais horríveis da vida dela.

Finalmente tinham chegado à conclusão de toda aquela saga. Emily agora sabia a versão de Aaron a respeito da relação deles, e sabia detalhes da morte de seus pais, mesmo que ainda vagos. Mas ainda restava um detalhe crucial para ela naquela história: como estava o relacionamento do homem a sua frente com o homem que pretendia destruir nos próximos dias.

— Ok, então você me fez acreditar que tudo tinha sido culpa sua e achou que a minha relação com o Liam fosse ficar só na amizade.

O rosto dele assumiu um tom avermelhado. Ele fechou as mãos em punho, como se quisesse machucar alguém.

— Liam nunca devia ter sido envolvido em toda essa história. Desde que Stephen o colocou como alvo, senti que não era para acontecer...

— Você fala isso por preconceito — interrompeu-o Emily.

— Pelo contrário! — resmungou Aaron, imaginando que tipo de visão ela estava tendo. — Não tenho e nunca tive problema com isso. Para mim todo ser humano pode ser atraente, independentemente de gênero. Minha conexão física com Liam não tem nada a ver com o que me fez estranhar a relação com ele. Eu tive uma leve sensação de que estava cometendo um erro desde que o conheci. Talvez por estar mexendo mais do que com a sorte de uma pessoa, afinal ele nunca havia se apaixonado por outro homem antes, mas hoje consigo entender o meu pressentimento.

— Você previu que ele iria atrapalhar os seus planos.

— Sim — concordou Aaron, ainda mostrando sinais de estresse. — Ele ter te achado, e vocês dois terem feito o que fizeram, não estava nos planos. Stephen sabe que ele te encontrou, mas como você nunca mais se preocupou com a O'C e muito menos foi vista em público, ele não se importou se vocês dois estavam se falando ou não. Uma relação entre vocês seria insignificante para ele.

— Mas não para você...

Emily sabia que estava cutucando a onça com vara curta. Aaron também tinha um limite. E ela não sabia se queria ou não que ele o ultrapassasse.

— Eu não gostei de saber que vocês ficaram tantas noites trancados na sua casa, e na maioria das vezes sozinhos — desabafou Aaron, enciumado.

— Não estávamos sozinhos. Darren estava conosco — argumentou a garota, sem saber por que se defendia.

— Sei que Darren não ficou por lá tanto assim — retrucou o rapaz parecendo perto de perder a cabeça. — E sei bem que fizeram questão de me deixar ciente da relação de vocês quando resolveram dormir juntos. Tive vontade de jogar tudo para o ar e aparecer no Brasil para te buscar quando senti que você estava se entregando a ele. Eu sabia que era a sua primeira vez depois de mim.

Emily começou a rir daquele absurdo.

— Você sabe o quanto soa doentio? O quanto toda essa nossa conversa é bizarra? Leprechauns ou não! Eu não sou sua para você buscar! Não fazíamos questão alguma de te envolver naquele momento sagrado, pois nos amávamos e era aquilo que importava. Você age como se eu ou Liam tivéssemos resolvido te deixar e esquece que foi você quem nos manipulou. Que, enquanto te procurávamos para buscar por justiça, você estava se deitando com aquela francesa ridícula e já pesquisando outras vítimas.

A face dele ficava cada vez mais vermelha; Aaron quase não conseguia ficar parado.

— Eu fiz só o que precisava fazer nesse período. Margot foi uma missão, apenas isso. Qualquer outra pessoa que me é designada é apenas uma obrigação.

— Você consegue se ouvir, Aaron? Missão, obrigação, o que você pensa que é? Que tipo de vida é essa?

— Você não entende – gritou ele. – Ninguém nunca me entende. Quer dizer, Stephen soube me entender. É por isso que eu faço o que faço.

— E o que você faz? Você sabe me responder?

A tensão era grande. Os dois praticamente se encaravam como se em algum momento um fosse dar um golpe no outro.

— Eu fico mais forte. Eu me torno o melhor.

Para se impedir de fazer algo de que pudesse se arrepender, ela virou de costas para ele.

— Você é fraco, Aaron! Nenhuma sorte no mundo é capaz de preencher o vazio que tem dentro de você.

Ele riu, nervoso.

— Olha só quem fala! Nós nos amamos, Emily, por sermos feitos do mesmo material. Não somos pessoas comuns. Não somos nem Leprechauns comuns. Você também sente esse vazio, e sabe muito bem disso.

Como eu o odeio.

— Eu posso ter sido a minha vida toda como você, mas nunca me deixei chegar a esse extremo. Tive meus pais e Darren ao meu lado. Sei que os amei e amo loucamente até hoje. Liam hoje também toma esse lugar que você diz estar vazio dentro de mim. Já você teve chances de preencher esse espaço, e não apenas comigo. Parece que até a metida da Margot gostaria de te fazer feliz. Só que você prefere causar dor nas pessoas, seguindo cegamente os passos de um monstro ainda pior do que você.

Tudo o que ela falava fazia sentido para ele. Aaron reconhecia cada detalhe sórdido que ela jogava em sua cara. Quando havia recebido a mensagem criptografada dela nas redes sociais, percebeu que era o sinal que havia pedido para a sua própria sorte. Durante anos se perguntava por que havia escolhido aquele estilo de vida, mas a dúvida realmente aumentou quando se viu apaixonado por Emily. Ela havia mexido com ele como ninguém nunca antes fora capaz. Saber que ela podia ter preenchido nele algum espaço o massacrava, e por isso se arriscou ao ir encontrá-la.

Stephen sabia que ele estava em Praga, pois o havia enviado para roubar o poder de uma jovem da realeza que ainda residia na cidade. Depois de conquistar o império que sempre quis, o mestre que sonhava cada vez mais alto começava a acreditar que tudo era possível. Aaron sentia que Stephen poderia lhe pedir a qualquer momento para roubar o poder de Leprechauns que ocupavam cargos políticos, o que seria ainda mais arriscado. Ou o de figuras conhecidas no entretenimento. Não desejava aquilo.

No primeiro dia na cidade, quando Emily precisou ficar um tempo sozinha, ele aproveitou para tentar fazer um primeiro contato com o seu novo alvo, mas gastou horas apenas observando a morena esbelta escolhida. Algo o paralisava, não sabia bem o quê. Poderia ser o fato de que preferia estar com Emily ao seu lado do que acumular poderes, ou de que estava cansado de interpretar papéis que não desejava mais.

Roubar poderes não o satisfazia como antes.

— Emys, te contei tudo isso porque não conseguiria mais viver sabendo que você estava sendo enganada. Stephen não mereceu os anos de amizade e companheirismo do seu pai. Em todo esse tempo que tenho conhecimento de meu poder, nunca conheci alguém como você. Se existe alguém que pode expor toda a negatividade que Stephen trouxe ao mundo, é você.

A ruiva se recostou à parede, angustiada, tentando pensar no que fazer. Nas milhares de vezes que sonhara com o reencontro com Aaron, não o imaginara se declarando e falando coisas como aquelas.

— Você realmente acha que sou capaz de pará-lo? Eu quero e muito fazer isso, mas como vou conseguir ter um cenário justo? Ele tem anos de experiência e muito poder acumulado para me enfrentar. Eu nem mesmo tenho sorte, tanto que há poucos minutos estava aos beijos com o homem que mais me enoja nessa vida. Me diga: como é possível lutar contra ele sendo a pessoa mais azarada do mundo?

Emily não o poupava. Palavras delicadas não existiam mais em seu linguajar. Precisava deixá-lo ciente de tudo.

Com isso, o silêncio se instalou entre eles, e os dois ficaram em suspense.

Talvez ela tivesse sido grossa demais, ou alguma de suas palavras houvesse mexido intimamente com Aaron, pois ele por um momento apenas encarou uma das paredes do quarto.

— E se eu fosse capaz de te dar uma vantagem? Na verdade, uma chance para desmascará-lo?

Isso só pode ser uma pegadinha.

— O que você quer dizer com isso, Aaron?

Mesmo desconfiada, não podia negar que lhe interessava saber uma forma de combatê-lo sem precisar ter de trabalhar para ele.

— Não vou poder ser direto, pois isso poderia chamar a atenção de Stephen. Ainda acho que é melhor eu não o desafiar neste momento.

— Fala logo, garoto!

A impaciência dela crescia a cada segundo.

— Eu posso te passar uma informação importante. Na verdade, você já a tem, mas não conseguiu deduzir por si própria.

— E o que você vai querer em troca? Já sei que nada com você vem de graça. Quanto me custaria essa suposta informação?

Aaron ficou olhando-a por alguns segundos sem responder. Estavam os dois estressados, cansados, porém, ele não pôde deixar de apelar uma última vez por eles.

— Eu te dei o que você queria nessa viagem. Tudo o que você precisava saber sobre o seu poder e seus pais foi compartilhado. Agora você quer saber mais sobre mim e sobre Stephen. Não tente negar, pois sei que é isso que tem passado em sua mente.

Será que ele está insinuando que me ajudaria a recuperar o meu poder? Que perderia parte de sua sorte para recuperar a minha?

Ele foi se aproximando dela mais uma vez, devagar, com cautela.

— E se eu realmente quiser saber mais sobre você? — murmurou a garota sem saber lidar com aquele novo momento.

Sentia-se estranha por acreditar que Aaron gostaria de fazer uma troca com ela de forma um tanto quanto baixa. Ao mesmo tempo, com o sangue quente da briga deles e o cheiro característico do rapaz sob as narinas, seus sentimentos voltaram a se embaralhar. De repente ela o olhou e viu apenas Aaron, o homem sexy que a deixava sem chão apenas com um piscar de olhos. Mas em seguida viu um ser maligno capaz de qualquer coisa para ter o que queria.

Não sabia qual desses lados dele agia naquele momento, mas conforme ele novamente a encurralava contra a parede, pensava em como seria aquele adeus. Já dispunha do essencial. Um bônus seria maravilhoso para ela, porém, havia outras formas de conseguir resultados. *Será que valeria a pena render-me ao inimigo?*

Podia ver nos olhos brilhantes dele o que ele queria em troca.

— Sei que você atingiu com o Liam uma conexão astral — comentou Aaron com uma voz menos agitada e os lábios cada vez mais próximos dela. — Mas me pergunto se você se lembra de quando nós nos entregávamos um ao outro? Da intensidade do nosso poder quando nos amávamos...

Emily involuntariamente corou.

Aquela pergunta a incomodava, pois sabia que, apesar de ele ter uma nova missão e estar correndo perigo, continuava resgatando o passado com ela.

— Você ainda se lembra desses momentos? — retrucou ela, entrando no jogo. — Devem ter sido tantas conexões de poderes na sua vida que achei que já nem se lembrasse mais dos dias em que entrava escondido na minha casa.

Aaron parou a um palmo dela.

Os dois corpos tremiam, rendidos, mas incapazes de se tocar.

— Sei que você vai embora. Eu não queria que fosse. Fiz tudo o que tinha que fazer de errado e nunca vou conseguir me redimir. Mas você me fez ter pensamentos que nunca tinha alcançado antes. Nossos beijos e nosso amor foram mais do que um plano ou um roubo. Na verdade, cada vez que ficamos juntos você roubava um pouco de mim, e só percebi isso quando não estava mais ao seu lado.

Ele estava tão perto que ela podia sentir seu hálito ao dizer essas palavras. Sentiu vontade de beijá-lo. De esquecer por um segundo tudo que havia acontecido e fingir que aquele era o Aaron do quarto de Londres.

— Talvez seja preciso roubar você...

Eles finalmente chegavam ao verdadeiro objetivo de toda aquela cena.

— Talvez seja. Vou acreditar que sim. E que isso lhe traga um pouco de conforto na dor que ajudei a te causar. Você, Emily O'Connell, foi o meu pior erro e meu melhor acerto. É um pedaço de mim que vai para sempre ficar vazio, pois sei que não voltará a me amar como sei que amou. Saiba que posso ser um idiota, mas muitas vezes fui cruel para tentar te proteger do mal que eu mesmo podia causar.

Ela novamente teve vontade de chorar, entretanto, se controlou.

Percebia que aquele era um adeus, e queria que aquele fosse diferente da última despedida que tiveram.

— Aaron...

Mais uma vez os lábios deles se encontraram em um misto confuso de emoções fortes demais para segurar. Deixaram a paixão carnal que existia entre eles fluir ao mesmo tempo em que tentavam se controlar para que outros não sentissem a energia entre eles.

Quando Emily se deixou ser beijada, sentiu como se nunca tivesse perdido o seu poder. Naquele momento, o vazio entre eles foi preenchido com uma energia de intensidade maior do que eram capazes de comportar.

Ela poderia amar ainda muitos homens em sua vida, mas de uma coisa tinha certeza: nunca haveria alguém como Aaron Locky.

Enquanto mergulhava no poder dele e se entregava de corpo e alma, a visão veio. Um casal e um menino sendo fotografados sorrindo embaixo do que parecia a Golden Gate Bridge. O menino parecia radiante de estar ali, e por alguns segundos ela pôde vê-lo fechar os olhos como se fizesse uma prece. Quando ele os abriu, ela notou o tom acinzentado familiar e percebeu quem era aquele menino tão bonito. Era uma imagem da infância de Aaron.

Um momento como aquele dizia muito, e ela ficou abismada de ver que ele compartilhava a cena com ela.

O beijo parecia interminável e os movimentos estavam cada vez mais excitantes. Nenhum deles se atrevia a falar. Ela preferiu não compartilhar o que tinha visto.

Sem se desconectarem, seguiram da parede para a cama do quarto dela. Um lugar que ela pensara que não dividiria novamente com o seu inimigo.

Poucos minutos depois, estavam nus, envoltos por uma bolha quase transparente de energia que deveria servir para conter o impulso energético entre eles.

O ritmo das respirações estava acelerado, os toques eram cúmplices, os olhares que trocavam eram cheios de ansiedade por finalmente sentir o corpo um do outro. Nada podia ser maior do que o que sentiam naquele instante. Nem mesmo a raiva dela por tudo que havia sofrido disputava com a intensidade do prazer que aquele homem sabia lhe proporcionar.

Não podiam negar que eram perfeitos um para o outro.

— Eu te amo, Emily!

Uma lágrima solitária escorreu enquanto ela ainda buscava pelos lábios dele de uma forma quase necessitada. Ouvir aquilo era o que tanto desejara. No fundo, sabia que Aaron tinha muita coragem por revelar seus sentimentos. Por mostrar fraqueza em um momento tão delicado.

— Eu sempre vou te amar... – ofegou Emily.

Não adiantava para ela tentar não retribuir. Ele já sabia. Emily O'Connell se apaixonara por aquele homem no minuto em que esbarrou com ele pela primeira vez. Qualquer pessoa podia notar.

Ao alcançarem o clímax, seus corpos flutuaram a alguns centímetros da cama, fazendo a bolha de energia estourar e inundando o corpo deles de prazer.

Um instante que pareceu durar toda uma eternidade.

A história daquele casal havia recebido o que parecia ser um ponto-final.

Ela agora sabia o que fazer.

15

Era a sua primeira vez realmente sozinha naquela louca e triste jornada. Precisava acreditar por alguns segundos que era capaz de tomar uma decisão importante usando apenas a intuição. Sabia que o poder sentido poucas horas atrás a havia despertado para a luta. Afinal, sentia-se grata por ele ter compartilhado tudo que podia com ela.

Olhava para a passagem em sua mão e não conseguia acreditar que iria tomar aquela atitude.

Seu voo foi chamado pelo alto-falante do aeroporto Václav Havel. Estava deixando Praga para trás e, com a cidade, se despedia de Aaron Locky. A vontade de vingança estava cada vez mais entranhada em suas veias, mas por algum motivo não conseguia mais sentir raiva dele. Percebia que Aaron também tinha sido uma marionete naquele horroroso espetáculo.

Precisava se concentrar em quem comandava os bonecos.

Teria quase quinze horas de voo para maquinar seus próximos passos. Esperava que o fato de ter passado tão pouco tempo na República Tcheca e de estar voltando para os Estados Unidos não chamasse muita atenção. Esperava até que a sorte não lhe faltasse na imigração.

Com o importante papel do feitiço prestes a ser realizado em suas mãos, e agora com a visão compartilhada por Aaron, ela sabia exatamente o que faria em seguida.

Estava preparada para seu destino.

Durante o voo, anotou detalhes importantes que não poderia esquecer. Estava consciente de que a Trindade Leprechaun, seus seguidores e amigos, vigiava suas redes sociais e provavelmente imaginava que ela ainda estivesse em Los Angeles. Acreditava que Darren e Liam também estivessem monitorando seus passos on-line. Não achava que havia despertado a atenção de Stephen MacAuley, mas, por precaução, resolveu sacar o máximo de dinheiro possível em sua conexão na Cidade dos Anjos antes de chegar ao destino final. Não queria dar nenhuma pista de para onde iria em seguida.

Com o suficiente à mão, voltou a guardar o cartão de crédito, mas manteve o celular ligado. Achava importante ter uma forma de comunicação, principalmente porque daquele ponto em diante seguiria sozinha. Também anotou tudo que Aaron havia compartilhado sobre seu inimigo, pois sabia que não teria a mesma sorte com ele de descobrir a informação sobre seu pote de ouro.

Ela pegou o outro voo, ansiosa pelo que encontraria. Embarcava para a cidade natal do homem por quem fora tão apaixonada e que havia roubado tanto dela. Não apenas o poder.

Ao olhar pela janela e ver a pista de pouso do aeroporto de São Francisco no meio do mar, sentiu uma descarga de energia pelo corpo e soube que estava no lugar correto. A fonte do poder dele finalmente estava próxima. Emily estava prestes a voltar a ser capaz de realizar magia.

No trajeto até o hotel, usou a internet do seu celular para pesquisar algo que sentia ser importante para a continuidade de seu plano. Olhou para a joia no seu dedo. Precisava começar a acreditar em suas tradições.

Seu pai não havia lhe dado um trevo de três folhas à toa.

Aquele era o símbolo da Irlanda e carregava uma história importante. St. Patrick, patrono do país, havia usado o trevo shamrock para explicar o mistério da Santíssima Trindade para a população. Emily sentia a força daquele simbolismo. As três folhas separadas e presas a um único caule eram um símbolo da essência de Deus: a divisão entre pai, filho e espírito santo. Se parasse para pensar, tudo havia acontecido através do poder de seus pais. Agora, era dever dela, como filha, buscar uma forma de se conectar ao espírito santo, à magia secular que tanto falavam existir dentro dela. Não deixaria outros quebrarem a sua Trindade. Seus pais mereciam justiça, e buscaria vingá-los até o fim.

Abriu o aplicativo de fotos que havia bisbilhotado em Praga. Para sua surpresa, Darren já tinha saído do Brasil e estava em Dublin. Postara uma foto em que estava de óculos de sol no campus da Trinity College dizendo que precisava deles para esconder as olheiras depois de um voo internacional.

Aquele era o Darren que ela conhecia. Por mais destrambelhado que fosse, continuava aplicado aos estudos e era muitíssimo inteligente. A pessoa em que ele havia se transformado após a paixonite por Liam não era o que ela estava acostumada durante todos aqueles anos de amizade. Ele tinha mudado muito no Rio de Janeiro, mais do que ela um dia poderia imaginar. Contudo, Emily também sabia o quanto tinha modificado o seu jeito de ser, falar e agir após Aaron.

Ver a foto dele em seu antigo mundo trouxe-lhe um misto de alívio e desconforto. Adorava saber que ele estava em segurança e em casa, porém, odiava não estar ao seu lado, reclamando que eles deveriam estar em um spa cinco estrelas em vez de estudar.

Bons tempos que nunca irão voltar.

Todos os seus próximos passos poderiam dar certo, no entanto seria preciso mais do que um milagre para ela ter a vida de antes. E ela não acreditava mais em milagres.

Chegou ao hotel e conseguiu se registrar com um nome que costumava usar em acomodações irlandesas. Não tinha a típica sorte, mas os dólares também eram capazes de fazer muita coisa acontecer.

Sua vontade era deixar toda a bagagem no quarto e partir direto para a ponte Golden Gate, contudo, não podia arriscar errar o ritual, e estava cansada. Nunca conseguia relaxar em voos, mesmo tendo viajado com extremo conforto a sua vida toda.

Descansaria o quanto pudesse e no próximo amanhecer buscaria por uma das coisas que mais desejava.

Finalmente recuperaria o seu dom.

⸻

Calor. Uma temperatura que não condizia com a que encontrara em São Francisco. Era um fogo violento que a consumia dos dedos dos pés aos fios de cabelo, que a sufocava e ao mesmo tempo a satisfazia. Parecia uma sensação carnal, como se estivesse sendo invadida por um poder maior do que ela.

Então entendeu quem a fazia se sentir assim: a imagem do corpo alvo e definido de Liam apareceu a sua frente.

Fazia um tempo que não pensava nele daquela maneira, mas quando viu estava sendo coberta por beijos molhados da boca carnuda do britânico que não a encarava, só a devorava como um animal selvagem. Era um tipo de relação sexual diferente de todas que eles tiveram. Tudo com Liam também havia sido intenso, mas não o reconhecia naquele momento.

Eram beijos capazes de deixar marcas que talvez não pudessem ser escondidas por maquiagem, apertões que faziam os pelos do braço arrepiar como um gato assustado e suspiros no ouvido que despertavam todos os instintos dela. Como poderia se concentrar naquele momento decisivo de sua vida com um homem que parecia ter saído de um livro erótico a dominando?

Ela não sabia.

Não era fácil entender o que se passava naquele momento.

Estava confusa. Em um segundo se preparava em seu hotel perto da Union Square para a missão do dia seguinte, ir até o final do arco-íris de seu maior inimigo, e no outro encontrava-se prestes a liberar toda a energia sexual ativada após seu reencontro com Aaron.

Devo estar louca!

Em um breve momento sentiu-se envergonhada, pois no dia anterior havia se entregado de corpo e alma para o americano em um momento de paixão ardente. Estar se envolvendo com tanta intensidade com Liam mexia com seus sentimentos e lhe trazia certa tristeza.

Mas eu não pedi por isso. Não sei como ele me achou, pensava enquanto segurava o lençol do hotel com tanta força que poderia rasgá-lo a qualquer minuto.

Quando chegava ao ápice, olhou diretamente dentro dos olhos verdes dele e de supetão despertou.

Aquilo era um sonho.

Nada daquilo passava de um gostoso e torturante delírio, provavelmente influenciado pelos últimos acontecimentos com Aaron e porque estava de volta aos Estados Unidos, onde tinham se separado.

Perguntava-se se Liam havia sido capaz de sentir o momento que passara com Aaron. Conhecendo o cavalheiro que ele era, sabia que nunca tocaria no assunto. Isso, entretanto, não aliviava sua vergonha. Só tinha escolhido uma maneira esquisita de lidar com o que a perturbava.

Agora, com o corpo estimulado pelo prazer, sentia-se cada vez mais determinada. Tinha um poder a resgatar.

São Francisco não era uma cidade muito familiar para ela, porém sabia do poder do lugar em termos de arquitetura, música, gastronomia e parques. Era um espaço banhado pelo mar do Pacífico, e do trajeto de táxi do hotel até o seu destino final, foi observando as famosas ladeiras íngremes, os artistas de rua que pareciam se sentir em casa, os prédios altos contrastando com as belíssimas casas vitorianas e os museus importantes ou as grandes casas de espetáculo.

Naquele dia, contudo, seu encontro era com a ponte considerada uma das maravilhas arquitetônicas do mundo, a Golden Gate Bridge.

Prometeu-se voltar com mais tempo para desbravar a cidade. Saber que estava em um local tão famoso por sua vida cultural e por ser centro do movimento pelos direitos dos homossexuais e não o desbravar apertava o seu coração. Intrigava-a também o fato de que Aaron era de lá. Queria saber mais sobre a cidade que o moldou e até se permitiu cogitar um dia ir atrás da família dele.

Mas, por fim, percebeu que o que queria mesmo era voltar para ver a beleza de tirar o fôlego do Palace of Fine Arts, tirar uma foto nas curvas da Lombard Street, sentir a energia pesada da antiga prisão de Alcatraz, passear pelo cais dos pescadores dando uma parada no Píer 39 para ver as barracas de frutas vermelhas, se aventurar pela Chinatown e depois se jogar na pista de dança de uma das casas noturnas da Castro.

Após meia hora de trânsito, Emily tentava controlar o nervosismo ao chegar tão próximo ao lugar que por tanto tempo havia sonhado em descobrir. Aquele era um momento decisivo para ela.

Quando o táxi a deixou perto da área de picnic de West Bluff, agradeceu deixando uma boa gorjeta e saiu em direção ao gramado lotado de famílias com cestas coloridas forradas de petiscos, tentando controlar a empolgação das crianças que corriam para todos os lados. Era uma região convidativa para a população da cidade e preparada para receber as pessoas em momentos de lazer. Tentando se conectar ao ambiente, Emily começou a caminhar na direção da água e mentalizou pensamentos positivos.

Do gramado, logo chegou à praia de grandes rochas cinzentas e foi direto ao mar molhar as mãos para se recarregar com a água salgada. Inspirou profundamente o ar marítimo, como não fazia há tempos, e expeliu toda a ansiedade que pôde extravasar naquele momento.

Quando se virou para encarar o cenário viu a monstruosa e magnífica ponte avermelhada a sua frente, em seu grande esplendor. Encarando-a, sentiu tudo que precisava sentir.

Tinha mesmo chegado ao final do arco-íris de Aaron Locky.

Reencontrava o seu poder finalmente.

16

Era difícil absorver o poder da imagem a sua frente. A gigantesca Golden Gate Bridge ligava a cidade de São Francisco a Sausalito e era o principal cartão-postal da região, sendo uma das construções mais conhecidas dos Estados Unidos. Emily sentia que quase todo ser humano já vira pelo menos uma vez a foto daquele importante monumento. Pouco antes de sair do hotel, Emily buscara por mais informações sobre o lugar para não chegar despreparada, contando só com o básico que havia aprendido com os outros Leprechauns. Acreditava que ao saber mais detalhes sobre o local poderia absorver mais facilmente tudo o que precisava dele. Queria aproveitar para incorporar o máximo de sorte possível.

Em sua pesquisa, descobriu, por exemplo, que a ponte havia sido construída durante um período de ascensão econômica da cidade, após o épico terremoto de 1906, fruto da necessidade dos cidadãos da península de se conectarem com as cidades vizinhas. Além disso, o termo Golden Gate se referia aos fortes ventos e difícil correnteza da região. Aquela estrutura havia sido considerada impossível de construir por seus próprios construtores, e isso fazia Emily pensar. Tudo na vida era difícil, e se solidificar naquele mundo era uma tarefa que poucos conquistavam, porém, observando aquela ponte de mais de oito quilômetros de comprimento, via com os próprios olhos que tudo era possível. Se aquela ponte havia sido construída, ela era capaz de reconquistar o que era seu por direito.

Para além de sua intensa cor avermelhada, a Golden Gate instantaneamente chamava a atenção das pessoas por se tratar de uma ponte suspensa sobre uma imensidão de água. Duas torres de suspensão sustentavam-na duzentos e vinte e sete metros acima do nível do mar, e dessa estrutura partiam os diversos cabos que haviam sido tantas vezes fotografados por milhares de turistas.

Conseguia entender por que Aaron havia escolhido o local para concentrar a sua energia. Uma mistura de magia e realidade habitava aquela região, uma beleza difícil de descrever. Ao mesmo tempo em que aquele lugar lhe transmitia paz, também a motivava a buscar mais. Por aquele e tantos outros motivos, caminhou para um ponto mais isolado, perto de onde havia visto a lembrança compartilhada por Aaron de sua infância.

Ainda não sabia se Aaron tinha total consciência de que, ao compartilhar aquela informação com ela, havia arriscado perder não só o poder dela como o de todas as suas outras vítimas e o dele próprio. Ainda não sabia qual atitude tomaria em relação àquilo, mas foi andando até onde se lembrava de ver sorrir o homem que amou ou talvez ainda amasse, e por algum motivo achou que aquilo era bom. Na época daquela memória, Aaron não sabia quem iria se tornar. Não tinha noção nem de que tinha um dom especial. Porém, assim como Padrigan, ele havia nascido e dado seu primeiro suspiro quando um arco-íris tocara o chão, e aquilo refletira no resto da sua vida.

Será que em algum momento ele já se perguntou como teria sido a sua vida se não tivesse nascido naquele exato instante?

Aaron poderia ter se transformado em alguém totalmente diferente.

Com a indiferença dos pais e a necessidade de tentar ser melhor do que os outros, ele até poderia ter percorrido caminhos difíceis, mas ela achava que Aaron pelo menos não teria se tornado tão sem coração.

Talvez a criança daquela foto de família feita em um dia de passeio pudesse realmente ter sido capaz de se apaixonar.

Emily nunca iria saber.

Por mais que ele dissesse ser apaixonado por ela, Emily nunca poderia realmente acreditar naquilo, e também não teria coragem de dar outra chance a ele após a gravidade de todos os acontecimentos.

Só sabia que estava ali com autorização dele, bem diferente do que acontecera quando Aaron lhe roubara o poder.

Finalmente iria voltar a se conectar com o Leprechaun que havia nela.

Escolheu uma rocha mais baixa, próxima o bastante da água para sentir um bafejo de mar sob os pés. Acreditava que, se estivesse imersa na natureza, a sua conexão com o sobrenatural seria mais fluida.

Uma brisa gelada vinha do mar, e mesmo assim tirou o sapato, mergulhando os dedos em uma poça formada entre as rochas. Os ainda longos cabelos ruivos dançavam para a direita seguindo o fluxo do ar, e de longe aquela poderia parecer uma cena bonita de filmes com histórias de amor.

Havia apenas ela, as rochas, o mar e aquela ponte.

Porém, mais do que aquilo, havia uma lembrança, uma vontade e muitos poderes.

Emily resolveu não fechar os olhos. Com um cenário como aquele não havia necessidade de buscar no subconsciente um lugar tranquilo para relaxar e entrar no transe necessário. Apenas olhou fixamente para um ponto ao seu lado, onde, na lembrança compartilhada, a família de Aaron posara para a foto sob a Golden Gate.

Respirou fundo e tomou coragem para pegar o pedaço de papel que se encontrava guardado no bolso de seu casaco. Tremia um pouco ao desdobrar o material fornecido por Bárbara Bonaventura. Hesitou um pouco antes de ler o conteúdo, mas era o certo a se fazer. Então se concentrou e começou a recitar baixinho a magia ancestral que tinha sido compartilhada pela brasileira.

> *Para compartilhar o toque*
> Que os montes irlandeses me acariciem.
> Que seus lagos e rios me abençoem.
> Que a sorte dos irlandeses me envolva.
> Que as bênçãos de St. Patrick me vejam.
>
> Que o meu copo esteja sempre cheio.
> Que o teto sobre a minha cabeça seja sempre forte.
> E que eu possa estar no céu meia hora antes que o diabo saiba que eu esteja morta.
>
> Pelo poder do pai, do filho e do espírito santo, encontro esse final de arco-íris. Que o poder encontrado me traga tudo que desejo. Que a sorte seja infinita e os caminhos sejam abertos.
>
> Lembrarei para sempre de esquecer os problemas que passaram. Mas nunca me esquecerei de lembrar as bênçãos que vêm a cada dia.
>
> Obrigada Trindade pelo pote de ouro. Obrigada pela magia que nunca morrerá.

Aquele tinha sido o ritual feito por Aaron e Stephen MacAuley no entardecer de Malahide no dia em que ela perdera os seus poderes. E também feito por Bárbara para tentar salvar o legado de sua família. Aquela era a reza dita pelos impostores, mas ela já aprendera que nem sempre eles eram a maçã podre da fruteira.

O coração de Emily O'Connell se encheu de esperança, o vento levava seus cabelos para todos os lados com ainda mais intensidade agora, e do outro lado da ponte ela viu algo mágico acontecer.

Um arco-íris apareceu de repente no céu de São Francisco. Era o momento em que mais um Leprechaun nascia, e mais um também se tornava um impostor.

Ao observar o ponto onde vira a lembrança de Aaron, ela não soube muito bem como reagir. Sombras começaram a se desenvolver, como se tentassem criar uma imagem esfumaçada pelo ar. Aos poucos, a aparição se tornava mais forte, um corpo pequeno de menino se formou a sua frente. Exatamente no lugar onde Aaron havia deixado o seu pote de ouro.

Ela estava em choque. Emily já tinha visto aquela criança. Estava frente a frente com a versão mirim de Aaron Locky.

— Eu conheço você, não é? – questionou o garotinho indo em direção a ela e sentando-se em uma rocha próxima.

Emily se questionava se alguma outra pessoa era capaz de enxergar o jovem que havia se materializado naquela praia. Acreditava que não, que aquela visão fosse um presente somente para ela, e tomou o máximo de cuidado para não parecer uma maluca falando sozinha. Não queria que ninguém a perturbasse naquele processo.

— Acredito que sim! Você é Aaron Locky, correto?

O garotinho com os conhecidos olhos cinzentos e cabelo escuro bagunçado comprimiu os olhos, parecendo chateado consigo mesmo.

— Droga! Ele não te contou...

Definitivamente, não era um bom sinal.

— Quem não me contou? – perguntou a ruiva curiosa com a atitude estranha dele.

O pequeno pressionou os lábios para a esquerda parecendo emburrado.

— Você sabe quem...

Na verdade, Emily não queria saber.

— Você está chateado porque a sua versão adulta não me contou algo importante? É isso?

O jovem Aaron balançou a cabeça concordando, parecendo ainda muito triste com alguma coisa.

— Você se importa em me contar por ele? – continuou ela, curiosa.

Será que Aaron chegou a falar com alguma versão minha mais nova quando tomou o meu poder?, perguntava-se intrigada com a experiência após o ritual.

— Você não vai ficar brava comigo?

Ela podia ver que ele estava realmente com medo de que aquilo acontecesse. Teve dó do garoto, pois sabia que aquela era a versão inocente de Aaron Locky.

— Claro que não! Sei como ele é. Você não tem culpa se ele resolveu me esconder alguma coisa.

Todo o corpo do menino relaxou, seu alívio era visível. Emily sentiu dó dele.

Como uma alma boa conseguiu se estragar tanto? Se deixar ser levada para o lado negro dessa forma.

— O meu nome não é Aaron Locky — desabafou ele.

Se estivesse em pé, os joelhos de Emily não teriam conseguido segurá-la. Sentiu a pressão cair e o coração foi parar no estômago.

Mais uma mentira. Sempre cheio de mentiras.

Ela sabia que aquele não era o seu nome. Nada sobre Aaron era verdadeiro. Por aquele e tantos outros motivos, ela não podia acreditar no suposto amor dele. Nem mesmo sabia seu verdadeiro nome.

O garotinho notou a mudança na postura dela e começou a se desesperar. Emily não contava com aquela reação de uma miragem, ou o que quer que aquele menino fosse.

— Você disse que não ficaria brava comigo — choramingou ele cheio de lágrimas, encarando-a.

Os olhos dela também estavam mareados por uma mistura de sentimentos. Tristeza por estar machucando inconscientemente aquela criança inocente, mas também revolta por não tê-lo pressionado mais para revelar quem ele era de verdade.

— Eu não estou chateada com você. É só triste saber que por tanto tempo acreditei em uma pessoa que não pôde ser capaz de me dizer o próprio nome, sabe?

Ele pareceu entender o que ela queria dizer, o que a deixava ainda mais surpresa.

— Mas acho que ele não fez isso por mal. Ele nunca trouxe alguém aqui e isso deve dizer muito sobre vocês. Dentro de mim, sinto que ele gosta de você, por isso é triste ter que te contar isso.

— Como assim? – questionou Emily confusa.

— Porque eu nunca achei que ele fosse gostar de alguém ou que alguém fosse gostar da gente de verdade. Mas isso aconteceu, e vejo que ele nem mesmo foi sincero com a pessoa. Pelo visto, devo ter me metido em encrenca.

Existia tanta dor na voz fina que era torturante para ela imaginar que um menino daquela idade poderia ter sido negligenciado pelos pais daquela forma. Quando pequeno, pelo visto Aaron acreditava que não era capaz de amar, e provavelmente isso se devia ao fato de nunca ter se sentido amado. Era revoltante para ela ver o quanto os pais dele o haviam prejudicado. Contudo, isso não o eximia da responsabilidade por ter mentido para ela até em relação as suas informações mais básicas.

— Você pode então me dizer qual o seu nome? – indagou temendo não obter a resposta dele. Não queria ter aquela curiosidade para o resto da vida.

O pequeno Aaron ficou pensativo e começou a olhar para a água que batia nas rochas. Emily respeitou seu momento de silêncio.

— Meu nome é Ansel Lockhart! Peço desculpas por ele ter escondido de você por tanto tempo o nosso nome. Acho que ele não queria que você conhecesse a mamãe e o papai. Eles não são boas pessoas.

Lockhart.

Nunca esperara por aquele nome. Logo começou a se recordar de uma família famosa dos tabloides americanos e percebeu que a socialite toda esticada conhecida por ser a vilã de um reality show sobre donas de casa ricas devia ser a mãe dele.

Não acredito nisso, pensou, lembrando que Darren chegou até a passar um dos episódios para ela quando estava em depressão. Nunca imaginaria que sua quase sogra fosse uma figura tão pública.

Percebeu de repente que mesmo sabendo o nome dele, nunca realmente conseguiria chamá-lo de Ansel. Pelo menos não a versão adulta.

— Ansel, você sabe por que estou aqui?

Ela precisava retomar seu objetivo. Não sabia quanto tempo mais teria com aquela miragem. Bárbara havia lhe entregado o ritual, mas não compartilhara completamente com ela sua experiência. Talvez existisse algum prazo de validade para o encantamento.

O garoto continuava olhando a água. Contudo, não parecia mais triste. Ele pareceu até gostar de saber que tinha um objetivo naquela conversa.

— Você quer tomar a sua moeda de volta — respondeu ele sorrindo pela primeira vez para ela.

Esse sorriso continua idêntico.

Aquilo mexeu internamente com a jovem. Sentiu certa saudade do rapaz que tinha deixado em Praga pronto para fazer outra mulher se apaixonar por ele.

— Se o meu poder é a minha moeda, sim! Vim buscar a minha moeda.

Ansel parecia animado demais com aquilo. Parou de olhar para o mar e começou a procurar por algo nos bolsos de sua pequena bermuda esverdeada.

— Qual delas é a sua?

Para a surpresa dela, havia sete moedas douradas na mão dele. Cada uma tinha iniciais encravadas no metal. Pôde ver claramente uma que brilhava com grande intensidade, mostrando E O em letras manuscritas.

No montante, reconheceu o L B de uma, o M D de outra e a que não saía de sua cabeça.

Uma moeda com a inscrição A L.

Aquela era a moeda do poder dele.

17

Tentou com muita força esconder o seu misto de animação e desespero. Estava a um passo de objetos muito poderosos, da sua moeda de poder e da *dele*. Respirou fundo para não demonstrar pela voz, postura ou expressão que ver a moeda dele mexia com ela.

O toque de Aaron está logo ali, pensou, tentada a pegar o objeto brilhante das pequenas mãos.

Temia que o garoto ficasse com medo de uma atitude assim e que desaparecesse levando consigo todas as moedas douradas. Afinal, Ansel poderia ser o típico Leprechaun capaz de fugir de finais de arco-íris com todo o pote de ouro.

— Acredito que a minha seja essa com a inscrição "E O" — respondeu observando a reação dele.

— Ótimo! Fico feliz que possa ter o seu poder de volta. Ele não deveria ter tirado de você. O poder de uma pessoa é um pedaço importante dela. Como podemos viver sem um pedaço?

O discurso dele fez a garota ficar com os olhos marejados. Como um garoto no início de sua vida era capaz de perceber aquilo e um homem supostamente maduro e inteligente não? Ela não conseguia achar uma resposta.

— Tem sido mesmo difícil viver sem esse pedaço — disse Emily, segurando as lágrimas. — Essa moeda tem um significado enorme para mim.

Os dois ficaram alguns instantes em silêncio.

Era como se o universo precisasse parar tudo por um minuto em respeito à morte trágica de seus pais.

— É porque ela vai te fazer ficar mais perto dos seus pais, né?

Então ele sabe. A miragem do passado de Aaron tinha informações cruciais sobre sua jornada.

— Sim, Ansel! Eu preciso dela para honrá-los!

Não aguentando mais, Emily deixou as lágrimas correrem. O menino se aproximou um pouco mais dela, ainda segurando as moedas.

— Você vai precisar de força para conseguir isso...

Como ele é inteligente.

— Vou precisar de muita! Você não pode nem imaginar!

Os dois ficaram se encarando. Ela não conseguia mais prestar atenção ao cenário ao redor. Apenas aquela conversa importava. Sentia uma presença cada vez mais forte na atmosfera e queria acreditar que eram seus pais abençoando aquele momento.

— Então você vai precisar de outras moedas — disse ele, surpreendendo-a.

Emily sabia que poderia levar todos aqueles poderes consigo ao fazer o ritual, mas não queria se transformar no monstro que Aaron havia sido. Não queria roubá-lo ou sentir estar roubando outra pessoa. Ao passar os últimos dias com ele, percebera que nem mesmo queria agredi-lo. Também pensava assim em relação a Stephen MacAuley. Estava certa de que não usaria uma arma contra ele. Tinha certeza de que encontraria uma forma de condená-lo por seus imperdoáveis crimes sem precisar derramar sangue como ele havia feito.

— Você me daria essas moedas? — questionou a garota e respirou fundo, tentando fazer a transação da forma mais tranquila possível.

Ansel riu e ela ficou feliz por ver que não era o sorriso sarcástico que ele desenvolveria no futuro. Era uma risada infantil e fofa, capaz de encher um coração de alegria por ser pura.

— Ele tinha razão de te amar. Você é uma pessoa muito boa, Emys! Merece ser uma grande Leprechaun. E por isso hoje você terá um pote de ouro grandão.

Foi a vez dela de rir. Tinha vontade de abraçar forte aquele corpo pequeno e ainda tão inocente.

— Foi você que fez eu me apaixonar por ele. A essência que você carrega ainda está escondida no fundo da alma dele.

Ansel abriu ainda mais seu sorriso, parecendo gostar do elogio.

— Pode pegar as suas moedas. — Ele ofereceu todo o conteúdo da mão, quase deixando-as cair.

Mas Emily hesitou, receosa.

Viu no montante a moeda com a inscrição "A L". Ansel estendia voluntariamente o poder deles para ela, e parecia ter consciência disso.

O que eu faço, St. Patrick? O que eu faço, meus pais?

Pedia um sinal para o universo. Rezava para que pelo menos aquela decisão fosse correta.

Quando se faz o bem, se atrai o bem, ouviu a voz de Padrigan em uma de suas conversas.

Então o vento gélido desacelerou e Emily pôde ter certeza durante alguns segundos que uma lufada de ar quente passou por sua cabeça. Quase como uma mão acalentadora dizendo-lhe que ela sabia o que era certo a fazer.

As lágrimas continuaram. A ex-socialite destrambelhada percebeu que aquele era um gesto de seu pai confiando nela. Dando o seu eterno carinho.

Sinto tanto a sua falta.

Mais uma onda quente em seus cabelos.

Emily percebeu o que precisava fazer.

A ruiva estendeu a mão e começou a pegar as moedas. Primeiro pegou a de Liam, depois a de Margot, pegou uma com "F M", outra com "W T", além de uma com a inscrição "D P".

A cada moeda que ela pegava, sentia um estalo no corpo, como se a tivessem plugado em um computador de alta performance e um arquivo fosse baixado em questão de segundos em seu sistema. Quando sentia isso, uma linha se formava, uma espécie de ligação entre ela e o Leprechaun dono daquele poder começava a se moldar. Notou que a força da conexão com Liam era maior do que com os donos das outras moedas. Não sabia se era impressão ou não, mas pareceu sentir uma pulsação de volta quando se conectou com o britânico. Quase como se recebesse uma mensagem de volta dele confirmando que sabia que estavam conectados.

Me desculpe por tudo, pensou, imaginando como devia ter sido difícil para Liam ser afastado daquela jornada que também era dele, e de repente descobrir que a ex-namorada estava roubando o poder dele.

— Ele sabe que no fundo você não tem culpa — disse o garoto lendo os pensamentos dela. Emily já se esquecera de que ele na verdade era um ser sobrenatural.

— Tomara — sussurrou tentando se recompor.

Agora havia apenas duas moedas douradas na mão de Ansel Lockhart. A dela e a dele.

Emily O'Connell respirou fundo e, pela primeira vez desde que o processo havia começado, resolveu encarar um ponto ao longe, distante do jovem Ansel. Olhou para o arco-íris ao fundo e criou coragem para tomar a sua decisão.

Por fim, pegou a sua moeda e fechou a mão do garoto, fazendo-o agarrar o próprio poder.

Um fluxo intenso de energia correu por seu corpo físico e metafísico. Foi invadida como se todos os arquivos do mundo estivessem sendo passados para o seu sistema ao mesmo tempo. Quase perdeu o ar no processo e ficou abismada com a sensação de preenchimento que a percorria. Não havia mais nenhuma parte vazia dentro dela. Agora ela estava completa, e sentia-se mil vezes mais poderosa do que em qualquer momento de sua vida. Era como se tivesse tido dezenas de orgasmos em uma só noite. Percebia que aquela era mesmo uma sensação viciante, e que Aaron havia se acostumado àquilo. Algo daquela intensidade poderia muito bem dominar uma pessoa sem propósitos.

Ela voltara a ser um Leprechaun completo, e agora tinha outros cinco poderes dentro de si, entre eles o de um homem que também amava, o que a deixava ainda mais poderosa.

— É isso que te faz diferente dele — comentou Ansel ainda olhando para a sua mão fechada, sentindo a moeda entre os dedos.

A ruiva entendia o que ele queria dizer.

— É só o certo a fazer...

Ansel ficou pensativo.

— Mas ele merecia o certo? — questionou o garoto voltando a ter a expressão preocupada do início.

Ela pensou bem antes de responder.

— Toda criatura merece o certo. Se ele veio para este mundo ser um Leprechaun, era porque precisava ter o seu poder. Só espero que Aaron aprenda a usá-lo para um bem maior. Que deixe essa vida baixa para lá.

Ansel pareceu gostar da resposta.

— Algo me diz que ele vai fazer isso, Emys!

Ele me chama como Aaron. Por que não nos conhecemos com essa idade? Teríamos sido um grande casal desde o início. Talvez eu pudesse ter ajudado a mudar o seu curso, pensou.

— Teríamos sido mesmo — completou o menino lendo os pensamentos dela.

Ansel levantou da pedra e colocou a sua moeda no bolso. Aproximou-se de Emily para dar um beijo delicado em sua bochecha. A garota se enterneceu com a atitude e notou que o beijo tinha o mesmo calor que o "cafuné" recebido pouco antes.

Sem conseguir dizer mais nada, o garoto começou a andar, encaminhando-se ao ponto em que surgira, onde no passado havia sido fotografado com sua família.

Durante a curta caminhada, a imagem dele foi se apagando aos poucos, e duas outras figuras apareceram, uma de cada lado dele e ambas brilhantes, quase como miragens.

Foi um dos momentos mais emocionantes de sua vida, e sentiu as pernas bambearem tamanha a emoção.

Seus pais caminhavam de mãos dadas, junto com aquela lembrança do passado de Aaron Locky.

De alguma forma, eles pareciam guiar a verdadeira alma que existia naquela essência, Ansel Lockhart.

Emily percebeu que aquele ciclo tinha terminado.

Mas ainda havia outro ciclo a finalizar.

RELATÓRIO TL   Nº 1.211.000.100.291.003

Para a excelentíssima Comissão Perseguidora

Assunto:
ACOMPANHAMENTO DE ROUBO
• *Indivíduo cadastrado* •

Leprechaun cadastrada que havia reportado um roubo sente que o seu poder foi transferido de pessoa.

Localização da vítima: Via Tornabuoni – Florença – Itália

Informação importante: jovem reportou o fato dez minutos depois de ter o pressentimento. Desde que teve o seu poder roubado por um indivíduo não cadastrado, até aquele momento não havia mais sentido a presença de sua essência. Voltando aos formulários, descobrimos que as informações sobre o impostor batem com o caso de Emily O'Connell e o indivíduo conhecido como Aaron Locky.

Histórico: Florence Marino é filha única de dois guias turísticos da cidade. Os pais tinham uma vida de classe média, mas ela nasceu Leprechaun e transformou o gosto da família por arte em um negócio milionário. Ainda muito jovem, ela se tornou uma das maiores negociadoras de arte do mundo, fazendo as maiores negociações do último século.

Status: continua vivendo em Florença, porém viaja pelo mundo todo. Não chegou a encontrar com o seu impostor depois que foi roubada.

Acontecimento: se envolveu por quatro meses com um jovem americano misterioso, e ele descobriu o seu final do arco-íris. Desde então, tenta manter as vendas, mas notou que elas caíram muito desde que perdeu o seu poder.

18

A sensação era de euforia ao ter todo aquele poder dentro de seu corpo, e Emily sentia um pouco de dificuldade em voltar a se concentrar. Era como se, além de todo aquele poder, tivesse absorvido habilidades desenvolvidas pelos antigos donos daquelas essências. Quase como se um leque de opções se abrisse dentro dela, e a partir de então ela fosse capaz de escolher o que gostaria de aprender em seguida. Eram tantos sentimentos correndo por suas veias que precisou se controlar antes de decidir qual seria seu novo passo. Sabia que tudo que fizesse seria crucial na batalha final contra Stephen MacAuley.

Ele iria pagar pelo sofrimento de todas aquelas pessoas cujos toques carregava dentro de si.

Ao pensar nisso, percebeu que precisaria localizar as outras três vítimas que Aaron havia ferido. Ela poderia enfrentar seu inimigo com todo aquele poder e só depois devolvê-lo, mas imaginava que, igual a ela, os proprietários daqueles potes de ouro também deveriam estar buscando por vingança. Não podia mais ser gananciosa. Precisava se lembrar de que havia outras vítimas espalhadas pelo mundo.

Encontrá-las abriria muitas feridas. Não podia deixar de lado o fato de que os donos daqueles poderes tinham se envolvido romanticamente com Aaron/Ansel. Ter encontrado Margot e Liam já havia sido um tanto sofrido para ela. Receava conhecer as outras pessoas.

Despediu-se do arco-íris e da Golden Gate com um sinal da cruz, depois procurou por um táxi para voltar ao hotel. Não perderia tempo, precisava focar completamente a localização das pessoas que deviam estar sofrendo sem suas essências. Lembrou-se de que Aaron planejava enganar mais uma mulher em Praga e sentiu-se terrível por não o ter impedido. Naquele momento, pensava apenas no próprio umbigo, como em tantas vezes no passado, e somente após encontrar a imagem de Ansel se dera conta de que precisava ser diferente de Aaron.

Precisava ser melhor do que ele.

Quando colocou os pés em seu quarto, percebeu que seu telefone normalmente mudo tocava baixinho. Sentiu um frio percorrer a espinha, como sempre sentia ao se deparar com a possibilidade de ter que falar com MacAuley desde que descobrira tudo.

Para a sua surpresa, era o número de telefone usado anteriormente pela Trindade Leprechaun. Depois da mensagem enviada por Margareth, pensava que a TL iria deixá-la fazer o que precisasse sem se envolver, por isso não fazia ideia do motivo de estar sendo procurada agora. Por um instante, temeu o que poderiam fazer com ela.

Talvez tenham sentido o meu rastro no aeroporto vindo para São Francisco.

Era uma possibilidade. Além disso, havia usado o cartão de crédito na casa de câmbio do LAX. Mas então percebeu que pelo menos agora tinha sorte em abundância ao seu lado; se tivesse que enfrentar a organização, não havia melhor momento do que aquele.

Atendeu tentando conter a curiosidade na voz.

— Emily O'Connell? Aqui é Amit Chakrabarti e tenho informações que podem ajudá-la em sua caçada.

Por algum motivo, esperava uma ligação de Margareth; surpreendeu-se ao ouvir a voz do indiano.

— Olá, Amit! Estranho ser procurada por você — expôs Emily, sem politicagem.

— Imagino, srta. O'Connell! Você e seu amigo partiram muito depressa e inesperadamente, e, pelo que eu soube, antes de partir apenas estreitaram relações com Margareth. Por isso, talvez nem tenha lhe passado pela cabeça que eu sou a melhor pessoa para conversar sobre roubos de poderes.

Posso estar encrencada.

Naquele momento, só lhe passava pela cabeça que agora era considerada uma impostora. Tecnicamente, havia roubado poderes de outros Leprechauns, e o homem que ligava era o responsável por capturar ladrões de toque.

Será que vou para alguma espécie de cadeia?

Sentiu medo com aquela possibilidade.

— É um pouco difícil pensar em conversar com você quando não me ajudou antes que eu perdesse meu toque — respondeu ela em um tom desafiador para tentar ditar o controle da conversa.

Pela fungada do outro lado da linha, Amit não havia gostado da sua resposta.

— Mas agora sei que reconquistou o seu poder, não é mesmo?

Por St. Patrick! Ele sabe de tudo! Devo estar com problemas. O que eu faço? Devo desligar? Alguns segundos antes sentia-se confiante de enfrentar a TL com seu atual poder, mas se eles tinham sido capazes de identificar o aumento de poder dela, sabiam bem mais do que ela podia imaginar.

— Não fique preocupada! — disse ele, notando o silêncio da garota. — Sei que está com o seu toque e com o de outras pessoas, mas sabemos que não foram roubados inicialmente por você.

Emily não conseguiu esconder o alívio.

Temia que sua jornada fosse interrompida bem no momento em que avistava uma luz no fim do túnel.

A imagem de seus pais andando ao lado de Ansel e todo o carinho que sentira naquele momento lhe deram a garantia de que estava no caminho certo. Não poderia permitir que a Trindade a impedisse de continuar.

— Estou saindo à procura das outras vítimas dele para devolver esses poderes — respondeu Emily, com medo do que viria em seguida.

— Ótimo! Comece por Florence Marino, moradora de Florença na Itália! Ela é uma das pessoas que deve estar procurando.

A memória da moeda dourada com a inscrição "F M" voltou a sua mente. Amit acabava de facilitar a sua primeira busca.

— Como soube dela? — quis saber a ruiva, testando o tipo de conhecimento que a TL possuía.

A voz de Amir pareceu levemente constrangida ao dizer em seguida:

— Todos nós da comissão sentimos um abalo no universo, como se um poder forte tivesse nascido. Às vezes conseguimos identificar isso, infelizmente nem sempre. Depende muito da localização do Leprechaun envolvido. Por isso, muitos roubos acontecem na Europa ou na Ásia. Tentam nos enganar por estarmos em Los Angeles.

Aquela informação fazia certo sentido para ela.

— Mas só sentir um abalo nas energias não me denunciaria a vocês...

— Depois do abalo recebi a ligação de uma Leprechaun cadastrada conosco. No caso, a Florence. Mesmo longe do ponto onde aconteceu o abalo, ela foi capaz de senti-lo e nos informou que imaginava que alguém tivesse tomado posse de seu poder roubado.

— Então você foi buscar a ficha dela — deduziu Emily.

Amit concordou.

— Na época, não conseguimos localizar seu impostor, e a ficha ficou arquivada. Voltando a ela, percebemos que poderia ser Aaron Locky.

Devo revelar para a Trindade o nome verdadeiro dele?

Sabia que a informação poderia ajudá-los no futuro, mas, ao mesmo tempo, sentiu-se estranha ao pensar em compartilhar algo revelado durante seu momento no final do arco-íris. Achava que ao dizer aquela informação estaria quebrando alguma promessa sagrada. Sem contar que isso faria a TL procurar pelos pais dele, e não achou que era o certo a fazer naquele momento. *Continuamos tendo um segredo só nosso. Exceto por Stephen MacAuley, que também sabe sua verdadeira identidade.*

— Então Florence está ciente de que estou com o poder dela? — questionou a garota, temendo ter sido desmascarada pela Trindade antes da hora.

— Na verdade, não! — respondeu Amit, surpreendendo-a. — Não sabíamos ainda qual atitude você tomaria. Margareth sabia que você iria procurar Aaron quando visse o nosso registro sobre a família MacAuley. Nós deduzimos que o seu tempo com ele tivesse rendido frutos, afinal, você parece ter chegado aonde queria.

Emily suspirou. Margareth e a Trindade pareciam entendê-la demais, e não gostava disso. Sentia-se transparente. Aprendera duramente nos últimos meses que quanto menos soubessem sobre a sua vida e decisões, melhor.

— Parece que Margareth sabe tudo sobre mim — ironizou Emily. — Mas então o que a Trindade fez com todas essas informações sobre o que estou fazendo?

— Avisamos para Florence que estamos investigando e retornaremos o quanto antes. Agora, meu papel é descobrir com você o que pretende fazer, já que está novamente com o seu poder e também com o de outros dos nossos.

Eles querem me deixar no controle.

Não esperava receber tanta confiança da instituição.

Tendo visto o tamanho da organização e sabendo o quanto era importante para eles parar Aaron e MacAuley, imaginara que tentariam tirá-la do jogo se descobrissem que ela havia roubado Aaron.

— Eu estava exatamente pensando em buscar as outras vítimas. Ia falar com Liam e Margot primeiro, mas devo confessar que não será fácil. Minha relação com Liam está estremecida, e não sei até que ponto ele continua sua busca por vingança. Já a francesa é bem capaz de nos expor para MacAuley. Se Florence sentiu o seu poder ser transferido para mim, é possível que já estejamos correndo perigo. Margot pode ter nos entregado. Ela odiaria saber que seu poder está comigo.

Com as informações de Emily, Amit pôde colaborar com o plano dela.

— Talvez seja melhor manter o poder de Margot com você até se encontrar com MacAuley. Liam está muito perto de Dublin, então vocês podem conversar quando estiver lá. Conhecendo o funcionamento dos toques de ouro, a sua linha de energia deve ter transmitido para ele que está com o seu poder. Ele a teria procurado se estivesse desesperado para retomá-lo.

Ela não tinha pensado nisso antes.

Liam devia estar pensando nela naquele exato momento, afinal, mesmo sem a companhia dele, a garota conquistara um dos objetivos que tinham em comum quando saíram de Dublin em busca de respostas.

— Como posso encontrar Florence? Devo ir a Florença e bater na porta dela?

Temia se decepcionar outra vez, como quando buscara por Margot em Paris. Encontrar a namorada de um ex-namorado era difícil, mas ver que ela não ligava para o fato de ser roubada era o que mais a revoltava. Não podia ver outra mulher se deixar manipular daquele jeito.

— Ela vive viajando, mas podemos marcar um ponto de encontro entre vocês duas. A Trindade foi feita para ajudar a nossa comunidade justamente em situações como essa.

— Mas será que ela vai me receber? – perguntou Emily receosa.

Uma risada sincera estourou do outro lado.

— Florence é uma das nossas Leprechauns mais colaborativas. Ela mesma nos procurou quando percebeu ser a única de sua família com sorte em abundância. Como negociadora de arte, sempre nos alertou se identificava algo suspeito no mercado que pudesse ser relacionado aos nossos poderes mágicos. Mesmo sendo inteligente e proativa, contudo, ela acabou sendo enganada por um impostor. O homem que a seduziu pôde analisá-la antes e preferiu não falar sobre magia com ela, conseguindo camuflar os seus poderes até descobrir o final do arco-íris dela. A jovem ficou arrasada por um bom tempo, mas retornou aos negócios, apesar de já não ter mais a mesma relevância.

Emily odiava quando ouvia casos como aquele. Vidas e carreiras destruídas pela ambição de um impostor. Ela havia perdido a O'C e Florence havia deixado de ser relevante em seu mercado. Tudo porque Stephen e Aaron queriam se sentir mais fortes.

Percebeu que a Trindade realmente a ajudava fornecendo aquelas informações, então decidiu ajudá-los também.

— Junto com a moeda de Florence havia outras duas que não sei identificar. Uma com a inscrição "W T" e outra com "D P". Será que vocês não conhecem outros casos como o dela? Leprechauns cadastrados que sofreram roubos sem resolução. Isso facilitaria na busca pelos outros injustiçados.

— Perfeito! Eu e todos os Leprechauns disponíveis em nossa sede vamos procurar informações sobre esses dois casos, provavelmente eliminando Londres, Paris, Florença e Dublin do processo. Você pode nos aguardar por um dia?

Seria difícil não sair correndo atrás de MacAuley sentindo todo aquele poder em seu sistema. Também teria que se segurar para não ir atrás da italiana. Porém, contar com eles era a sua melhor opção.

Talvez seja por isso que a TL esteja me ajudando pacificamente. Minha sorte pode estar manipulando-os.

— Vou esperar por vocês, Amit!

Ouviu uma interjeição do outro lado; o indiano havia ficado feliz com sua resposta.

— Entrarei em contato nesse número assim que tiver respostas. Se isso a deixar mais confortável, saiba que as portas de nossa sede estão abertas para você. E aproveite para treinar os conhecimentos que já deve ter absorvido.

Aquela última parte intrigou a garota.

— Como assim absorver conhecimentos?

Então Amit confirmou algo que ela já havia sentido na praia de Golden Gate. Havia mais do que apenas poder naquele processo.

— Florence Marino conseguia se teletransportar de um ponto a outro. Por isso conseguia as melhores negociações de obras raras. Quando descobria seu paradeiro, ia falar pessoalmente com o dono e entregava em pouco tempo para o comprador, não dando tempo para a concorrência sequer saber da existência do material.

Então eu posso me teletransportar.

Aquilo parecia ser benéfico para ela. Já havia aprendido que essa era uma característica Leprechaun, mas não imaginava que dominaria aquela habilidade tão cedo, depois do que acontecera no quarto após o beijo de Aaron.

— Vou ficar aqui praticando – respondeu Emily antes de se despedir.

Não voltaria para a sede da Trindade, mas se esforçaria na preparação para a luta final. Enquanto tivesse aqueles poderes dentro de si, aprenderia o máximo possível. Se conhecesse as habilidades especiais das outras vítimas, poderia ajudar a TL com dicas para encontrar o paradeiro das duas vítimas desconhecidas.

Você não sabe com quem se meteu, MacAuley.

Estava um passo mais perto.

19

Naquelas poucas horas de poderes acumulados, a percepção de Emily se expandiu. A cada pequena mudança que percebia no mundo, a cada nova habilidade que descobria, ela entendia também os benefícios que Aaron e MacAuley viam naquele tipo de vida. Por mais que achasse errado e cruel o método que usavam, não podia mais negar que era conveniente.

A primeira mudança de todas foi que a Trindade lhe entregara de bandeja uma das vítimas que precisava alcançar. Por meses havia procurado Aaron, e chegar até Margot tinha sido uma jornada e tanto. Porém, em poucos minutos de poder um dos seus obstáculos havia sido eliminado, o que era um grande alívio. Em seguida, ainda conseguira colocá-los para procurar pelas outras duas vítimas, o que seria uma ótima forma de economizar tempo.

Depois, resolveu pedir serviço de quarto. Estava acostumada a hotéis de alta qualidade, mas nunca tivera o atendimento que recebeu em seguida. O atendente soube lhe indicar a comida perfeita, o vinho que harmonizaria de forma mais suave com a refeição e a deixaria mais relaxada, ainda lhe sugeriu uma massagem e perguntou se alguém do hotel poderia mais tarde preparar para ela um banho de sais.

Quase não precisou abrir a boca; tudo que o seu corpo e sua mente desejavam aparecia em oportunidades para ela.

Saboreou o prato sugerido enquanto assistia ao seu filme predileto, *Bonequinha de luxo*, que coincidentemente estava começando no primeiro canal que ligou. Após finalizar uma minigarrafa do ótimo vinho indicado, recebeu a massagista em seu quarto. Sentia-se relaxada como nunca antes na vida, ainda que já tivesse experimentado diversos spas cinco estrelas pelo mundo. E depois esparramou-se na gigantesca banheira coberta por sais perfumados que lhe davam a tranquilidade necessária.

Contudo, só percebeu que de fato estava com sorte em excesso quando duas coisas aconteceram automaticamente em seguida.

Seu celular tocou e Emily levantou-se para procurá-lo o quanto antes, esperando por algum feedback da TL sobre os paradeiros das vítimas. Para a sua grande surpresa, a mensagem era de outro número também bastante familiar.

Liam lhe escrevera.

Emily,

Quando tudo estiver pronto, saiba que pode me procurar.
No fim, precisamos contar um com o outro.

Liam

Não era uma mensagem nada romântica, mas em comparação com a última vez que ele lhe escrevera, era um enorme avanço na relação dos dois que o britânico voltasse a entrar em contato.

Respondeu-lhe avisando que o procuraria e agradecendo. Sabia que em breve estariam juntos, entretanto, mesmo com toda a sorte do mundo por receber aquela mensagem, sabia que havia algo errado. Liam nunca mais seria o mesmo com ela.

Emily ainda sentia que o amava, mesmo sabendo que aquele amor não seria mais correspondido. O relacionamento dos dois havia sido curto, porém intenso. Achara que teria aquela sensação de plenitude que tinha com ele para sempre. Agora não acreditava mais naquela ilusão.

Poderia contar com Liam para a batalha final.

Mas não poderia mais contar com ele para estar ao seu lado pela vida.

Ao pensar aquilo, sentia um vazio horrível, afinal, também havia perdido Aaron. Dois grandes e únicos amores em um espaço tão curto de tempo. Para ela, que havia passado toda a vida em relações passageiras e superficiais, era uma perda tremenda, e ela se perguntava se merecia realmente ser amada. Se algum dia teria alguém com quem dividir a vida.

Talvez o seu destino fosse ficar sozinha. Sem os pais, sem um companheiro e provavelmente até sem amigos. E foi ao pensar isso que a segunda grande surpresa aconteceu.

Havia saído da área de ligações para abrir um dos aplicativos de seu celular quando viu uma foto de Darren. Ele estava no Temple Bar, que quase nunca frequentava sem ela, e colocara uma das bolsas masculinas com o logo da O'C em destaque na imagem. A legenda dizia "sentindo sua falta".

O coração dela derreteu.

Não segurou o choro.

Consciente ou não, Darren estava mandando um recado para ela. Estar em Dublin pelo visto o fizera sentir saudades. Aquela era a melhor notícia que poderia receber.

No mesmo instante pensou em ligar para ele e pedir milhares de desculpas. Queria esquecer o combinado com a Trindade e partir naquele momento para Dublin para abraçá-lo por horas. Darren era, e para sempre seria, parte essencial de sua vida, e ter aquele sinal lhe dava um senso de alívio absurdo.

No entanto, sua vida ainda estava de ponta-cabeça. Vendo as últimas fotos postadas pelo amigo, percebia que a rotina de Darren, ao contrário, já havia voltado ao normal. A cara de felicidade dos pais dele em uma postagem cinco horas antes dizia tudo que ela precisava saber antes de tomar uma decisão.

Ele precisava ficar longe do drama que ainda acontecia em sua vida, custasse o que custasse. Mas decidiu usar a sua rede social para também deixar um recado para ele. Emily postou um coração nos comentários da foto e Darren saberia como ela se sentia naquele momento.

Era a atitude certa a tomar.

Mas não via a hora de acabar com tudo aquilo e buscar a normalidade ao lado do melhor amigo.

Ainda tinha algum tempo de sobra antes da TL realmente chegar com resultados. Tinha que ocupar seu tempo para não enlouquecer, e além disso era óbvio que precisava se preparar mais. O próprio Amit lhe aconselhara isso.

Nos meses em que buscara o paradeiro de Aaron, havia aprendido a se defender na luta corpo a corpo. Também aprendera a atirar. Antes disso, o próprio impostor lhe ensinara algumas habilidades Leprechauns. Sabia perceber energias, tinha empurrado pessoas com a sua força mágica e enviado recados através de conexões. Agora, aproveitaria o poder de Florence Marino e finalmente aprenderia a se teletransportar.

Aquela habilidade parecia mais complicada do que todas as outras. Uma coisa era saber fazer um movimento ou expelir uma energia, outra bem diferente era ter seu corpo deslocado de um lugar a outro, e apenas com a força do pensamento.

Sentia a capacidade de fazer aquele movimento dentro de si, mas ao contrário do feitiço que ela lera na Golden Gate, agora não havia nenhuma instrução escrita. Precisava contar apenas com o que sentia e com as memórias de Florence vinculadas ao poder.

Ok, como vamos começar?

Para um teletransporte, imaginava que precisaria de concentração e de um destino. Quando pensava na figura mitológica dos Leprechauns, conseguia visualizar os pequenos homens aparecendo de um lado para o outro, fugindo dos humanos que tentavam capturá-los. Acabava que aquilo era real. No final das contas, logo Emily seria caçada, mas no caso, era outro Leprechaun que tentaria capturá-la. Precisava ser esperta e aprender a controlar aquela nova habilidade o quanto antes.

Você está relaxada, Emily! Teve uma das melhores tardes dos últimos tempos e acabou de sair de um maravilhoso banho. Não tem por que não se concentrar.

Tentava se conduzir de alguma forma. Sentia-se estúpida fazendo aquilo, por mais necessário que fosse. Então buscou separar a energia de Florence das outras que sentia dentro de si. Aquilo era difícil, pois o seu toque e o de Liam falavam mais forte do que os outros. Parecia que somente a italiana tinha dominado aquele movimento; Emily também percebia que nenhuma outra fonte de sorte sabia afastar perigo como a fonte dela sabia, por isso concluiu que deviam existir vários tipos de Leprechauns.

E eu que já achava que conseguir ganhar rios de dinheiro em cassinos ou na bolsa de valores era o máximo. Coitada de mim!

Conseguiu separar dentro de sua mente, com alguma dificuldade, o pote de ouro da garota. Pela energia, percebeu que Florence era nova como ela. Havia uma sensação de frescor no poder dela. Nunca imaginaria que poderes possuiriam características assim.

Então Aaron literalmente vivia com todos nós dentro dele. É impossível esquecer suas vítimas com detalhes tão únicos passeando por dentro de si. Será que isso o deixava angustiado? Será que meu poder exercia nele uma força maior do que os outros?

Se Aaron realmente a amava, achava que sim. Ao mesmo tempo, ele também havia dito para todas aquelas pessoas que sentia alguma coisa especial por elas.

Tentou analisar mais detidamente a energia da linha que a conectava com a Leprechaun. Não queria chamar a atenção dela antes da TL retornar, porém precisava acessar suas habilidades únicas e aquele era o único jeito de fazer isso.

E se eu tentar me teletransportar daqui da sala para o banheiro?

Era a opção mais segura no momento. Não podia ser audaciosa e sair de seu quarto sem antes saber se era capaz de realizar o feito. Poderia se expor no processo, ou pior, expor sua raça. Se aparecesse em um lugar público sem saber se disfarçar, poderia criar grandes problemas para si, e outros ainda maiores para a Trindade.

Mas talvez mudar de cômodo já seja um passo grande demais, pensou.

Sentia-se como se estivesse desenvolvendo um novo produto na O'C. Ao contrário do que as pessoas imaginariam dela, sempre buscou pelas escolhas mais simples, até minimalistas. Não precisava de itens mirabolantes para alcançar os seus objetivos. Os clientes de sua marca eram sofisticados e buscavam bom gosto. Muitas vezes isso se traduzia em artigos simples, porém, refinados.

Naquele exercício, também precisava buscar a simplicidade. Olhou para a frente e viu a mesa de trabalho a alguns passos. Resolveu focá-la como seu ponto de aterrisagem.

Não posso pensar na mesa, ou eu vou acabar aparecendo em cima dela. Preciso, na verdade, olhar para o chão ao lado.

Viu o espaço e o memorizou. Tentaria se concentrar para cair justamente naquele ponto.

Como um Leprechaun é capaz de pensar em tudo isso durante uma luta?

Por *sorte* não vivia em um mundo medieval, nem muito menos em um fantasioso. Ela não enfrentava dragões ou trolls, não precisava pensar em batalhas. Duvidava que naquele século Leprechauns usassem aquela habilidade com a intenção que tinha em mente.

A própria Florence usou o teletransporte para fazer negócios. Acorda, Emily!

Teve vontade de rir da própria imaginação. Contudo, pensava em tudo aquilo porque um ser que não era completamente humano havia tirado a vida de seus pais buscando por um poder sagrado. No fundo, sua imaginação não estava tão fora da realidade.

Esses dons podiam ser usados em um confronto.

Respirou fundo e tentou se conectar com a habilidade que parecia pulsar dentro dela como um daqueles itens especiais em cenários de videogame. Apagou da mente qualquer pensamento e visualizou o ponto à frente da mesa que não devia estar a mais do que cinco passos dela.

Em seguida, a imagem de um arco-íris se formando veio à tona, revelando-se para ela. Emily identificou aquilo como um sinal de trajetória. O final do arco-íris estaria exatamente no ponto em que ela reapareceria.

Um, dois, três.

O arco-íris sumiu. Toda a mente dela ficou escura. Foi como se tivesse sido jogada em um mar de surpresa, quase não conseguindo segurar a respiração durante o processo.

Pense no ponto de aterrissagem. Pense no ponto de aterrissagem.

Mas o pânico tinha chegado. Não estava acostumada com a sensação, e aquela escuridão acabou despertando algo negativo nela.

Quando conseguiu abrir os olhos, viu que continuava no mesmo lugar. Mas não se deixou enganar. Emily tinha certeza de que por alguns segundos o seu corpo havia saído daquela dimensão, daquele lugar. Sentia como se tivesse voltado de uma longa viagem, ainda que aparentemente estivesse no exato local de onde havia partido.

Deixei-me vencer pelo desconhecido. Acabei me levando pelo medo.

Odiava aquilo. Naquela altura do campeonato, não podia mais ser fraca, nem se permitir ser vencida. Era uma Leprechaun completa, com objetivos claros e um poder raro pelo menos pelas próximas horas. Se com tudo aquilo não conseguisse se livrar dos fantasmas de sua mente, nunca conseguiria ter a confiança para derrotar Stephen MacAuley.

Não conseguiria trazer justiça aos seus pais.

A lembrança de Padrigan e Claire resgatou o espírito selvagem de dentro dela. Um que não vinha de nenhuma outra fonte a não ser da revolta por tudo que havia passado e que ainda passava.

Repetiu mais algumas vezes o exercício, com mais calma e foco. As coisas mais importantes na vida não são nada fáceis de aprender, mesmo quando se tem sorte quase infinita. Esperar que o teletransporte fosse fácil era achar que tudo cairia no seu colo, e já tinha aprendido que nem sempre o mundo funcionava assim. MacAuley também tinha um grande poder, e ela precisava ter mais recursos do que ele.

Entre ser um Leprechaun clandestino, cuidar da O'C e manter o legado de sua família, ele não deve ter tempo para treinar novos movimentos.

Queria acreditar que aquilo fosse verdade. Não tinha a mínima ideia se o atual CEO de sua empresa era capaz de lutar ou se defender usando a sorte mística deles.

Emily tentou mais uma vez respirar fundo, procurando limpar a mente dos pensamentos conturbados.

A cada vez, se sentia mais confortável com a escuridão, principalmente com a falta de ar trazida pelo exercício. Foi aprendendo a notar a intensidade do arco-íris, até que percebeu o momento em que ele ia tocar no chão em sua mente, e ela visualizou o espaço que desejava.

A garota tinha se teletransportado.

Cada pedaço de seu corpo havia sido sugado por uma energia diferente de todas que tinha sentido no passado. Por alguns segundos, não estivera mais naquele quarto de hotel, muito menos em São Francisco.

Emily sabia que tinha ido para uma outra dimensão, ou para o que pensou ser o *além*, e em segundos depois reaparecera no local definido.

Caiu de joelhos no chão, tentando se proteger do impacto com as mãos, que certamente ficariam doloridas pelos próximos dias. Mas conquistara o objetivo que tinha colocado a sua frente.

Conseguira se movimentar de um ponto para o outro usando apenas a sua sorte.

Agora, precisava praticar e ver quão longe conseguiria chegar.

Um sorriso obstinado escapou de seus lábios. MacAuley não conseguiria fugir tão fácil.

20.

Ainda era difícil para Emily acreditar que mais uma vez havia mesmo saído de um lugar e ido para outro como se tivesse sido simplesmente sugada pelo universo. Era como se fizesse parte de Hogwarts ou algo parecido. Aquela habilidade lhe dava uma vantagem grande em uma luta. Precisaria antes de qualquer coisa treinar e procurar estudar o espaço em que aconteceria o movimento. Se memorizasse os arredores, seria fácil para ela se deslocar sem acidentes.

Durante o treino, percebeu que ainda não conseguia aparecer em uma distância muito grande. Foi até a área do elevador do hotel e também nas escadas para memorizar os locais, mas quando voltava para o quarto sentia certo bloqueio em conseguir aparecer naqueles lugares, por melhor que os conhecesse.

Pensei que nunca mais iria precisar passar por uma imigração, reclamou internamente, desejando conquistar cada vez mais.

Aquele pensamento lhe lembrou das palavras de Amit durante a conversa deles por telefone. Se Florence conseguia ganhar espaço no mercado de artes por transitar entre os lugares em uma velocidade não humana, significava que ela havia achado uma forma de sair de um país para outro apenas com a sua sorte.

Tenho que conseguir também! Faria toda a diferença!
Aquele era seu maior objetivo no momento.

Continuou treinando pelo resto do dia até cair exausta na cama. Na verdade, seu exercício final foi se teletransportar para ela, morta de tanto cansaço.

A carga emocional daquele dia havia sido intensa. Depois de tanto treinar uma nova especialidade, fechou finalmente os olhos e esperou a mente se desligar também.

Desde que chegara a São Francisco, não havia se preocupado em desfazer malas. Emily percebeu que no fundo não queria pensar naquilo. Tinha confiança que Amit acharia outra vítima e que logo ela encontraria a italiana e veria até que ponto Aaron a havia machucado. E também o quanto ela queria vingança.

Florence talvez se juntasse a ela no confronto contra Stephen, mas também poderia não querer se envolver. Nesse caso, Emily precisaria pedir o poder da garota emprestado por um pouco mais de tempo.

Não demorou para dormir, mas acabou acordando desesperada com o despertador que havia programado antes de apagar a luz. Pegou o celular para controlar o som e percebeu que não havia nada de diferente na tela. Nenhuma novidade, para o seu desânimo. Arrependeu-se por um momento de ter programado o aparelho, pois poderia continuar descansando, fingindo que o mundo era bom.

Dormir era uma arte que dominava. Ainda que não dormisse nos horários convencionais, principalmente porque antes vivia em festas que demoravam para acabar, sempre apagava em segundos quando deitava em seu travesseiro.

Mas nem sei mais como é a sensação de deitar no meu.

Sentia saudade de sua casa, dos antigos funcionários que cuidavam de seu dia a dia, do colchão importado feito pela NASA em que dormira por tantos anos e era simplesmente maravilhoso, dos lençóis que sua mãe costumava escolher com tanto carinho nas melhores lojas da cidade. Era difícil para ela se lembrar de coisas assim.

Ainda nem tinha parado para pensar se continuaria na mansão de seus pais ou se a venderia para tentar se afastar da dor, pois se emocionava toda vez que pensava na figura deles.

Mas não quero me arrepender de não a ter mais, pensou percebendo que seria difícil para ela viver no local, mas também era complicado perder um lugar com tantas memórias.

Achou melhor esquecer o assunto e voltar o foco ao objetivo do dia anterior. Aprendera como se deslocar de um ponto para outro em um piscar de olhos, mas agora precisava aperfeiçoar a nova habilidade para conseguir fazer percursos de longa distância, como a dona do poder havia feito no passado.

Levantou-se preguiçosamente, deixando o celular jogado na cama, e foi se refrescar para iniciar o longo dia. No dia anterior deixara pré-avisado na recepção que provavelmente ficaria mais tempo hospedada no hotel, então, como Amit estava demorando a dar notícias, decidiu sair um pouco do quarto e testar sua sorte no mundo real. Talvez assim conseguisse desbloquear qualquer outro tipo de poder que pudesse ajudá-la a identificar as vítimas que faltavam.

Não queria perder mais tempo para seu encontro com Stephen MacAuley.

Preparou-se para dar um passeio pelo Palace of Fine Arts, pois sabia que a energia daquele lugar era intensa e talvez pudesse ajudar na jornada. Com sua nova habilidade de identificar energias sagradas, tinha um pressentimento de que conseguiria reconhecer no local algo que a fortalecesse.

Quando se preparava para sair, sentiu um forte ímpeto de se concentrar em seu destino final para ver se já conseguia chegar se teletransportando, mas naquele estágio do treinamento era impossível.

Vestiu-se de forma leve, pegou a bolsa que usava desde que deixara Dublin e jogou o celular dentro dela com o volume no máximo para não perder qualquer sinal da Trindade. Antes disso, havia notado que Darren tinha curtido o coração que ela lhe enviara na rede social. O gesto lhe deu ainda mais fôlego para sair do quarto e buscar inspiração. Talvez as coisas estivessem mesmo mudando, e para melhor.

Parou em uma lanchonete ao lado do hotel, engoliu um lanche vegetariano para recuperar as forças e pegou um táxi até o ponto turístico.

Florence, por que não consigo ter o seu nível de habilidade se estou com o seu poder dentro de mim?

Perguntava-se como a garota poderia ser, pois, mesmo ela sendo nova e do ramo artístico, Florence estranhamente não se vinculara a nenhuma rede social. Emily havia procurado loucamente por informações sobre ela na internet e praticamente não havia achado. Fugindo dos estereótipos, a italiana conseguia ser até mais reservada do que Aaron.

Lembrar-se dele a fazia se sentir estranha. Desde a despedida deles, como previsto, o rapaz não a procurara. Emily achava que, se ele de fato a amasse, buscaria por ela ainda que tivesse pedido que não. Pelo menos assim acreditaria que ele estava preocupado, tentando chamar a sua atenção. Contudo, aquele não era o estilo de Aaron e nunca tinha sido. Aquele realmente havia sido um adeus, e somente após tudo acabar iria processar bem aquele fato.

Será que ele percebeu que roubei os outros poderes? Será que notou que o poupei no processo? Por que não me procurou para agradecer? Duvido que ele esperasse de mim uma atitude como essa.

Não o tinha poupado em busca de reconhecimento, mas, nos raros momentos que conseguia esquecer o monstro que ele sabia ser, sentia falta dele. Queria tê-lo por perto. Desejava estar treinando com ele aquela nova habilidade.

O Palace of Fine Arts tem tudo a ver com ele. Será que costumava visitá-lo com a família?, pensou enquanto se aproximavam do local.

Ao chegar, Emily agradeceu o motorista e saltou do carro para observar a beleza paradisíaca a sua frente na forma de um gigantesco monumento em tons de bege. Tinha visto aquele lugar apenas uma vez e sentia saudade da grandiosidade transmitida.

— Era disso que eu estava precisando. Desse empurrãozinho – disse em voz alta para si mesma, observando o local.

O Palace of Fine Arts se destacava das demais atrações de São Francisco por sua arquitetura, que, de tão diferente, deixava Emily de queixo caído. Aquele palácio em estilo romano havia sido construído em 1915 e permanecia sendo um centro do renascimento das artes e da ciência. Havia sido criado como parte da Exposição Panamá-Pacífico em celebração ao término da construção do Canal do Panamá.

Aquele era um cenário agradável para uma caminhada de fim de tarde ou para um piquenique, além de um ótimo local para fotografar. Ficou imaginando quantas fotos faria do seu look do dia para postar nas redes sociais em sua antiga vida. Com um cenário como aquele, garantiria milhares de comentários e curtidas instantâneas.

Emily sabia que o designer daquela estrutura, Bernard Maybeck, se inspirara nas ruínas de Roma e também na arquitetura grega para a construção, com a intenção de mostrar "a mortalidade do grandioso e a vaidade dos desejos humanos".

Nos dias atuais, o espaço também servia como palco para concertos de jazz e até oferecia eventos especiais organizados. Poucas pessoas sabiam, mas a estrutura externa do Palace of Fine Arts, com sua enorme rotunda e uma pérgula de 335 metros, servira de inspiração para George Lucas no design do simpático robô R2D2 do fenômeno Star Wars.

Andou até uma das árvores e sentou-se em suas raízes. O monumento era cercado por jardins, e seu lago cheio de cisnes era ideal para quem quisesse ficar apenas observando, igual a ela.

Uma família de estrangeiros relaxava ali perto, os filhos de pouca idade brincavam com uma bola, e aquele parecia o melhor dia de suas vidas.

Como é gostoso ser criança e não pensar nas dificuldades diárias pelas quais um adulto precisa passar para ver aqueles sorrisos escancarados.

Resolveu usar aquele momento e lugar para tentar meditar um pouco, sentindo o poder da estrutura em si. Procurou abstrair o barulho gerado pela família e pelas outras pessoas que caminhavam no extenso jardim.

Ficou por um tempo quietinha sentindo o vento gelado cortando as suas pequenas bochechas rosadas. Até que ouviu um grito que parecia ter sido dado pela mãe dos meninos, e então sentiu um estalo.

Ela conhecia aquele estalo!

Minha sorte percebeu um perigo! Não acredito que percebi um perigo.

Antes mesmo de abrir os olhos, notou um objeto quente vindo em sua direção a uma velocidade acelerada. Sabia que só poderia ser a bola com que as crianças brincavam sem se preocupar com as pessoas ao redor.

O estalo dominou o frágil corpo dela, e uma presença sobre-humana tomou conta de seu ser. Foi totalmente diferente do dia em que precisara afastar o barbicha, assim como de quando se teletransportara no quarto.

A sensação só podia estar vindo de uma das outras duas personalidades que conviviam naquele momento dentro dela.

Achei uma nova habilidade, comemorou antes mesmo de experimentar se o que acontecia era de fato diferente de tudo o que fizera no passado.

E, no final, realmente era.

De olhos fechados, Emily conseguiu parar a bola que vinha em sua direção.

21

Prever e impedir o curso de uma ação. Aquilo era novo para ela. Desde que descobrira ser uma Leprechaun, já havia conseguido repelir situações, e recentemente se materializara de um lugar para outro, mas até então nunca impedira algo de acontecer daquela forma. Ter tido a habilidade de prever um acidente com a bola das crianças vindo em sua direção e parar o percurso dela era incrível.

Abriu os olhos e ficou espantada ao constatar que a bola realmente desacelerara, não podendo lhe causar mais danos. Mas o que mais a deixou chocada foi que a família dona do objeto não percebeu o acontecido. Para eles, a bola chutada tinha apenas desacelerado no meio do caminho. Não suspeitavam que Emily tinha alguma conexão com esse fato. Pareciam simplesmente gratas por não terem tido que lidar com nenhum acidente causado pela imprudência das crianças.

Posso ver um objeto ser arremessado em minha direção e pará-lo com a força do meu pensamento. Isso sim é ter sorte.

Aquilo seria importante para seu duelo com MacAuley. Com aquelas três habilidades, seria invencível em um confronto. Tudo ficava mais claro quando percebia o quanto crescera em termo de poderes.

Aaron possuíra todas aquelas habilidades por muito tempo, e por isso não houvera chance da garota resistir ao seu poder. Havia sido sortudo demais por muito tempo. Todas aquelas habilidades tinham lhe dado uma vantagem absurda em qualquer competição. Inclusive em uma disputa amorosa.

Claro que Margot não resistiu aos encantos dele! Quando ele foi roubá-la, acumulava essas duas habilidades que acabei de aprender, e também a minha. Mesmo que Aaron não as tenha colocado em prática com ela, com certeza a força interna dele deve tê-la dominado. Por isso ela conseguiu enxergar claramente o que ele queria e viu vantagens em entregar tudo para ele.

Emily não sabia se Aaron realmente chegara a usar aqueles benefícios durante todos aqueles anos, mas só o fato de os ter dizia muito. Sentia-se tão poderosa que teve medo de como ficaria depois de entregar os poderes para os verdadeiros donos.

Será que voltarei a ser vazia?

Porém, pensar assim era o verdadeiro problema. Ela não acreditava em si mesma. Não queria admitir que o seu poder era mais do que o suficiente.

Avaliando os pensamentos que corriam em sua mente, percebeu que toda aquela sorte fazia com que tivesse vontades mesquinhas parecidas com as de Aaron e MacAuley. E como ela mesma tivera durante a vida toda, mesmo com um único poder. Precisava se afastar o quanto antes das cargas que não fossem dela para não ser corrompida. Poderia se perder naquele mundo, como uma pessoa experimentando drogas pesadas pela primeira vez.

Ligou imediatamente para Amit. Precisava deixá-lo ciente da situação.

— A sorte deve estar lhe fazendo bem, srta. O'Connell...

— Por que diz isso?

— Porque está me ligando antes de eu ter lhe apresentado resultados. Pelo visto deve ter conseguido descobrir algo.

Ele tinha razão. Emily não conseguira dar nem um dia de pesquisa para o chefe da comissão perseguidora.

Quem manda ele ser fraco em seu trabalho, pensou tendo vontade de falar aquilo, mas sabendo que era melhor não fazer isso.

— Ontem passei o tempo aperfeiçoando a habilidade de Florence de se teletransportar. Ainda não consigo me deslocar para lugares distantes, mas já consigo fazer algo com o poder — revelou ao indiano.

— Isso é esperado! Quanto mais praticar, e também em momentos de tensão, quando você não calcula tudo cem por certo, você chegará cada vez mais longe em suas aparições. Pelo que aprendemos com Florence, ela precisou de muita prática para sair de um país para outro. Você provavelmente vai precisar também.

Então é realmente possível cruzar barreiras dessa forma!

Aquilo a empolgou ainda mais para praticar e superar seus limites. Queria ter aquele grau de experiência.

— Mas ela nunca teve a quantidade de poder acumulada que tenho neste momento para testar os seus horizontes, correto?

O silêncio lhe dizia que do outro lado da linha Amit ponderava se concordava com aquele comentário. Podia ser perigoso incentivar demais alguém como Emily O'Connell.

— Sim! O seu caso é único. Mas, na verdade, não tão único assim. Quando desliguei nosso telefonema, fui atrás de fichas que pudessem se encaixar com o perfil do seu impostor ou até mesmo com o do chefe dele. Percebi, nas pesquisas que fiz junto com Margareth e Lachlan, que Aaron deve ter se especializado no poder de Florence. Liam comentou conosco que o rapaz conseguia aparecer e desaparecer sempre com muita velocidade. Também percebemos que ele se envolveu com pessoas de todas as partes do mundo. Aaron deve ter conseguido aparecer em outros países com mais facilidade do que Florence em seu início, e por isso teve tanta vantagem.

Emily percebeu que o que ele dizia fazia sentido e se animou em seguir pelo menos aqueles passos de seu ex-namorado.

— Quando fugi da sede e escrevi para ele, não tinha ideia se Aaron estava nos Estados Unidos ou não. Pouco tempo depois, ele apareceu justamente onde eu havia pedido. Você tem razão em pensar que ele sabe se teletransportar. Naquela noite, Aaron deve ter se teletransportado para me ver. É a única explicação para ele ter aparecido tão rapidamente.

Mas por algum motivo ele estava escondendo isso de mim, pois voamos normalmente depois que deixamos os Estados Unidos.

Ouviu uma exclamação vitoriosa do outro lado. Amit parecia feliz de receber cada vez mais respostas e soluções. Porém, Emily acreditava que eles só poderiam comemorar quando Stephen MacAuley estivesse pagando por seus pecados. Sentia que era uma infantilidade do indiano, que era um chefe, uma figura de respeito, comemorar antes do tempo.

— Isso significa que MacAuley também possuiu a habilidade de se teletransportar, mas talvez não tenha praticado por estar sempre contando com Aaron para fazer o trabalho sujo — completou a ruiva, tentando ignorar a empolgação de Amit.

— É bem provável que isso tenha acontecido mesmo, no entanto é preciso que você treine em dobro, pois ainda existe o risco de MacAuley nos surpreender.

Sempre existe esse risco, pensou ela desanimada.

— Mas eu liguei para falar de outro tipo de habilidade — iniciou Emily enquanto observava um cisne branco passar ali perto, no lago.

— Conseguiu acessar particularidades de outra vítima?

— Sim — respondeu ela, voltando a atenção para a conversa. — Estava meditando para buscar autocontrole. Meu corpo parece carregado com tanta energia dentro de mim. Estou em um ponto turístico, e uma criança acabou chutando uma bola em minha direção. Tenho certeza que ela iria me acertar...

— Só que você foi capaz de pará-la antes disso — completou o homem do outro lado.

Ele pelo menos está tendo boas intuições.

— Isso mesmo! Ao que parece, parei a bola só com o meu pensamento. A família da criança nem percebeu. Achei melhor te ligar logo para compartilhar isso. Essa pode ser a chave para descobrirmos o paradeiro de outra vítima, não acha?

Houve um minuto de silêncio. Emily chegou a pensar que o tinha perdido na linha. Contudo, ao fundo, ouvia um barulho de papel sendo revirado e entendeu.

Ele deve estar procurando por algum relatório.

— Emily, você acaba de nos dar o último pedaço do quebra-cabeça — comemorou Amit, outra vez animado, enquanto o barulho de papel aumentava.

— Último? Ainda existe mais uma pessoa para identificar.

— Na verdade, não! Você foi mais rápida do que eu em entrar em contato, mas já estava para te ligar. Em minhas conversas com Florence desde que ela descobriu que seu poder tinha sido transferido para outro Leprechaun, consegui ter um bom palpite de quem mais poderia ter se envolvido com Aaron. Com a sua informação, notei que minha intuição estava certa.

Emily ainda estava confusa. Nada do que Amit dizia parecia fazer sentido.

— Se você teve um palpite e eu te dei uma informação que o reforçou, por que está concluindo que achamos os donos das outras três moedas que roubei de Aaron? Não está faltando uma pessoa?

Era uma questão de matemática.

— Sim! Você está certa ao pensar isso. Mas a questão é que sabemos de uma mulher vítima de um roubo que era capaz de antecipar ataques e também os impedir. Essa vítima se comunicou com outra Leprechaun com um caso de roubo parecido com o dela. Verificando aqui nossas fichas, percebi que só podia ser ela a nossa "W T". Seu nome é Wanda Turner e ela mora na Austrália, mas adivinhe qual era o nome da holandesa que sofreu um roubo similar ao dela?

— Não acredito que as iniciais são com "D P"! — exclamou a garota, surpresa com a ligação dos fatos.

— Demi Prinsen, srta. O'Connell!

Naquele momento, ela concordou que Amit Chakrabarti precisava comemorar.

Finalmente tinham localizado todas as vítimas de Aaron Locky.

Mais uma vez desejou que Darren ou Liam estivessem do seu lado. Precisava deles comemorando com ela naquele cenário que parecia de outro mundo.

Teve vontade de gritar. De sair correndo pelo gramado. Até de se jogar no lago junto com os cisnes. Precisou se controlar para não parecer uma completa maluca. Nunca conseguiria explicar que estava feliz porque tinha encontrado outras duas Leprechauns vítimas de seu ex-namorado. Era algo esquisito demais para dizer em voz alta.

Queria pelo menos poder confirmar com Aaron se aqueles nomes eram os verdadeiros, mas não podia compartilhar aquela informação com ele. Devia estar sendo difícil para o garoto se acostumar com a falta de tanto poder. Ele também poderia estar correndo algum risco, exposto o tempo todo a Stephen. No entanto, como MacAuley continuava com seus poderes intactos, Emily rezava para St. Patrick para que ele não tivesse percebido que Aaron não era mais o mesmo Leprechaun poderoso. Era inevitável: temia pela vida de seu antigo amor, mesmo já tendo tido vontade de matá-lo no passado.

Antes de desligar o telefonema com Amit, tinham combinado que ele, como chefe da comissão, iria contatar as três Leprechauns para esclarecer o que havia acontecido nos últimos dias. Ele não achava prudente deixar Emily explicar-lhes isso. Sabia que estava lidando com um total de quatro mulheres poderosas, ainda que frágeis após serem enganadas por um homem que lhes prometeu o mundo. Haveria muitos sentimentos envolvidos em um encontro desse porte. Aquelas mulheres tinham o mesmo impostor, e reuni-las precisava ser absolutamente calculado.

Amit ficou de explicar tudo e tentar organizar o melhor momento para todas se encontrarem, contudo, Emily precisou tomar um pouco das rédeas. Avisou que estava fazendo tudo aquilo em consideração às outras, que também tinham sido magoadas, mas não pararia seus planos para seguir o ritmo de ninguém. Florence, Wanda e Demi precisavam definir até o dia seguinte se iriam se encontrar com ela para bolar um plano contra Stephen. Se elas não tomassem uma decisão, Emily agiria sozinha.

A qualquer momento, Stephen poderia perceber os movimentos deles e até mesmo fugir para não sofrer as punições.

Não sabia ainda em que ponto do mundo encontraria as outras vítimas, mas Amit ficou de passar as fichas delas para que Emily se familiarizasse com elas.

Com que tipo de mulheres ele se envolveu?

Aquela seria a grande surpresa. O indiano comentou que, pelas fichas, Aaron parecia ter usado uma personalidade e até uma aparência física bem diferente quando as tinha seduzido.

De certa forma, Emily ficava mais tranquila, porque a Trindade interviera naqueles passos. Aparecer em cada um daqueles países para conversar com desconhecidas sobre seu envolvimento com um grande amor dela era inconveniente.

Naquele momento, lembrou-se do beijo trocado por Margot e Aaron e do quanto odiava aquela visão. Também recordou o ciúme que o próprio americano sentira ao saber do envolvimento dela com Liam.

Isso está parecendo a maior suruba que já deve ter existido. Está no nível de cenas especiais do Sense8.

Esperava que pelo menos todas aquelas mulheres fossem cordiais para resolver a situação o quanto antes.

Não sabia se isso seria possível.

22.

O passeio até o Palace of Fine Arts tinha rendido frutos. Havia ficado triste na chegada a São Francisco achando que não veria a cidade, mas no fim conseguiria aproveitar um pouco enquanto Amit e Margareth organizavam o encontro entre boa parte das vítimas de Aaron Locky.

Vai ser uma reunião pior do que de vítima de bullying em comemoração de dez anos de formatura do colégio.

Riu, saudosa, ao pensar que aquele seria um pensamento típico de Darren. Achava que aquele encontro seria muito divertido para ele. Afinal, era praticamente uma novela mexicana. Muitas mulheres discutindo sobre um mesmo homem.

Esse andou usando seu tempo livre. Pena que ele só finge amor.

Ela não era exatamente um exemplo de pessoa comportada, pelo contrário, já havia se envolvido com diversos homens. Mas sempre fora clara em seus objetivos. Eles sabiam que se envolviam com ela por prazer e nada mais. Emily era conhecida por não se envolver romanticamente e sentia que pelo menos não enganava os rapazes.

Ver tantas mulheres se deixarem enganar por um único homem lhe causava um embrulho no estômago.

Ansel. Ansel. Podia ter só roubado os poderes, né? Mas, não! Precisou se deitar com todas elas.

Só de pensar no nome verdadeiro dele, o peso em seu estômago piorava. Para espairecer, resolveu caminhar pela cidade em sentido ao Presídio, um parque situado na extremidade norte da península de São Francisco, considerado patrimônio histórico nacional.

A área de quase seiscentos hectares abrigava um campo de golfe para campeonatos, um cemitério, trilhas e o Centro de Artes Digitais Letterman, uma das sedes da empresa do cineasta George Lucas que ela tanto admirava. Em seu tempo de Trinity College, sonhava em ser descoberta por ele para ser o novo rosto de sua famosa franquia de filmes. Não era apaixonada pelo gênero, mas sabia o quanto a sua carreira como atriz cresceria se conseguisse um papel principal em um filme dele.

Caminhou pelos pinheiros, passou pelas florestas de eucaliptos e ciprestes e se dirigiu a uma das áreas mais populares do Presídio, chamada Crissy Field. Aquele era um local apreciado por quem gostava de andar de bicicleta, patins ou simplesmente correr. Ficava à sombra da Golden Gate, exibindo sua extensa faixa de areia que um dia foi um pântano.

Estava perto do local onde havia se encontrado com a miragem do passado de Aaron. Questionava-se se conseguiria acesso àquela memória se recitasse o feitiço mais uma vez. Acreditou que sim, pois naquele ponto o pote de ouro dele ainda estava acessível. Mas sabendo que estava tão próxima de seus objetivos, achou melhor deixar a curiosidade de lado e agradecer a oportunidade que já havia tido de conversar com o pequeno Ansel, que trouxera resultados pelos quais não esperava.

O tempo está passando e sinto que não estou aproveitando de maneira correta.

Não podia esquecer seu objetivo principal: se fortalecer. Precisava dominar o teletransporte, assim como tinha que aprender a dominar a arte de deter objetos.

Durante sua caminhada, resolveu praticar um pouco mais. Começou por situações pequenas.

O primeiro exercício que tentou foi com as folhas de uma árvore que de vez em quando começavam a cair. Uma delas se prendeu a seu cabelo, e a ideia lhe pareceu válida. Se conseguisse se concentrar, poderia prever quando outra folha fosse cair nela e tentar impedir que aquilo acontecesse.

Parou em um tronco caído de árvore e se sentou nele para não chamar tanta atenção. Aquele ainda era um lugar público e já tinha se sentido preocupada no Palace of Fine Arts com a possibilidade de ser descoberta. Meditar de pé no meio de uma trilha de bicicletas não seria o melhor plano.

Sentou-se embaixo da árvore; dessa forma, estaria bem na linha de queda das folhas e, ao mesmo tempo, poderia fechar os olhos para meditar sem parecer uma completa maluca.

Emily fez uma série de respirações para se acalmar e começou a buscar o novo poder em seu corpo. Ainda sentia cada energia dominando uma parte de si, e acessá-las tendia a ser um pouco difícil. Da vez passada, cerca de uma hora atrás, havia corrido perigo, e por isso conseguira canalizar a habilidade. Naquela tentativa, ao contrário, buscava apenas parar uma folha, o que era longe de ser um risco.

Vamos, poder! Colabore comigo!

Resolveu contar uma história para a própria mente. Ainda de olhos fechados, imaginou que aquela era uma árvore infectada e que cada folha continha um vírus capaz de aniquilá-la em questão de segundos. O seu objetivo era prever um contato e impedir que ele acontecesse.

O exercício pareceu funcionar, pois em seguida sentiu um alerta dentro de si e percebeu a folha caindo em câmera lenta na sua direção.

Perfeito! Agora preciso pará-la!

A diferença era que uma folha não podia simplesmente parar o seu percurso como uma bola. Ela precisava cair em algum ponto, e fazer aquela transição era o mais difícil para Emily. Só a sorte não lhe bastava. Precisava também usar a sua inteligência.

Demorou em buscar uma solução e acabou deixando a folha cair novamente no seu cabelo. Sentiu-se desmotivada.

Seu corpo não acreditaria mais na história de que a árvore estava infectada. Sabia que em uma situação real estaria em perigo, porém, não podia contar com esse sentimento sempre que quisesse acessar as suas habilidades.

Tentou mais uma vez sentir uma folha que pudesse acertá-la. Com os olhos fechados, parecia que sua sorte se transformava em uma visão noturna: via tudo como se estivesse sentindo a energia dos objetos.

Naquela vez, conseguiu rastrear a folha que iria cair em seu colo sem precisar se enganar. Buscou então fazer algo diferente. Em vez de só impedir, também tentaria expelir a folha fazendo-a voar para o outro lado.

Usando a minha inteligência e não só a sorte. Posso juntar duas habilidades.

Concentrando-se, notou que a folha estava a alguns centímetros de entrar em contato com o seu corpo. Ela parou no ar por conta da habilidade da australiana, mas em seguida acessou a própria especialidade, fazendo com que a pequena folha voasse para outra direção.

Emily abriu os olhos e percebeu que não havia nada em seu corpo. Ao mesmo tempo, sabia que ninguém que passasse por ali desconfiaria do que ela estava fazendo.

Aquelas eram habilidades quase invisíveis aos olhos humanos, mas significavam um grande avanço para ela. Estava de fato dominando outras partes da gigantesca sorte coletada. Com isso, sentia a sua vitória cada vez mais próxima.

Resolveu fazer uma pausa na prática e caminhou fora da área do Presídio na intenção de conseguir um táxi e voltar para a Union Square. Decidiu comprar algumas peças de roupa de que sentia falta para depois voltar ao hotel.

Amit havia prometido lhe entregar informações sobre as suas futuras companheiras, mas ainda não recebera nenhuma mensagem em seu celular.

Essa Trindade é uma beleza em organização, pensou se lembrando dos erros que eles já tinham cometido com ela.

Se esses profissionais fossem empregados de sua empresa, Emily provavelmente os teria demitido, porém, precisava se lembrar de que nem mais a sua marca possuía. Esse era um erro que queria consertar.

MacAuley teria que devolver o que era seu por direito.

A Union Square, onde ficava o seu hotel, era uma das áreas mais badaladas de São Francisco. Ponto obrigatório para todos que viajavam para a cidade pela primeira vez. Emily gostava da região, pois era uma das melhores áreas de shoppings e lojas, algo que sempre valorizara muito. Para turistas usuais, aquele era o ponto inicial de duas das linhas do famoso bondinho da cidade e também a entrada da China Town.

O local havia recebido aquele nome durante a guerra civil dos Estados Unidos pois a praça era usada como ponto de apoio e de comício dos partidários pró-união. Uma estátua no centro representava a deusa da vitória, que havia sido erguida em comemoração à vitória em uma das batalhas da guerra entre Estados Unidos e Espanha na baía de Manila.

Em sua última visita, Emily reparara nos lindos corações colocados em cada uma das pontas do local, e percebeu que eles continuavam lá. Era uma tradição relativamente recente: a cada vez que um novo coração fosse pintado, os antigos eram leiloados e toda a renda era doada para o Hospital Geral de São Francisco. O mais interessante era que aqueles corações tinham por fim começado a se espalhar pela cidade, e não só ficado concentrados na Union Square.

Mas a ex-socialite, antes, tinha olhos apenas para a concentração de lojas, muitas de grife e outras de departamentos como a Macy's, Bloomingdale's, Barneys, Nordstrom, Saks Fifth Avenue e Neiman Marcus. Lembrava-se de ter tirado dois dias de sua última visita à cidade para comprar na extensa lista de designers com lojas naquela região. De Louis Vuitton a Gucci, Chanel a Burberry, diversas marcas que encontrava em todas as grandes capitais, mas que davam um gostinho diferente quando compradas nos Estados Unidos, a capital do consumo. Agora, enquanto caminhava, via as lojas Prada, Giorgio Armani, Tiffany & Co., Cartier, Hermès e tantas outras preferidas por ela. Mas precisou se controlar e lembrar que aquilo não era mais para ela. Deixara os seus dias consumistas para trás. Precisava apenas entrar na Macy's para buscar algumas peças que pudesse usar nos próximos dias, ainda mais que estava para conhecer novas pessoas e se encontrava na estrada há um bom tempo. Só o que havia comprado em Praga com Aaron não seria suficiente.

Como a sorte estava a seu favor, mal entrou na loja e localizou três manequins vestidos exatamente com o que procurava. Pediu para uma vendedora separar os looks que iria levar e foi até o caixa pagar tudo em dinheiro para não deixar rastros.

— Você é Emily O'Connell, não é? — disse uma voz assim que ela chegou ao balcão, o que a fez sobressaltar-se, pela primeira vez duvidando de sua sorte.

O caixa estiloso da loja a olhava com interesse empolgado e divertido.

O rapaz devia ter cerca de vinte anos, usava diversos brincos na orelha, tinha a pele negra reluzente e um dos afros mais estilosos que ela já tinha visto. Sem dúvida Darren cairia fulminado de amores por ele se o visse. Mesmo estando com o uniforme da loja, Emily tinha certeza de que as redes sociais dele revelariam um grande fashionista.

Será que é um dos meus seguidores?

Fazia um bom tempo que não era reconhecida. Até esquecia que um ano atrás vivia perseguida por paparazzi.

— Sou, sim! Como me conhece?

O rapaz abriu um sorriso de orelha a orelha com a confirmação de que estava na frente da socialite.

— Fui da produção de um evento de moda em Nova York alguns anos atrás. Você estava lá. Sou apaixonado por você e pela O'C! As poucas peças que recebemos da sua marca sempre esgotam aqui na loja. É um prazer tê-la conosco!

Emily não se recordava do evento mencionado pelo jovem. Tinham sido tantas semanas de moda em Nova York e atividades paralelas que o seu antigo eu quase não prestava atenção no que acontecia ao redor. Ele devia ter sido só mais um bonito jovem que passara pela sua vida sem que ela tivesse reparado.

Curiosa, a ruiva buscou conhecê-lo melhor.

— Que ótimo que pudemos nos reencontrar! Fico feliz de saber que a O'C continua a vender bem nos Estados Unidos. Quando estiver por Dublin, me mande uma mensagem pelas redes sociais. Vou adorar lhe apresentar nossa fábrica. Qual o seu nome, querido?

O rapaz não conseguia parar de sorrir, ela definitivamente estava fazendo o dia dele.

— Joshua Jones! Pode ter certeza que farei isso, srta. O'Connell! É um prazer poder te servir hoje. Falo em nome de todos os seus seguidores: não vemos a hora de você voltar aos holofotes.

Aquela declaração bateu mais fundo do que ela imaginava.

Muitas vezes as pessoas achavam que o que fazia era fútil. Nos últimos tempos, ela mesma passara a condenar diversas atitudes suas do passado. Só que não podia esquecer que uma foto sua postada na internet não era apenas um ato de vaidade. Todos os dias diversas pessoas do mundo buscavam imagens de inspiração. Fotografias de roupas, cenários, comidas e eventos que as faziam se sentir melhor ou que as motivavam a buscar mais. Declarações como aquela de Joshua eram importantes para ela, pois lembravam momentos como quando fizera a *clutch* em homenagem aos seus pais. Moda significava muito mais do que pedaços de pano no corpo de uma pessoa. Era uma paixão compartilhada pelo mundo todo e que por muito tempo havia sido parte essencial de sua existência.

A garota pagou pelas peças e antes de sair segurou a mão dele.

— Vou voltar. E vai ser por causa de pessoas especiais como você. Meus pais ficariam orgulhosos de terem seus produtos vendidos por um jovem cheio de estilo como você, Joshua Jones!

Os olhos dele se encheram de lágrimas.

As outras vendedoras e clientes não entendiam nada do que estava acontecendo. Mas, para Emily, o importante era que ela e Joshua soubessem. Ele tinha acabado de lembrar que figura ela deveria ser na sociedade e reforçar o que Stephen MacAuley havia roubado dela.

O CEO podia amar a sua empresa e por isso ter feito o que fez, mas nada no mundo justificava ter aniquilado duas vidas no processo, e junto com elas o maior diferencial que havia na marca: o amor e o carinho que Claire e Padrigan colocavam em cada peça produzida.

Sentindo-se mais motivada pelos treinos feitos no dia e pela mensagem passada em seu encontro com Joshua, preparou-se para voltar para seu quarto, onde buscaria as informações de que precisava.

Passara da hora de conhecer suas futuras aliadas.

23

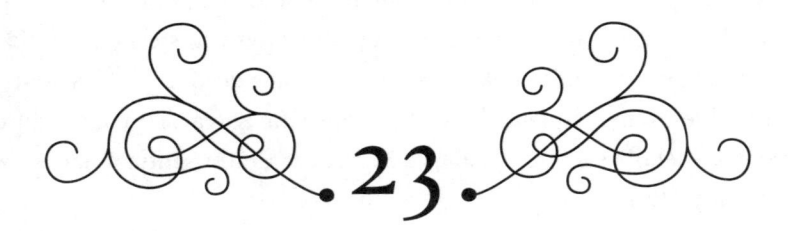

Não sabia se era resultado de sua sorte ou da sorte da Trindade, mas, ao chegar em seu quarto de hotel, ouviu o celular apitar indicando que havia recebido um e-mail. Logo confirmou que eram cópias de todos os relatórios relacionados às três outras vítimas de Aaron Locky.

Desejava receber aquelas fichas, mas se questionava se aquela era uma atitude padrão para a TL. Certamente deveria ser mais difícil obter documentos sigilosos. Eles não sabiam se ela estava com Aaron ou não, se podia estar passando as informações para uma pessoa ruim ou algo do tipo. Emily era uma desconhecia para eles. Sempre fora a vida toda, e agora agiam com muita liberdade com ela. Temia que informações sigilosas dela também estivessem sendo entregues para pessoas sem autorização.

Amit, Margareth e Lachlan podiam acreditar no desejo dela de justiça, contudo, precisavam aprender a ser mais cautelosos e ágeis. Era por imprudências como aquelas que Leprechauns como Aaron e Stephen existiam. Eles pareciam se esquecer continuamente de que o inimigo também tinha a vida favorecida por causa de sua sorte.

Mas é melhor eu deixar para me estressar com eles quando descobrir que estão passando informações minhas adiante... por enquanto eles só estão me beneficiando.

Abriu o primeiro bloco de documentos e notou que eram as informações sobre a Leprechaun que sentiu seu poder ser transferido, a italiana Florence Marino. Sabia o básico sobre ela, mais do que sobre as outras duas mulheres, mas aquela era a garota que a intrigava. Afinal, era difícil encontrar detalhes sobre a vida de Florence. Emily sentia como se ela fosse um fantasma.

Margot, que era uma chata, tinha mais informações públicas na internet do que uma suposta mulher bem-sucedida no mundo das artes.

— Vamos começar a te desvendar, Florence Marino! Quero ver se é tão valiosa quanto os quadros e peças que negocia — disse Emily em voz alta para a tela do celular, tirando o sapato e se jogando na cama para continuar investigando as páginas em seu aparelho.

Descobriu que Florence era alguns meses mais nova do que ela e também filha única, parecendo ter sido superprotegida. Seus pais eram renomados guias particulares de museus da cidade de Florença e costumavam atender apenas a nata mundial que passava pelo lugar. O contato da italiana com a alta sociedade havia começado assim. Ela costumava acompanhar os pais durante esses tours particulares. Tinha visto de estrelas de cinema a bilionários do petróleo passarem por sua cidade em busca de conhecimento.

Emily confirmou nos relatórios que as raízes da garota eram da classe média, diferente dela, mas que havia nascido Leprechaun e fora contatada pela Trindade assim que começara a utilizar a sua sorte de forma consciente.

Florence havia aprendido com os pais a história da cidade e do mundo, tendo uma gigantesca paixão pela arte e também pelas negociações. Deixou a sua sorte refletir nos estudos, se formando em administração e belas-artes, juntando o seu bom gosto e o de sua família com um método de negócio que acabou se tornando milionário.

— Pelo visto ainda descobriu que podia se teletransportar em apenas dois meses depois que teve consciência de seu poder. De acordo com esses papéis, soube após começar a estudar livros antigos entregues pela Trindade. Ai, ai! Já vejo que essa é uma puxa-saco e a TL deve ter amado isso.

Emily tinha problemas com pessoas estudiosas demais, pois nunca fora assim, e essas, muitas vezes, chamavam a atenção das pessoas de relevância. Costumava levar Darren para o mau caminho toda vez que ele resolvia entrar em sua fase mais aplicada, quando passava horas enterrado em livros grossos. Ver que Aaron se interessara e se envolvera com uma pessoa como Florence fazia com que ela sentisse um ciúme que a incomodava.

Será que ele a achava mais interessante do que eu? Mais inteligente? Afinal, na catedral ele chegou a jogar a inteligência de Liam na minha cara.

A garota percebia que não podia começar a questionar o seu valor com tanta facilidade. Se já estava se sentindo assim agora, depois ficaria louca sabendo tantas informações de diversas mulheres com quem Aaron dormira.

— Tem horas que sinto tanta raiva e nojo de você, Aaron! — sussurrou observando o conteúdo que continuava a impressioná-la no mau sentido a cada instante.

Quando desceu mais no arquivo de Florence, notou que eles tinham fotos dela nas últimas páginas.

Por essa ela não esperava.

Viu diversas imagens parecendo feitas por paparazzi. Florence era uma menina morena, robusta, com longos cabelos negros que ultrapassavam a linha dos seios fartos, e seus olhos amendoados tinham o tamanho de duas azeitonas azapa.

Mas que absurdo é esse? Será que a Trindade tem fotos minhas? Parece até coisa de FBI isso.

Ainda era chocante saber que todas as vidas daquelas mulheres estavam documentadas naqueles arquivos a sua disposição. Depois lembrou-se de que o mais chocante ainda era que Aaron devia ter algo muito parecido com aquilo em seus pertences, pois ele precisara estudar a fundo as pessoas em quem passaria seu golpe. Tinha medo do que poderia encontrar nas papeladas dele.

— Pelo visto é melhor eu ir para a ficha da Wanda antes que eu comece a pirar e não aguente tudo isso.

Já estava falando sozinha. Não sabia qual seria o próximo passo.

Abriu o outro arquivo contendo informações da australiana. De acordo com a ficha, o Leprechaun impostor que roubara Wanda Turner e mais uma mulher não batia com a descrição do impostor de Florence ou até mesmo dela, Liam ou Margot.

Aquele seria um ponto que tentaria descobrir nas fichas da garota, pois precisava entender o que Aaron podia ter feito de diferente com elas ou em sua aparência. Afinal, o visual dele após tê-la largado e ido ficar com Margot era diferente, mas não tanto assim.

Mas, ao ver a primeira página do material, entendeu uma das distinções entre os casos.

— Wanda não é bem uma garota...

Não que ela fosse um homem ou transexual, até porque Aaron deixara claro após Liam que ele não tinha limitações quando o assunto era conquistar um novo poder. Wanda simplesmente tinha vinte anos a mais do que ela e as outras vítimas do americano.

Você não tinha mesmo um tipo, hein, Aaron! Topava sem pestanejar qualquer desafio selecionado por Stephen. Wanda podia ser bem mais velha do que ela, o que incomodava a garota de uma forma diferente, mas aquilo não a impedia de ser uma mulher linda. Emily achava que ela até parecia uma versão loira de sua mãe. Seu estômago revirou ao pensar em Aaron com alguém quase da idade de seus pais.

A australiana era uma ex-surfista medalhista de ouro que se aposentara das águas para comandar uma das maiores marcas de artigos para surf do planeta. Pelas fichas, a mãe e a avó dela eram Leprechauns e ela herdara a sorte da família. A avó havia falecido há dez anos, e a mãe há três. Aaron tinha aparecido na vida dela pouco mais de dois anos atrás.

Então Stephen, que devia conhecer a marca, ficou esperando o momento de o poder todo da família estar concentrado na mulher para pedir que Aaron desse o bote.

Na papelada registrada pela comissão perseguidora, Wanda dizia ter sido abordada por um jovem fotógrafo americano interessado em trabalhar com a sua empresa em um projeto ambiental que ele estava organizando.

Aaron conseguira uma reunião, onde apresentara com muita paixão sua ideia de unir grandes empresas que respeitavam os oceanos em uma ação de preservação com renda revertida a uma ONG parceira dele. No caso, ele fotografava CEOs que acreditavam na mensagem que ele e a organização tinham, e desenvolvia um calendário para venda.

Aaron, em uma versão rastafári, segundo as informações dos documentos, conseguiu a confiança de Wanda e teve acesso à mulher nas sessões de foto. O clima entre eles esquentou e, de acordo com os relatos, os dois se envolveram romanticamente por três meses, até que Aaron descobriu o final do arco-íris dela e tomou o seu pote de ouro, desaparecendo em seguida.

Wanda afirmou para a TL que eles nunca falaram sobre o assunto de serem criaturas mágicas, e em nenhum momento ela desconfiou que ele pudesse ser um Leprechaun.

Aaron foi capaz de conseguir esconder por tanto tempo o seu poder de uma Leprechaun que tinha consciência de sua tradição desde pequena. Ele é mesmo muito perigoso.

— Tem horas que tenho medo de você... — sussurrou para o universo pensando em como Aaron sabia ser esperto.

Em seu relatório de declaração, Wanda chegou a reclamar que nunca achou que sua habilidade extra de impedir um perigo fosse ineficaz quando o assunto era o amor. Esse detalhe fez Emily lembrar que tinha sido ela que descobrira a conexão com outra vítima. Ficou curiosa para saber o que a fizera descobrir Demi.

Será que ele se envolveu com outra mulher madura?

Mas a questão não era exatamente aquela.

Demi Prinsen tinha dez anos a mais do que Emily e dez a menos do que Wanda. Analisando a ficha da holandesa, contudo, Emily percebeu que a semelhança no caso delas tinha sido outra.

A holandesa não tinha ideia de que era uma Leprechaun e só descobriu quando algo estranho e completamente terrível lhe aconteceu: Aaron sumiu de sua vida, levando com ele a sorte que ela não sabia existir.

Nos dois casos, as vítimas só souberam que ele era um Leprechaun depois do roubo, e havia mais uma familiaridade: para elas, o nome dele era Adrian.

Ansel, Aaron, Allan e Adrian. Que maluquice!

Buscou pela foto da mulher no final do arquivo e encontrou uma pessoa bem diferente do que ela imaginava, ainda mais surpreendente do que na ficha de Wanda.

Demi era proprietária de uma casa de strip-tease na sessão do bairro vermelho de Amsterdã. Ela cuidava das garotas de programa e stripers de seu estabelecimento, e também já fora uma prostituta no passado. Tinha cabelos coloridos lembrando o arco-íris, peito de silicone em tamanho exagerado, tatuagens pelos braços com imagens um tanto sombrias, e vestia roupas curtas de marcas que a antiga Emily teria um ataque só de ver.

Com a sorte que tinha sem saber, Demi progredira, conseguindo um espaço maior em sua área de atuação, mas sem o seu poder estava à beira de perder seu estabelecimento. Demi nunca tinha feito nada para fortalecer o seu poder enquanto era uma Leprechaun completa. Nem antes e nem naquele momento, de acordo com a pesquisa feita pela Trindade.

Wanda postou em alguns sites femininos o seu caso de desilusão como um alerta para outras mulheres, tirando a parte de que Aaron era um ser mágico. A descrição que ela deu do rapaz chamou a atenção de uma das usuárias, Demi. A australiana passou a informação para Amit, que foi averiguar a holandesa e acabou descobrindo que ela era mesmo uma Leprechaun, porém, naquele momento não tinha mais qualquer resquício de sorte.

Finalmente sabia um pouco sobre cada vítima de Stephen e Aaron. Pelo que pôde entender, os dois não tinham um padrão na hora de escolher os infelizes. Todas aquelas pessoas tinham em comum o fato de serem capazes de se apaixonar por um jovem americano sem saber muito dele.

Resolveu com esse pensamento abrir um bloco de notas em seu celular e anotou o básico que precisava saber sobre cada indivíduo relacionado com Aaron, incluindo ela.

* Emily O'Connell – irlandesa – sorte de família – descobriu com ele
* Liam Barnett – britânico – sorte de família – já sabia antes
* Margot Dubois – francesa – sorte de família – já sabia antes
* Florence Marino – italiana – primeira da linhagem – já sabia antes
* Wanda Turner – australiana – sorte de família – já sabia antes
* Demi Prinsen – holandesa – primeira da linhagem – não sabia

Duas coisas lhe chamavam atenção naquela lista: Demi era a única que fora roubada sem saber de seu poder, e Emily tinha sido a única que Aaron havia instruído sobre ser um Leprechaun.

Liam também desenvolvera o seu poder ao lado do rapaz e confirmara que era um Leprechaun estando junto com ele, mas sabia que era especial antes disso. Sabia da sorte de seus pais. Emily também se sentia diferente na época, mas nunca passara na cabeça dela que pudesse realmente ter poderes mágicos.

Resolveu pesquisar um pouco mais sobre Demi para entender a singularidade dela. Em pouco tempo percebeu por que era diferente das outras: ele havia roubado o poder dela em uma semana. Nem precisou de muito trabalho. Ao contrário de Margot, a holandesa havia perdido o poder rapidamente por pura burrice. Por não ter ideia do valor que tinha e do que havia perdido.

Então eu sou mesmo diferente das outras vítimas. Por que ele quis me contar sobre o meu poder?

Não sabia se queria acreditar naquela teoria ou se admitia para si própria que podia ser apenas a sua cabeça tentando criar uma ligação especial entre Aaron e ela.

Mas não podia negar que era estranho todos terem conhecimento de seus poderes e ela, ao contrário, só descobri-lo através do garoto, sem qualquer necessidade dele ter contado.

Emily só poderia saber por que ele fez aquilo se o confrontasse. Mas nunca mais iria encontrá-lo. Precisava aceitar isso.

Tinha deixado o celular descansando sobre o peito quando levou um susto com a vibração dele. Era uma ligação do número da Trindade Leprechaun. Provavelmente Amit queria lhe perguntar se havia recebido as informações.

— Recebi sim os documentos, Amit! Pode deixar que estou fazendo o meu dever de casa — disse Emily ao atender o telefonema.

Mas era Margareth do outro lado da linha.

— Amit ainda está fazendo algumas pesquisas e ligações, srta. O'Connell! Como chefe da comissão central, tenho o ajudado a facilitar o seu encontro com as outras vítimas de Aaron Locky.

Por algum pressentimento estranho, Emily se sentiu incomodada de continuar falando com a mulher, mas respirou fundo sabendo que aquele era realmente o cargo dela e poderia facilmente se envolver nos assuntos.

— Algum progresso quanto a isso? Deixei Amit ciente de que agirei sem elas se não se decidirem logo. Não vou perder minha oportunidade de buscar justiça pelos meus pais.

Margareth suspirou do outro lado da linha.

— Conversamos com Florence, Demi e Wanda. Achamos melhor que vocês se encontrem em Amsterdã para conversarem sobre MacAuley.

— Não seria mais fácil nos encontrarmos em Dublin ou em Londres? Assim podemos atacar mais rápido. Ainda temos que nos encontrar com Liam.

— Dublin seria perigosa, Emily! Não temos sentido movimentação de Stephen, mas isso pode acontecer a qualquer momento. Assim que pisarem na Irlanda, vocês serão alvos ambulantes. Ele é um Leprechaun poderoso com uma ligação forte com todas vocês.

— Mas isso não nos impede de ir até a Inglaterra — retrucou a garota para a chefe da TL.

Margareth suspirou mais uma vez.

— Você acha mesmo que a melhor maneira de reencontrar Liam é convidando três outras ex-namoradas de Aaron para conversar? Pelo que sabemos, a situação entre vocês não é das melhores. Talvez seja mais indicado conhecê-las primeiro antes de adicionar encrenca a uma situação já não muito previsível.

Emily odiou que a TL tivesse tantas informações sobre a sua vida. Eles saberem que seu relacionamento com Liam estava abalado era um tanto perturbador. Contudo, a mulher tinha razão em suas explicações.

— Todo mundo aceitou Amsterdã?

— Sim! — respondeu Margareth com uma voz animada. — Demi não está em sua melhor fase financeira e pediu para encontrar com vocês em sua cidade natal. Expliquei isso para Florence e Wanda e elas entenderam. Todas vocês foram afetadas por Aaron, você teve a história mais drástica com ele, mas Demi nunca teve uma vida fácil e tem passado por maus bocados desde que ele entrou em sua vida.

Ouvir aquilo foi um tanto estranho.

Sabia o quanto Aaron a havia prejudicado. Também conhecera a dor que Liam sentira por conta dele. Até Margot parecera um pouco atordoada na última vez que se encontraram. Mas nenhum deles havia ficado no fundo do poço financeiramente como Demi Prinsen.

Mas perder os pais ainda é muito pior, pensou tentando não sentir pena da outra mulher.

— Combinado então. Vou fazer as malas e pegar um voo para a Holanda hoje mesmo. Com a minha dose extra de sorte, devo conseguir.

Ouviu Margareth dar um pequeno riso do outro lado da linha.

Ninguém dessa TL leva a sério a minha pressa. Será que não percebem que o legado de meus pais ainda está nas mãos do assassino deles?

— Wanda levará vinte e quatro horas para chegar a Amsterdã. Florence também está embarcando hoje para lá, mas o voo dela é bem mais rápido pela curta distância. Sem o seu poder, não está mais conseguindo se teletransportar entre países. Mas vou te passar todos os pontos e horários de encontro por e-mail. Assim que souber o horário de seu voo, mande-o pra mim, assim poderei coordenar suas informações com as outras.

Emily agradeceu de má vontade a ajuda da mulher e desligou o telefone.

Começou a arrumar os itens que estavam fora de sua mala e correu para o chuveiro com o intuito de se refrescar. Se partiria para a Europa naquela noite, precisava pelo menos estar limpa para embarcar.

Como queria poder simplesmente surgir em um hotel da cidade.

Mas a verdade era que conseguir uma passagem naquela mesma noite já seria uma demonstração e tanto de habilidade.

RELATÓRIO TL   N° 1.211.000.100.321.163

Para a excelentíssima Comissão Perseguidora

Assunto:
ACOMPANHAMENTO DE ROUBO
• *Indivíduos cadastrados* •

Reunião agendada para encontro de vítimas de Aaron Locky.

Comparecerão: Emily O'Connell, Wanda Turner, Florence Marino e Demi Prinsen.

Localização do encontro: Amsterdã – Holanda.

Informação importante: Emily O'Connell recebeu fichas das outras vítimas do impostor americano e está disposta a conhecê-las. Ela atualmente detém o pote de ouro das outras Leprechauns.

Histórico: tudo indica que Wanda, Demi e Florence tenham sido enganadas pelo mesmo homem. Se Emily conseguir provar isso, poderá devolver os poderes delas.

Status: todas a caminho de Amsterdã, exceto Demi que já se encontra no local.

Acontecimento: Florence Marino sentiu um abalo em sua energia quando Emily O'Connell conseguiu chegar ao final do arco-íris de seu impostor. Em conversa com a irlandesa, a TL descobriu que mais dois poderes ainda não localizados existiam e dessa forma chegaram a Wanda e Demi.

24.

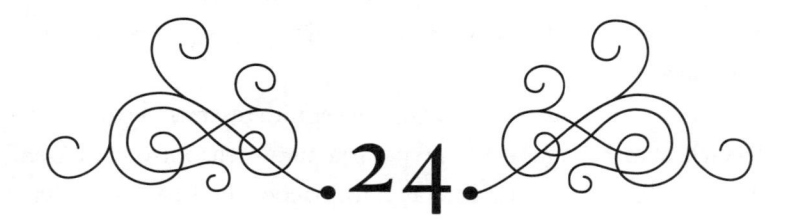

Como previra, algumas horas depois Emily já tinha deixado outra vez os Estados Unidos, se despedindo com certa tristeza de São Francisco, em direção à maior capital dos Países Baixos.

Amsterdã era conhecida mundialmente pelos seus lindos canais, que pareciam não pertencer a uma cidade grande, pela quantidade enorme de pessoas andando de bicicleta pelas ruas, pelo Bairro da Luz Vermelha, onde a prostituição era legalizada, e também pelos polêmicos coffeeshops com uso liberado de maconha. Emily já tinha ido à cidade diversas vezes, algumas a trabalho, em ações da O'C e de outras marcas parceiras, mas também em situações de diversão, aproveitando o clima descolado do local.

Na cidade também havia uma famosa fábrica de diamantes, e a garota fizera um tour privado muito especial pela maior coleção de pedras de mais de um quilate, cortesia de um milionário holandês que se apaixonara por ela.

Enquanto ia do aeroporto para o hotel, Emily observava a arquitetura daquela parte da Holanda. Sempre a achara única. Os edifícios em Amsterdã eram um tanto curvados e curiosamente tinham ganchos na parte superior. Como o design deles era muito estreito, e as escadas das casas, extremamente pequenas e íngremes, os ganchos eram usados para subir móveis pela janela. Algumas vezes tinha tido a oportunidade de ver a cena, e aquilo a deixara surpresa. Não conseguia imaginar a sua gigantesca cama feita por encomenda sendo alçada por cordas ao seu andar na casa.

Estava indo direto para o hotel que conseguira reservar de última hora. Lá, deixaria suas bagagens e se prepararia para o encontro com Demi e Florence. A TL tinha todas as suas informações de itinerário, passadas enquanto esperava o embarque. Também já haviam programado para o dia seguinte um encontro delas com Wanda, que chegaria à cidade.

Hoje conhecerei a dona de um bordel da luz vermelha e uma especialista no mercado de obras de arte. Bem eclético esse seu grupinho, Aaron!

Não sabia como seria aquele encontro, nem se MacAuley seria capaz de senti-las juntas pela conexão de poder que compartilhava com todas, mas era um risco que precisaria correr se queria se juntar às outras para destruí-lo.

Duas horas depois de ter se instalado, dirigia-se para a área mais noturna da cidade, conhecida como Bairro da Luz Vermelha. O destino era o estabelecimento de Demi Prinser.

Sentia-se um pouco intimidada, o que infelizmente ela vinha experimentando com uma frequência cada vez maior. Ela não costumava se sentir inferior em relação a outras mulheres, seu espírito de liderança era nato, mas agora pisava em um solo completamente estrangeiro, e não apenas porque não estava em seu país, mas porque entrava em contato com pessoas muito distantes de sua zona de conforto.

Uma coisa era ser a mais bonita e poderosa de uma alta sociedade onde todas as mulheres tinham certo padrão com que se vestiam e portavam; outra bem diferente era se comparar a mulheres de idades e classes sociais tão distintas, que tinham em comum apenas o fato de terem um dia dado o azar de cruzar o caminho de Aaron Locky.

Percebia que não tinha motivos para competir com aquelas mulheres. Tal qual ela, eram vítimas de pessoas sem escrúpulos. Entrar em neuras frívolas quando tinha tanto em jogo era fazer a Emily O'Connell socialite reviver.

Ela não era mais aquela pessoa.

Pelo menos lutava para não ser.

No Distrito da Luz Vermelha, todas as noites prostitutas se exibiam em vitrines para clientes em potencial, muitas vezes turistas curiosos, como se seus corpos fossem mercadorias.

Como ainda era dia, no entanto, o local parecia um bairro qualquer da cidade, com seu canal de águas tranquilas, edifícios bonitos e árvores decorando as diversas ruas.

Demi tinha um clube fechado em que administrava o trabalho de algumas meninas e organizava shows de strip-tease e outros tipos de apresentações. Sabendo o quanto o mercado de sexo era lucrativo, Emily entendeu que uma Leprechaun envolvida com a área podia lucrar muito. Não estava em posição de julgar aquele tipo de negócio, mas precisou de algum esforço para se livrar da sensação de desconforto que a dominou assim que ela chegou à porta do estabelecimento. — Pelo visto é aqui — disse, confirmando o endereço anotado no celular. O prédio tinha uma larga porta preta que se encontrava fechada.

Algo então chamou sua atenção. O nome do estabelecimento era Lucky.

Faz sentido.

Sentiu um arrepio ao pensar que aquela palavra soava como *Locky*.

Pela primeira vez, percebeu que Aaron certamente havia passado por ali antes de ter escolhido aquele sobrenome para usar com ela e Liam.

— Vejo que a princesinha irlandesa chegou às minhas masmorras sádicas — comentou a mulher que abriu a porta para Emily entrar.

Emily logo reconheceu Demi.

— Muito obrigada por aceitar me receber em tão curto espaço de tempo — respondeu a irlandesa, tentando não levar a mal o comentário feito pela mulher.

— É a primeira a chegar. Vamos até o meu escritório. Lá, teremos mais privacidade. O horário de pico é à noite, mas aqui funcionamos vinte e quatro horas.

Com aquele comentário, Emily começou a observar o ambiente ao seu redor.

Onde fui parar?

Era como se tivesse acabado de entrar no quarto vermelho do misterioso Christian Grey dos livros. Para a jovem, aquele lugar só podia ter saído de uma ficção.

As paredes eram revestidas de couro vermelho, e tachinhas pretas contornavam todos os batentes da porta. O piso negro recebia luzes estratégicas nos rodapés para criar um clima envolvente. Balanços, cadeiras com formatos inusitados, chicotes e aparelhos que nem mesmo ela conhecia estavam expostos pelo cômodo. Ao fundo, um palco com três stripper poles, onde deviam acontecer os shows noturnos. Pelo que ela deduzia, atrás de cada porta trancada que havia nos corredores do prédio estava acontecendo muita ação.

— Assustada? — questionou Demi ao vê-la observar todos os detalhes da casa.

— Curiosa — respondeu Emily, o que arrancou um sorriso surpreso da cafetina.

Elas seguiram até o último cômodo do primeiro andar e Demi digitou um código na única porta com sistema eletrônico de entrada.

Pelo visto existem coisas nesse escritório que ela não quer que ninguém veja ou roube.

Lá dentro, a decoração era mais suave, e o ambiente se parecia com uma antiga biblioteca. Demi sentou-se à mesa e fez sinal para que Emily também se acomodasse.

— Creio que a Florence ainda vai demorar um pouco. Acho que ela fez questão de esperar o seu voo chegar antes de se arriscar a vir aqui.

Emily ficou surpresa com a suposição.

— Por que acha isso?

Demi deu uma risada sarcástica e pela primeira vez a ruiva notou que dois dentes dela tinham pontos brilhantes que deviam ser brincos.

— A ficha dela mostra claramente que é uma jovem recatada, de família e que se considera correta. Não deve ter ficado muito feliz de ter que vir até o meu estabelecimento.

Então eles distribuíram as fichas para todas. Será que elas sabem informações sobre mim que não sejam as encontradas na internet?

— Até aí, as aparências enganam. Nós já aprendemos essa lição.

Demi de repente ficou séria. Passou um instante encarando o nada, e Emily não teve coragem de interromper seu momento.

— Só que ela mora em Florença. Já devia estar aqui.

Emily concordava.

— Mas foi bom. Assim vamos poder nos conhecer antes da chegada dela, né?

A mulher voltou a sorrir. Tinha um jeito malicioso e envolvente. Ao encontrá-la, a irlandesa finalmente entendia por que tinha conseguido se destacar em sua profissão. Conhecia poucas pessoas que conseguiam exalar sex appeal igual a ela.

E olha que ela não é nem um pouco o meu tipo, pensou analisando a mulher e seu decote extremo.

— Nós nos conhecemos mais do que você imagina...

O comentário a perturbou.

Se Demi sabia sobre ela em níveis mais profundos, a Trindade Leprechaun devia ter passado um dossiê com informações dela para a mulher. Odiou-os por conta disso. Por mais que tivesse gostado de receber o da holandesa, sentia que a TL cometera uma violação do seu direito à privacidade ao investigar e compartilhar seus dados daquele jeito.

— Por que diz isso? — perguntou Emily para confirmar as suas teorias.

Houve mais uma pausa, porém, daquela vez Demi não estava perdida.

— Você tem parte importante de mim dentro de você. É impossível que não me conheça o bastante.

Emily corou involuntariamente.

Talvez a mulher de fato tivesse recebido materiais sobre ela, mas tinha se esquecido completamente que estava na frente de uma pessoa de quem detinha o poder. Respirou fundo e tentou corrigir sua falta de tato.

— Eu não pedi por isso. Espero que me entenda.

Por algum motivo, sentia-se travada diante daquela mulher. Como se estivesse novamente em sua primeira semana como CEO da O'C.

— Entendo numa boa! É só devolvê-lo para mim.

Ela já esperava por aquilo.

Sabia que todas iriam querer seus poderes de volta e imaginava que a conversa já iniciaria assim. Só que primeiro precisava estar com as três e confirmar se todos os poderes e histórias batiam. Depois, pretendia explicar o plano que vinha desenvolvendo desde que vira o relatório da Trindade pela primeira vez e perguntaria quem lutaria com ela. Só quando tudo fosse conversado e definido ela devolveria os poderes.

Isso se elas quisessem colaborar.

Emily não tinha intenção alguma de devolver um poder que não fosse ser utilizado para combater Stephen MacAuley. Sabia o quanto era errado manter parte de alguém dentro dela daquela forma, mas precisaria de toda sorte que tinha naquele momento e muito mais para detoná-lo.

Engolindo em seco, respondeu à mulher:

— Como tem tanta certeza de que estou com o seu poder? Que eu saiba, estamos sendo cobaias de um encontro criado pela TL. Não sei você, mas eu já tive meus problemas com eles.

Demi levantou involuntariamente uma das sobrancelhas. A dúvida estava estampada nos olhos quando voltou a falar com um tom mais convencido do que sua postura.

— Nunca soube identificar o meu poder. Quando você trabalha com sexo e gosta do que faz, acaba achando que tudo é reflexo do gozo. Que as coisas que ganha ou sente são por conta disso.

— Então você achava que estava crescendo porque se sentia bem? Porque sempre... se satisfazia?

Emily teve vontade de rir.

Sempre associara sexo a tudo e até se considerara a vida toda sortuda naquela questão, mas a empresária a sua frente levava a teoria para outro nível.

— Sim! Acreditava que essa era a fonte da minha guinada na vida. Não conheci o meu pai, minha mãe morreu de Aids quando eu tinha quinze anos, então nunca me imaginei com sorte. Pensei que minha vida tinha mudado a partir do momento que abracei a minha profissão.

Emily tinha passado tão rápido pela ficha de Demi, julgando-a apenas pelas peculiaridades, que não sabia de nada que ela compartilhava.

— Faz sentido mesmo você não ter pensado que tinha sorte...

Demi voltou a esboçar um sorriso malicioso.

— Então um belo dia um jovem americano, com muito dinheiro, resolveu conseguir o impossível. Ele queria fechar o clube por uma noite para passá-la somente comigo.

A informação fez o estômago de Emily arder.

— Nesse dia você conheceu Aaron — sussurrou Emily fechando lentamente os olhos para assimilar aquela informação dolorosa.

— Nesse dia conheci Adrian!

Emily tinha novamente se esquecido de que as histórias delas podiam ser parecidas, porém, não eram iguais.

— E então você fechou o clube.

Demi gargalhou com a suposição da garota.

— Tá maluca, irlandesa? Se eu fecho por uma noite, perco meus clientes fiéis para outros estabelecimentos. Sexo é o que não falta nesta cidade! Já deu uma olhada na minha vizinhança?

Estava com razão. Seria um risco grande para ela, mesmo se o dinheiro parecesse compensar.

— E o que fez então? – questionou a garota.

— Fiquei intrigada e passei a noite com ele sem que precisasse gastar tudo que queria.

— Que generosa – desdenhou a irlandesa involuntariamente.

Demi novamente riu.

— Pois é! Acho que amoleci por aquela quase declaração de amor. Ninguém nunca tinha oferecido fechar uma noite da Lucky só para ficar comigo. Mas você bem sabe que minha felicidade durou pouco. Fui generosa demais.

— Ele tomou o seu pote de ouro.

— Sim! – confirmou a mulher de cabelos coloridos. – E desde então me sinto vazia. Nunca mais consegui sentir o gozo da vida.

Emily compreendia aquele sentimento.

— É difícil – concordou.
— Mas isso foi até você aparecer aqui!

A ruiva ficou surpresa com o comentário.

— Como assim? O que quer dizer com isso?
— Simples! – respondeu Demi. – Ver você me fez alcançar o ápice, e uma coisa consigo enxergar claramente: é em você que o meu poder está!

Pelo visto, Emily tinha mesmo achado uma das donas de suas moedas.

Isso significava que as outras provavelmente também eram legítimas.

Só precisava que elas colaborassem.

25.

O clima estava estranho naquele escritório. Emily sentia no olhar de Demi que a outra não estava feliz de estar próxima de sua fonte de poder sem poder usá-la. Podia compreender bem a sensação, já que também se incomodava quando estava perto de Aaron, mas, ao contrário dele, ela não estava usando o poder em benefício próprio. Pelo menos ela considerava que era para um bem maior.

— Sei que está frustrada e querendo o seu poder de volta. Não quero que o clima fique ruim entre a gente. Vejo que também sofreu mais do que as outras vítimas com o roubo de seu poder, e em breve quero te ajudar a diminuir essa dor – disse Emily.

Demi suspirou, levantou da cadeira e abriu a cortina atrás de si. Havia um pequeno jardim no fundo do prédio e Emily notou duas mulheres fumando lá fora com roupas minúsculas, mesmo com um clima não muito quente, e maquiagens excessivas.

— Posso parecer burra, mas não sou, Emily O'Connell! Amit não me explicou bem qual a finalidade disso tudo, mas sei que seus pais foram mortos recentemente. Isso deve ter ligação com qualquer que seja o seu objetivo com esta reunião. Sinto muito que esteja sofrendo, entretanto, meu poder não tem nada com isso. Nós não somos parecidas. Você não vai conseguir sair desta casa antes de devolver o que me pertence. Não preciso de sua ajuda, apenas do que é meu por direito.

Ela está me ameaçando!

Emily percebeu pela primeira vez que ter deveria ter ido para aquela reunião com o espírito do encontro com Margot e os Bonaventura. Mais uma vez abaixava a guarda e acabava em uma situação problemática.

Mas como pretende tirar o poder de mim? Me matando? Demi não tem a mínima noção de onde é o meu final do arco-íris e não parece saber o ritual necessário para se roubar um poder.

A tensão acabou sendo cortada por uma batida seca na porta. Uma das garotas de Demi trazia a recém-chegada Florence para dentro do escritório.

Salva pela italiana!

— Mil desculpas pela demora — começou a se justificar Florence. — Tive uma negociação de última hora para acertar antes de vir encontrar vocês. Como perdi o meu teletransporte quando fui roubada, minha vida anda mais difícil em termos de locomoção. Sabem como é, né?

Oh, coitadinha! Deve estar sendo muito difícil mesmo viver sem poder viajar por magia.

Emily teve raiva do comentário da garota. Sabia que ela não estava fazendo por mal, mas Florence não conseguia imaginar a dor que Demi passava desde o seu encontro com Aaron, muito menos a que ela sofria após a morte de seus pais.

— Sem problemas, bonitona! — respondeu Demi observando a robusta italiana de cima a baixo, percebendo que a outra tentava esconder com sua vestimenta os atributos que Deus tinha lhe dado. — Nossa amiga de Dublin aqui estava para me explicar como vamos recuperar nossos poderes.

Essa é mais do que direta, pensou.

Previa que o clima não seria diferente com Wanda.

— Na verdade, hoje é um momento para nos conhecermos e compartilharmos o que Aaron fez com a gente. Sei que o conheceram com outro nome, mas acho que é melhor optarmos por um só.

— E claro que você, como nossa suposta líder, está optando pelo que considera correto — desdenhou a holandesa que se revelava a cada frase.

Mal sabe ela que sei o verdadeiro nome do desgraçado.

O lado estressado que existia dentro de Emily aflorava. Naquele momento via o quanto Liam tinha sido paciente com ela quando se conheceram. Aquelas mulheres não haviam aguentado nem se apresentar antes de começar os ataques.

— Acho que antes de tudo seria bom conferirmos se estamos falando do mesmo homem, não é? – sugeriu Florence apoiando uma bolsa Fendi na mesa e sentando-se na cadeira vazia ao lado de Emily.

— Claro! É este o impostor de vocês? – perguntou Emily mostrando uma foto de Aaron que tinha em seu celular.

O silêncio da sala revelou a resposta.

Era difícil para todas admitirem que tinham sido enganadas pelo mesmo homem e que o que viveram com ele não era amor, apenas um golpe.

Muito tempo se passara após cada uma daquelas relações, mas permanecia na mente de cada uma a dúvida: nem mesmo os momentos íntimos tinham sido verdadeiros? Olhar ao redor da sala era uma confirmação de que não.

— Ok, vamos chamá-lo então de "o americano", que tal? – sugeriu Florence passivamente. — Pelo menos esse é o único detalhe que ele não mentiu para nenhuma de nós.

— Mulherengo do caramba – resmungou Demi abrindo a janela para fumar seu cigarro de maconha.

Emily notou a expressão surpresa no rosto de Florence com aquela cena, porém, a jovem não comentou nada. Afinal, estavam no bordel daquela mulher, cercadas de aliados dela.

Péssimo lugar que a TL escolheu para o encontro. Favoritismo?

Emily se lembrava, contudo, de que Florence e Wanda tinham mais ligação com a organização, e não Demi. Se a italiana se sentia constrangida de estar ali, Emily deduziu que provavelmente a australiana as havia induzido a escolher aquele local.

— Na verdade, o americano não foi apenas um mulherengo — deixou escapar Emily, achando estranho se referir a Aaron com aquele termo.

— Como assim? — perguntou Demi, curiosa, tragando fortemente o cigarro que segurava entre os dedos com longas unhas vermelhas.

Emily sabia que a revelação da história de Liam traía a privacidade dele, mas logo precisariam encontrá-lo para terem juntas todas as vítimas que estivessem dispostas a fazer MacAuley pagar.

— O americano se envolveu com nós três, Wanda, que chega amanhã, Margot, uma francesa que, pelo que eu sei, foi sua última vítima. Mas antes de mim ele teve mais um envolvimento...

— Você está me deixando nervosa — revelou Florence apertando os dedos das belas mãos bronzeadas.

— Ele se envolveu com Liam Barnett, um britânico que me procurou assim que descobriu que tive meu poder roubado.

Foram diferentes tipos de reação.

Florence arregalou os olhos mais ainda e cobriu a boca, espantada com o fato de que provavelmente dormira com um homem que também havia se relacionado com outro rapaz.

Demi soltou uma única risada sarcástica e começou a aplaudir.

— Certo ele! — comentou, ainda batendo as mãos pausadamente. — Experimentando todas as carnes. O filho da mãe pegou todo mundo de jeito. Espero que todas estejam com os exames em dia.

A italiana levou as duas mãos ao coração, em um gesto de desespero.

Ela age como se tivesse perdido a virgindade com ele, credo!

Emily tentava imaginar qual seria a reação de Liam vendo aquele grupo que se formava. Tantas personalidades diferentes. Tantas mulheres fortes, opinativas.

Mas ele é sempre um anjo. Depois da temporada que passou comigo e Darren, está preparado para tudo.

Sentia muita saudade dele e de seus beijos, ainda que pensasse em Aaron em algumas ocasiões. No fundo, não sabia mais quem amava, apenas que eles lhe faziam falta. Ou ao menos as versões deles de quando estavam apaixonados.

— Bem, pelo que pude entender nesse pouco tempo, a srta. O'Connell só poderá nos falar amanhã, junto com Wanda, por que estamos aqui — analisou Florence um pouco menos chocada.

— Na verdade, está claro por que estamos aqui — desdenhou Demi.

Foi a vez de Florence suspirar. Emily percebia que a personalidade forte da holandesa também começava a incomodar a outra.

— Claro que sabemos uma parte da história. Estou sentindo o meu poder pulsando e exalando nessa sala. Mas alguma explicação deve haver, e, se tenho que esperar até amanhã, esperarei. Já tinha me conformado em nunca mais tê-lo de volta, então se hoje posso senti-lo já fico satisfeita o bastante.

Emily não conseguiu esconder o sorriso. Gostou das palavras de Florence, e agradeceu internamente à garota por ajudá-la. Sua gratidão correu livremente pela ligação que existia entre as duas, e Florence no mesmo instante olhou de canto de olhos para Emily e soltou um discreto sorriso. Demi não percebeu.

— Então é melhor vocês duas voltarem para seus hotéis, eu tenho muito a fazer. Aquele safado tirou a sorte que havia aqui, e agora dependo apenas da vida para me dar bem. Alguém consegue ser dar bem assim?

Elas entendiam a frustração. Cada uma da sua maneira.

Despediram-se e combinaram de se encontrar em um café perto do museu de Anne Frank. Demi sabia que eles tinham um espaço mais reservado onde poderiam conversar, e se deu por vencida ao ver que as outras não gostavam de estar no território dela.

Emily sentia-se exausta, seu corpo cobrava o preço por tantos fusos horários diferentes enfrentados nas últimas semanas. Decidiu ir direto para o hotel. Teria outros momentos para bancar a turista.

◈

No outro dia, chegou ao café combinado, com receio. Havia pesquisado o endereço para se certificar de que o local era mesmo uma cafeteria, pois começava a temer pela sua vida.

Na busca por Margot, estava acompanhada de duas pessoas confiáveis e ainda portava uma arma de fogo. Naquele momento, tudo era diferente, pois estava completamente sozinha. Mas lembrou-se de que o poder que tinha era maior do que qualquer arma. Se as mulheres a atacassem, saberia se defender, e tudo indicava que elas nem seriam capazes de agir contra ela. Afinal, era Emily quem tinha o poder.

Entrou no local e viu a área que Demi havia descrito. Realmente parecia uma sala reservada com decoração similar à da casa de uma avó. A holandesa já estava lá e vestia uma roupa um pouco mais comportada do que a do dia anterior. Para surpresa de Emily, Florence também se encontrava no local e parecia um tanto constrangida, provavelmente por estar sozinha com Demi até aquele momento.

Emily cumprimentou as duas e sentiu atrás de si um arrepio similar ao que sentira com Aaron no passado. Uma força maior do que das outras tinha adentrado o café, e aquilo só podia significar que Wanda Turner havia chegado.

— Espero que eu não tenha deixado as senhoritas esperando por muito tempo – disse Wanda se aproximando do trio.

— Fique tranquila, meu amor! A nossa líder aqui também acabou de chegar – explicou Demi do seu jeito debochado, e Emily começou a se estressar. Odiava o apelido que ela começava a lhe dar.

As duas se cumprimentaram como se fossem grandes amigas.

Pelo visto a amizade on-line e a perda de poder para o mesmo homem transformou essas daí em BFF.

Precisava confessar que isso lhe causava uma leve pontada de ciúmes. Sentia-se solitária naquela jornada e achava desconfortável ver outras pessoas com graus de intimidade que não possuía. Emily não estava acostumada a ser a afastada do grupo.

Florence se aproximou de Wanda para cumprimentá-la também, depois todas se sentaram. Demi fez sinal para uma atendente, que trouxe um bule de café. Em seguida, a mulher fechou a porta do espaço ao sair.

Emily e Florence se entreolharam ao se verem trancadas ali, mas a irlandesa depois se reconfortou com a lembrança de que a sorte estava a seu favor. Não importava se a presença da mulher mais madura a sua frente a intimidava.

Wanda é mesmo uma mulher bonita. Aaron deve ter ficado intrigado com a energia dela.

Sabia que ele também podia ter só se envolvido por obrigação, mas, por mais que quisesse acreditar naquela possibilidade, não achava que havia sido o caso com a australiana.

— Bem, o clube das fracassadas está reunido. — Demi abriu o diálogo entre elas. — Pode começar, princesa. Diga por que está com o nosso poder e o que aconteceu com aquele desgraçado.

Então Amit e Margareth não passaram muitos detalhes.

Mas no final percebeu que eles nem sabiam tanto assim. Não era como se tivessem explicado todos os seus passos após encontrar o rapaz.

— Não sei até que ponto a Trindade contou para vocês sobre mim — iniciou Emily. — Mas quero compartilhar o máximo possível com vocês, pois estamos em um momento crucial.

— Crucial como? — questionou Florence.

— Há um bom tempo o americano, como ontem resolvemos chamar o nosso inimigo, me colocou como alvo. Ele apareceu em minha cidade como suposto amigo de uma conhecida e começou a me cortejar. Na época, eu não sabia que minha família era Leprechaun, e muito menos que eu tinha esse poder.

— Você era apenas a socialite Emily O'Connell, rainha das redes sociais e herdeira da O'C — complementou Florence para a surpresa da outra.

Emily notou que a italiana usava scarpins de sua marca como um símbolo de amizade e começou cada vez mais a esquecer a raiva que teve dela inicialmente no dia anterior.

— Sim! Eu era fútil, egocêntrica, mas diva! Estava no centro da alta sociedade de Dublin e tinha uma vida perfeita. Tinha uma sorte invejável! Ele viu isso como uma vantagem e fui o alvo perfeito.

— Então ele roubou o seu poder? — perguntou Wanda, falando pela primeira vez diretamente com ela. A mulher ainda incomodava Emily por presença afirmativa.

— Roubou, mas antes muita coisa aconteceu. Foi ele quem me ensinou o que eram Leprechauns. Até então eu só sabia as lendas infantis de meu povo. Ele me ajudou a desenvolver o meu poder.

— Estranho! Ele não é assim...

Emily notou que Wanda sentiu uma pontada de ciúmes pela intimidade do antigo amor com a jovem bilionária.

— Sim! Tive isso de diferente na minha história com ele. Mas tive algo ainda maior.

— Ele esteve envolvido na morte de seus pais – chutou Demi.

Ouvir aquilo de sua boca trouxe horríveis lembranças. Sentia muita saudade de seus pais e precisou respirar fundo para continuar. Devia isso a eles.

— Descobri depois de muita luta, pesquisa e busca por respostas, que Aaron nunca agiu sozinho. Todas nós fomos escolhidas por outra pessoa, e essa pessoa resolveu que meus pais eram uma complicação para os planos deles de conquista de poder. Acabou os matando a sangue-frio.

Naquele momento, Emily teve total confirmação de que a Trindade tinha mantido o seu segredo. Nenhuma delas parecia saber sobre MacAuley, e o silêncio pesou por um tempo, em respeito ao conteúdo compartilhado.

— Ele não agiu sozinho? Ele não nos escolheu? – perguntou Wanda parecendo segurar as lágrimas.

Aaron deve ter mexido com ela.

— Fomos apenas peças de um jogo macabro demais – respondeu Emily tendo certo dó dos rostos sofridos que via naquela mesa.

Demi fez questão de encher todas as xícaras de café como em um ato de solidariedade, o que foi tocante vindo dela.

— Quem é esse parceiro dele? – quis saber Florence se endireitando na cadeira, mostrando um pouco do lado empresarial que Emily sabia que tinha.

— Seu nome é Stephen MacAuley. Por incrível que pareça, ele é o atual CEO da O'C após eu inocentemente achar que era um homem bom. MacAuley trabalha para a minha família desde que eu me conheço por gente, mas descobri por relatórios da TL que a família dele foi investigada no passado por conta de sua sorte, e consegui confirmar com "o americano" que ele foi mesmo o mestre dele.

— Você encontrou Adrian? — perguntou Wanda desesperada, quebrando o combinado de não usar nomes.

Demi pela primeira vez lançou um olhar rabugento para ela.

— Sim! Eu e Liam fomos atrás de uma das vítimas de Aaron enquanto buscávamos por respostas. Descobrimos Margot, mas, ao contrário de nós, ela resolveu dar o seu pote de ouro a ele por vontade própria. Na verdade, em troca de um casamento para poder ter acesso a sua herança.

— Ele está casado? — quase gritou Wanda, alterada.

Emily imaginava que por ser tão mais velha do que as outras, a australiana fosse ser a mais equilibrada. Porém, via que era totalmente o contrário. Wanda não parecia ter psicológico para aguentar as notícias.

— Tecnicamente, sim! Eles não vivem juntos, mas Margot está casada com uma das identidades dele. Para ela, o americano se chama Allan.

Eram muitas informações ao mesmo tempo. Todas pareciam confusas, a história mais esquisita do século.

— Mas você ainda não esclareceu quando o dito cujo te contou sobre o seu funcionário — reclamou Demi virando o seu café em seguida.

— Na época que descobrimos Margot, não conseguimos encontrá-lo, por isso fomos até o Brasil conhecer uma família de Leprechauns que pudesse nos guiar. Eles nos apresentaram à TL, e lá me deram o tal formulário com a informação que MacAuley era um Leprechaun. Até então eu jurava que o americano tinha matado meus pais. Odiava-o duplamente por conta disso. Vendo que existia muito mais por trás daquela história, tentei contato com ele, e finalmente na semana passada estivemos juntos.

Elas arregalaram os olhos. Emily sentia todos os tipos de sentimentos diferentes através das conexões que tinha com elas. Estava quase sufocada com aquelas diversas sensações. Quase pediu um tempo para respirar.

Chegava a hora em que precisaria explicar o que Aaron havia contado para ela sobre Stephen MacAuley e a ligação dele com todas elas.

Era o momento de pedir para elas lutarem ao seu lado.

26.

As quatro continuavam fechadas naquela sala privada de um café em Amsterdã. Emily começava a passar mal com a pressão de conciliar todas as energias dentro dela tendo as donas exaltadas a sua frente.

— Mas preciso perguntar uma coisa: como podemos ter certeza de que está falando a verdade? Por que devemos acreditar que existe um vilão maior do que o americano? Você várias vezes já nos lembrou que fomos enganadas no passado – questionou Demi, sempre tendo as perguntas mais difíceis.

Emily suspirou.

— Foi a TL que combinou este encontro, certo? Eles devem confiar na minha palavra. Além do mais, todas estão sentindo o poder de vocês dentro de mim. Isso prova que me encontrei com ele.

— Isso prova apenas que você achou o final do arco-íris dele – discordou Wanda, quase como se não quisesse acreditar que ele realmente buscara encontrar a irlandesa e não ela.

Emily soltou um suspiro sarcástico pela tendência das pessoas a não acreditar em suas palavras. Provavelmente isso devia ter relação com o fato de ela mesma ter dificuldade em acreditar nas outras pessoas.

— Vocês sabem o quanto ele é esperto. O quanto soube nos manipular durante todos esses anos em que esteve roubando poderes. Eu nunca ia descobrir o final do arco-íris dele se o americano não tivesse me ajudado.

— Mas você mesma está dizendo o quanto ele é esperto — retrucou Wanda ainda contrariada. — Por que essa história de Stephen MacAuley não pode ser mais um dos seus truques? Talvez ele só quisesse desviar a atenção da figura dele.

— Faz sentido, Emily! – disse Florence, concordando com a mais velha.

Para a surpresa da ruiva, Demi foi quem respondeu àquela acusação.

— A Emily já nos explicou que quem falou sobre o tal do MacAuley pela primeira vez foi a TL e não aquele que não deve ser nomeado. O cara trabalhou com os pais dela e não teria por que ela acusá-lo de coisas tão graves se não acreditasse que essa história fosse verdadeira. A não ser que fosse uma completa maluca, mas acho que eu sei como reconhecer gente doida.

— É... e pela a energia que você transmite, realmente está com os nossos poderes. Ele não iria simplesmente abrir mão deles, né? – convenceu-se Florence.

Wanda mantinha os braços cruzados, recusando-se a acreditar, ainda que tudo fizesse sentido.

— Gostaria de propor um exercício a vocês — sugeriu Emily olhando calmamente para cada uma delas. — Que tal se vocês parassem para meditar um segundo e tentassem sentir o poder de vocês, já que estão tão perto deles? Tentem buscá-los por completo e me digam o que sentem. Topariam fazer isso?

Ela não sabia aonde realmente aquele exercício iria dar, pois nunca havia tentado nada parecido, mas acreditava que o contato delas com seu interior poderia trazer pelo menos alguma luz para a situação.

As três aceitaram o desafio, e Emily pediu autorização para apagar a luz da sala. Queria que todas ficassem no escuro por um tempo para tentarem se encontrar. Ela mesma decidiu também se concentrar entrando na atividade, pois seria invadida pelas ligações que havia naquela sala.

Um minuto.

Dois minutos.

Quinze minutos.

Foi o tempo necessário para que Emily sentisse as outras três totalmente conectadas com ela. Sentia-se quase como um servidor enquanto as mulheres tentavam acessá-la de diversas formas.

Quem diria que Leprechauns tinham essa capacidade.

Sabia pela energia sugada que as outras sentiam sua sorte invadindo seus organismos, e apenas após aquele tempo escutou alguém dizer:

— Tem poder faltando aqui!

Era Wanda. Finalmente ela admitia que, mesmo que Emily estivesse em posse do poder delas, faltava uma parte, e essa quantidade devia estar dentro de outra pessoa.

Provavelmente, Stephen MacAuley.

— Ela está certa. Quase pude tocar a outra parte dele quando estávamos fazendo o exercício. Foi como se eu pudesse me teletransportar para o lugar em que está – comentou Florence se levantando e acendendo a luz.

— Você conseguiu sentir a localização dessa pessoa, Florence? – questionou Emily, sabendo que a outra era boa naquilo.

Houve uma pausa.

Todas encaravam a italiana.

— Sim! O resto de nosso poder está em Dublin.

Aquele era mais um sinal a favor da história que Emily contava para elas. Mais um sinal de que existia outro vilão naquela história. Um pior do que Aaron.

— Ok – respondeu Wanda, mudando sua postura. – O que quer de nós?

Aquela pergunta mudava tudo. Se elas topassem se juntar a ela, poderiam finalmente buscar por justiça.

— Não sei vocês, mas eu sofri muito mais do que MacAuley e o americano planejavam. Eles não roubaram somente o meu poder, conseguiram roubar minha identidade, meu sono e minha esperança.

Me tiraram meus pais, minha empresa e destruíram a minha vida. As histórias de vocês foram diferentes, talvez não tão trágicas quanto a minha, mas de uma coisa eu sei: todas vocês foram enganadas, roubadas e humilhadas por dois homens que não merecem sair inocentados dessa história.

— O que você propõe? — reforçou Demi, mostrando-se mais compreensiva com ela.

— Estou disposta a devolver agora a parte do poder de vocês que está comigo e resgatar um pouco da dignidade que lhes foi tirada quando roubaram seus potes de ouro. Gostaria de fazer a coisa certa e entregar o que é de vocês e nunca deveria ter sido tirado.

— Mas pelo visto você exige algo em troca — disse Wanda, e todas levantaram as sobrancelhas.

Emily estava preparada para aquela pergunta. Tinha repassado diversas vezes o cenário em sua mente, tendo certeza de que não abriria mão de nenhum poder que não fosse usado contra Stephen MacAuley.

Porém, estando ali naquela sala com mulheres tão fortes que foram ludibriadas por duas pessoas sem coração, percebeu que, se as chantageasse, acabaria igual a elas.

Emily não queria ser um monstro.

— Querem saber? Eu não quero nada em troca. Cada um tem a sua dor e consciência. Sei que não somos amigas e que vocês não precisam me ajudar a fazer justiça aos meus pais, que eram duas pessoas maravilhosas, e da nossa comunidade. Devolverei agora a parte do poder de cada uma de vocês que está dentro de mim, e espero que façam bom uso dele. Se concordarem comigo que esse homem merece ser levado a julgamento pela TL pelo mal que nos causou, peço que me encontrem às dezoito horas no aeroporto. Há um voo saindo nesse horário para Dublin, e adoraria ter vocês nele.

Nenhuma se atreveu a falar naquele momento.

Emily não sabia se existia um feitiço para devolver a moeda que havia tomado de Ansel em São Francisco, mas sabia dentro dela que tinha uma missão a cumprir.

Voltou a se concentrar e aos poucos foi sentindo o coração transbordar de bons sentimentos. Ao mesmo tempo, as mãos fechadas pareciam ficar cada vez mais pesadas no processo.

Quando abriu os olhos, encontrou três moedas de ouro nelas.

Emily as colocou sobre a mesa e se retirou antes que elas pudessem falar.

Sentia que tinha feito o que era necessário. Agora só podia esperar.

RELATÓRIO TL   N° 1.211.000.230.000.000

Para a excelentíssima Comissão Reguladora

Assunto:
RELATÓRIO DE FAMÍLIAS LOCALIZADAS
• *Última atualização* •

Foram identificadas no último mês mais duas famílias, somando-se cinco novos indivíduos a serem monitorados. Os agentes as alertaram em todos os casos.

Localização das famílias:
  Muthaiga — Nairobi — Quênia
  Skerjafjörður — Reykjavik — Islândia

Total mundial de famílias localizadas:
  6.145

Total mundial de indivíduos localizados:
  16.368

Total mundial de indivíduos cientes:
  9.355

27.

Mais um aeroporto. Outro passo de sua jornada. Emily não aguentava mais aquela vida. Por muitos anos havia sido considerada uma *jet setter*, mas antes viajava pelo mundo para se divertir, e naquele momento a tarefa árdua de caçar pessoas dispostas a ajudá-la a levar um ser maligno a julgamento exigia o seu preço.

Encontrava-se parada na frente do portão de embarque para a única aeronave que estava para sair de Amsterdã com destino a Dublin. Quase não conseguia acreditar que finalmente voltaria para casa. Desde a passagem de seus pais, aquela simples palavra de quatro letras nunca lhe trouxera tanta alegria como naquele momento.

Iria para onde pertencia.

Saber que adentraria novamente o lugar onde crescera ao lado dos pais lhe trazia esperança. E percebeu que não teria coragem de vender a mansão O'C. Ela fazia parte da sua história. Para sempre seria o lugar onde sentiria seus pais junto de si.

Naquele momento, esperando que alguma das mulheres viesse ajudá-la, sentiu certo alívio por ter menos poderes dentro de si. O fardo e a bênção de carregar outras energias era pesado demais. Aliviada, mesmo que em uma situação tensa, percebeu que Aaron talvez compartilhasse daquela sensação.

Ele pode ser um monstro, mas não há como não ter se emocionado de finalmente estar apenas consigo mesmo.

O horário de embarque chegou. Quase não tinha mais tempo para esperar no portão. Percebia que provavelmente seria apenas ela mais uma vez. Aquilo a deixava mais triste do que com raiva. Entedia que o ser humano preferia salvar a si próprio do que se arriscar por um outro, mas sentia que aquela situação devia ser maior do que qualquer egoísmo. Todas aquelas mulheres tinham sido usadas. Todas foram subestimadas e deixadas de lado. Não conseguia entender como um grupo forte como aquele, cheio de mulheres que conquistaram tanto, era capaz de abaixar a cabeça por alguém que lhes tivesse feito mal.

Percebeu no olhar de cada uma delas que ainda sentiam algo por Aaron, ainda que ele as tivesse usado como brinquedo. Depois reconhecera nelas o medo mal disfarçado ao perceberem que teriam que enfrentar uma figura ainda maior.

Stephen MacAuley não era nada perto das mulheres que havia conhecido, quer gostassem dela ou não.

Entristecia-se por perceber que elas não acreditavam nisso.

Mas eu vou acreditar em mim. Estou fazendo o certo e vou mostrar para ele que mexeu com a pessoa errada.

Quando decidiu que era hora de virar e enfrentar o seu destino sozinha, notou um colorido familiar.

Demi vinha toda de preto, mas suas mechas coloridas tinham sido enroladas por toda a cabeça. Ela carregava uma mala de mão em formato de uma carapaça com espinhos.

Como essa doida conseguiu passar no raios X com isso?, pensou querendo dar risada e ao mesmo tempo sem conseguir acreditar que ela realmente estava ali para ajudá-la.

Do outro lado do aeroporto, Florence corria com um salto totalmente inadequado para isso, atrasada para o voo. Ela abriu um grande sorriso ao ver que Emily a notara.

— Muito obrigada por estarem aqui — disse a ruiva para as duas quando a alcançaram.

As três se abraçaram como se fossem amigas de longa data, e por alguns segundos Emily sentiu que aquilo poderia ser verdade. Eram pessoas completamente diferentes, mas Aaron tinha escolhido bem.

— Está na hora de chutarmos algumas bolas — declarou Demi fazendo novamente Florence levar as mãos à boca antes que todas começassem a rir.

Naquele momento, uma pessoa encapuzada que se encontrava à frente delas na fila de embarque reclamou:

— As senhoritas poderiam fazer menos barulho? Estou tentando me concentrar.

As três pararam de imediato, como se fossem adolescentes sendo reprimidas pela mãe.

Para a surpresa delas, a encapuzada começou a rir e, ao tirar o capuz e os óculos, notaram que era Wanda Turner, também decidindo juntar-se a elas para fazer justiça.

— Não pensaram mesmo que eu não iria, né?

Ao contrário do que MacAuley e até mesmo Aaron deviam ter pensado, todas aquelas mulheres eram fortes, e naquele momento embarcavam para mostrar isso a eles.

Antes de ter que desligar o seu celular para o embarque, Emily o tirou do casaco e fez uma ligação que contava os minutos para realizar.

— Chegou a hora! Te encontro na minha casa em algumas horas?

Ela não sabia qual seria a resposta.

Durante o voo procuraram descansar das tantas emoções vividas nas últimas horas. Emily sentia exalando ao seu redor o poder de suas novas companheiras e percebia o quanto estavam felizes de ter a sua sorte novamente.

Florence comentava discretamente que quase morreu de alegria ao conseguir se teletransportar até próximo do aeroporto, Wanda contou que já recebera um telefonema de sua empresa confirmando um enorme pedido de um fornecedor que antes estava pensando em deixá-los, e Demi disse que agora estava confiante de que manteria o seu bordel.

Que bom que pude ajudá-las!

Quando havia decidido pegar as outras moedas de Ansel, não tinha se dado conta de que poderia ajudar tanto as outras vítimas.

— Vi que fez uma ligação antes de embarcarmos. Está tudo bem? — perguntou Florence notando que Emily tinha uma ruga de preocupação entre os olhos.

— Espero que sim — respondeu ela vagamente, em seguida soltando um sorriso para a mulher na intenção de relaxá-la. Não podia começar a deixá-las preocupadas com o que poderia acontecer em seguida.

Quando estavam para desembarcar no aeroporto de Dublin, combinaram que evitariam realizar as habilidades extras até encontrarem MacAuley, e procurariam controlar a sorte dentro delas para não serem detectadas.

O inimigo estava próximo e provavelmente sentiria uma presença maior na cidade. Emily acreditava que seria melhor se ele achasse que só ela estava de volta, e não todas as suas vítimas. O grupo teria uma vantagem maior se pudesse contar com o elemento surpresa.

Combinaram que discutiriam os próximos passos quando chegassem na mansão O'C e também o que iriam fazer com o homem quando o derrotassem. Aquela era a maior incógnita.

Darren não deve nem imaginar que cheguei à cidade.

Era estranho para ela não estar em contato com a pessoa com quem mais conversara a vida toda. Encontrava-se rodeada de pessoas que nunca tinha visto na vida e ainda não podia compartilhar com ele o que acontecia.

Combinaram de se separar para não chamarem a atenção, até porque Emily podia ser reconhecida ao desembarcar. Tinham tomado conta da primeira classe da aeronave, mas a ruiva havia notado olhares curiosos no embarque de irlandeses que estavam na mesma aeronave.

Emily buscou passar endereços diferentes para cada mulher. Não podia deixá-las mostrar aos seus taxistas o seu verdadeiro número, pois poderiam chamar muito a atenção para o local. Também não sabiam se Stephen MacAuley tinha deixado espiões pelas redondezas para justamente rastrear possíveis inimigos.

Deu um pequeno sorriso para cada uma delas antes de serem liberadas a sair da aeronave. A ruiva escondeu parte do cabelo no casaco e colocou o seu maior par de óculos de sol no rosto. Caminhou olhando para o chão e seguiu a passos largos até a área de transportes. Não buscava pelos táxis executivos, pois isso chamaria mais a atenção. No entanto, de repente, já não adiantava mais se esconder. Duas adolescentes notaram a sua presença e pediram por uma foto. Aquele foi o movimento necessário para dois paparazzi a notarem e começarem a segui-la.

Emily passou por Wanda correndo, fingindo não ver a mulher, e se transferiu para a locomoção executiva. Se a tinham descoberto, era melhor não agir de forma estranha, e seria inusitado se a encontrassem na fila tradicional para ônibus e táxis comuns.

Espero que as outras não tenham sido fotografadas ao fundo.

Tinha certeza de que as fotos chegariam aos portais de fofocas em poucos minutos e estariam no jornal do dia seguinte. MacAuley seria avisado de sua presença, então o importante agora era fingir que tudo estava normal e que ele não tinha o que temer. Ela apenas voltara de viagem.

Putz! Meus antigos amigos vão ficar sabendo da minha presença aqui também. Tenho que tomar cuidado para não receber visitas indesejadas enquanto as meninas estão em casa.

Chegando a sua rua, mal podia acreditar que realmente estava em casa. Era uma sensação surreal. Por conta da falta de manutenção, estava evidente que fazia um bom tempo que tinha deixado aquele local. A mansão estava pior do que se lembrava, mas se prometia que, passando tudo aquilo, iria tomar conta do que sempre tinha sido bem cuidado pelos seus pais. A primeira coisa que faria seria tentar conquistar Eoin de volta. Tê-lo perdido durante seu processo de luto tinha sido um grande choque, mas sabia o quanto o mordomo também devia sentir saudades daquele lugar.

Entrou pelo portão da frente e o deixou destrancado, assim como o portão dos fundos e da lateral. Seria como as garotas entrariam na propriedade.

Destrancou a porta da frente e desativou o alarme com o código que há muito tempo não trocava. Quando virou para deixar as malas em um canto do hall central quase morreu de susto.

— Como conseguiu entrar aqui?

Liam se encontrava sentado na sala de espera com a lareira acesa e degustando uma taça de vinho provavelmente da adega de Padrigan.

Ele continua lindo, percebeu enquanto ainda se recuperava do susto.

— Darren foi gentil o bastante para me deixar entrar. Pelo visto ele ainda tem uma cópia da sua chave, e eu lembrava o código do alarme.

Eles se encontraram.

— Inteligente você tê-lo procurado. Como isso acabou acontecendo? — questionou a garota envergonhada.

— Foi tranquilo — respondeu Liam, ainda distante. — Sabia pela rede social que ele estava em casa e decidi procurá-lo. Acho que ele não esperava e por isso conseguiu ser cordial, mas Darren disse que não tem nada contra mim. Que ele conseguiu entender.

Um lado de Emily ficou feliz por ver que não tinha estragado a amizade entre duas pessoas que tanto amava, mas não conseguia deixar de pensar que Darren soube que ela estava voltando e preferiu apenas emprestar uma chave para Liam.

Eu pensei que as coisas estivessem melhorando entre a gente.

— Obrigada por ter vindo — sussurrou Emily deixando a bolsa e o casaco em uma das poltronas.

— Você sabe que eu quero justiça tanto quanto você...

Emily entendia que aquela era a forma dele de responder que estava ali por ele e não por ela.

O rapaz continuava degustando o seu vinho, e Emily não sabia o que fazer. Mas o clima foi quebrado quando Demi abriu a porta.

— Que sorte é essa, hein? Olha o tamanho dessa mansão! — gritava a mulher enquanto adentrava o espaço deixando malas jogadas pelo caminho. — E, gente do céu, o homem gato vem com a mobília?

Ela havia reparado na presença de Liam.

Era a primeira vez que Emily o via sorrir desde que tinham dividido pela última vez o quarto da sede da Trindade Leprechaun. A lembrança quase a fez chorar. Antes que cometesse esse erro, ouviu as vozes de Florence e Wanda na porta. Tinham chegado quase ao mesmo tempo.

— Bela casa, Emily! — elogiou Florence, sendo a única a deixar as malas organizadas em um canto.

— Tudo muito belo mesmo — comentou Wanda dizendo as palavras olhando diretamente para Liam, o que deixou Emily tomada de ciúmes.

Essa adora um novinho.

Cortando a troca de olhares, a anfitriã buscou apresentar as meninas para finalmente introduzir Liam ao grupo:

— Como já comentei com vocês em Amsterdã, este é Liam Barnett, vítima do americano antes de mim. Ele veio diretamente de Londres para nos ajudar nessa etapa final.

Todas lançavam sorrisos para o rapaz, como se esquecessem o motivo por que estavam ali e que Liam também tinha se envolvido com Aaron.

— Emily acabou se esquecendo de dizer que sou seu ex-namorado também. Claro que o mais recente deles — disse Liam erguendo a taça de vinho para depois virá-la de uma vez.

— Ah, claro que ela já pegou o gostosão — debochou Demi fazendo Florence rir do comentário. — Por que teríamos essa sorte, não é?

Wanda não parecia feliz com a novidade, mas Emily também não estava. Não entendia a reação de Liam naquele momento. Ele estava chateado e talvez com raiva da última vez que tinham se encontrado, porém, revelar detalhes deles para aquelas mulheres era desnecessário no ponto de vista dela.

Emily tinha vontade de chamá-lo para uma conversa particular e explicar por que o tinha deixado, além de tudo que havia acontecido com Aaron. Contudo, seu objetivo ao voltar a Dublin era finalmente encarar

Stephen MacAuley e buscar respostas para as diversas perguntas que tinha em sua mente desde que fora avisada de que seus pais haviam sido brutalmente assassinados.

Queria saber por que o CEO tinha tomado aquela atitude e qual era a necessidade de todo aquele poder se no final não fazia nada de especial com ele.

Liam parecia ler no olhar dela que a garota queria conversar, mas priorizava a vingança. Vendo que mais uma vez ficaria em segundo lugar em uma decisão feita por Emily O'Connell, optou por tomar as rédeas.

— Então estamos todos aqui. Os eternos azarados. Qual será nosso próximo passo? – questionou olhando para cada uma delas.

Aquele era o momento de decidirem.

28.

O grupo ficou se encarando. Ninguém sabia bem o que dizer. A vontade de buscar justiça era grande, mas ao mesmo tempo, a maioria entre eles tinha raiva de Aaron, não de Stephen. Na verdade, apenas Emily cultivava ódio pelo homem, os outros mantinham a figura do americano na cabeça, mesmo sabendo que ela falava a verdade.

Depois de um tempo em silêncio, Emily resolveu quebrá-lo.

— Acho que o primeiro passo deve ser eu devolver o seu poder, Liam!

Sua voz saiu trêmula. Sabia disso. Ter a noção de que ele devia odiá-la mexia muito com ela. Toda a indiferença que sentira ao longo da vida pelas pessoas se voltava contra ela nos últimos tempos, como se estivesse pagando um carma. Todos os homens importantes de sua vida pareciam chateados com ela, e não suportava aquela sensação.

Liam pegou a garrafa de vinho que estava finalizando e, sem olhar para ela, respondeu:

— Isso você me entrega mais tarde.

As mulheres do recinto sentiram a tensão no ar após a resposta seca do britânico.

Demi sugeriu que elas fossem se refrescar. Do encontro no café até o embarque em Amsterdã, todas tiveram que correr contra o tempo para se organizar. Eram mulheres importantes que estavam deixando seus negócios pendentes para estar ali.

— Ótimo! Espaço na mansão de nossa querida Emily é o que não falta para vocês se instalarem. Vou dar uma volta, nos falamos mais tarde — avisou Liam se levantando sem quase dar chance para alguém retrucar.

Mesmo sabendo o quanto ele estava chateado, Emily precisava impedi-lo de fazer alguma besteira que pudesse estragar o futuro plano deles. Sendo assim, teve que dizer sua opinião.

— MacAuley já deve saber sobre a minha chegada. Deve estar cheio de espiões aqui fora de casa. Não posso deixar você ficar vagando por aí, nem quero a sua energia exposta.

— Mas a minha energia está com você, Emily! Não tem nada que eu possa prejudicar. É você que está com todo o poder para fazer isso.

Ele tinha razão. Liam ainda não havia aceitado receber a sua moeda dourada. Ele virou as costas para ela e seguiu para área da cozinha, de onde provavelmente sairia pelos fundos.

Resolveu então direcionar as meninas para os quartos de hóspedes que iriam dividir. Por sorte delas, a mansão era grande e havia três quartos de visita. Duas teriam que dividir, mas não parecia ser um problema, já que Wanda e Demi eram mais chegadas.

Quando Emily entrou em seu quarto e colocou o antigo celular para carregar, se deu conta de que estava de volta à sua vida real. Em poucas horas, provavelmente tudo seria como antes, e aquilo era, na verdade, assustador. Mais até do que encontrar MacAuley.

Como se quisesse reforçar o que ela havia acabado de perceber, o telefone recém-ligado começou a apitar diversas vezes; eram todas as mensagens e ligações perdidas em todo o tempo que estivera fora. Mas o que chamou sua atenção foi receber pouco depois uma ligação no outro aparelho. Quase ninguém tinha aquele número.

— Então tenho que ficar sabendo pela Aoife que você está de volta? Fiquei magoado com isso, senhorita! — disse Owen do outro lado da linha bancando o carente.

Emily não esperava aquela ligação. Tinham se reconectado ao longo de todo aquele processo, e Owen agia cada vez mais como um grande amigo, mas era intrigante ver que era ele o primeiro a procurá-la. *Esperava que fosse Darren ou até mesmo a destrambelhada da Aoife.*

— Acabei de chegar em casa. Nem banho tomei ainda, Owen! Eu não voltaria para Dublin sem falar com você, claro que ia te procurar, seu maluco.

— Sei, sei, princesa! Quando é que pretendia fazer isso? Quando já tivesse atracada com algum turista no Temple Bar?

A garota sentiu ciúmes na voz dele, como se realmente estivesse indignado buscando por respostas.

— Quando eu terminasse de fazer o que vim realizar. Esse vai ser o momento que vou te procurar. Prometo!

Do outro lado da ligação, silêncio. Silêncios não combinavam com eles, mas viravam uma nova tradição.

— A promessa de um O'Connell deve valer ouro, hein!

Ele não sabe como.

— Pode deixar que assim que as coisas se acalmarem vou te procurar. Você sabe que um O'Connell não foge.

Owen sabia.

Despediu-se do amigo com a sensação de que havia iniciado alguma coisa especial. Era estranho falar com o rapaz daquele jeito, mas, na verdade, a relação deles era estranha desde o início. Tinha encontrado nele um companheiro que nunca pensara encontrar. Owen era mais parecido com ela, a verdadeira ela, do que qualquer pessoa que já tivesse passado em sua vida.

Mas é hora de tirar essas idiotices da cabeça, pensou começando a despir a roupa suja para finalmente tomar um longo banho em sua saudosa banheira.

Quando estava para entrar na água morna, ouviu uma confusão diante da porta de seu quarto e voltou para ver o que era.

Wanda estava tentando barrar uma pessoa de entrar no cômodo.

— Eu não sei quem é você. Não pode ficar entrando desse jeito, garoto! Como conseguiu entrar nesta casa?

Da porta do banheiro ela reconheceu o perfil magro e estiloso que adentrava o espaço. Não precisou falar nada, pois em seguida Florence também o reconheceu.

— Wanda, esse é Darren, melhor amigo dela! Você nunca viu os dois nas redes sociais?

Achou engraçado saber que Florence era realmente uma seguidora. Desconfiava que de todas ela era a mais ligada a seu mundo.

Mas o sorriso que tinha no rosto não era motivado por isso. Era porque ele finalmente tinha chegado.

Darren estava de volta.

Quantos meses fazia que ela não tomava banho enquanto Darren ficava sentado na poltrona de seu banheiro para conversar? Não sabia nem calcular. Mas tinha a sensação de que nada havia acontecido nesse tempo, e que a relação entre os dois estivesse intacta.

— Coitada daquela senhora achando que poderia me barrar. Quem ela pensa que é? — reclamou Darren pegando o kit de manicure que Emily tinha em sua penteadeira para arrumar suas unhas enquanto conversavam.

— Pois é! Aquela é a tia do grupo, a namorada mais velha de Aaron.

Darren arregalou os olhos, sem acreditar no que tinha acabado de escutar.

— Aaron também foi no departamento *vintage* buscar mulher? Esse homem é insaciável! Jesus! Pior do que os galãs das minhas novelas.

— Pensei exatamente isso quando as conheci. Que aquele encontro estava parecendo uma dessas suas novelas cafonas.

Os dois riram. Como antigamente.

Era gostosa aquela sensação, mas ainda havia um elefante branco gigante atrapalhando o recomeço da amizade.

— Você sabe o quanto estou triste, né? Sabe que nunca quis te magoar.

Darren sabia. Ela sabia disso.

— É que dói, diva!

Ela também sabia o quanto tinha doído nele. A situação a havia machucado também.

— Não ter você ao meu lado doeu tanto quanto perder meus pais, e você sabe o peso disso.

Darren parou de lixar as unhas e encarou a ruiva que o olhava da borda da banheira branca.

— Doeu assim, pois somos família, minha rainha! Só não podemos nos esquecer disso.

Ela sabia que tinha esquecido aquele fato ao se envolver com Liam antes de esclarecer tudo com o amigo.

Se Darren queria usar os antigos termos com ela como se nada tivesse acontecido, ela manteria o clima daquela forma.

Grandes amigos têm grandes brigas. Mas também conseguem superá-las com a mesma grandiosidade.

Conversavam como se o período que transcorrera desde que haviam se separado no Rio de Janeiro até aquele momento, em Dublin, não tivesse ocorrido. Na verdade, agiam como se aquele dia acontecesse antes mesmo da festa de St. Patrick, quando Emily percebeu o seu poder pela primeira vez. Às vezes ela implorava para o universo para de fato voltar para aquele momento.

— Agora saia desse banho que quero conhecer todas essas peruas que você resolveu resgatar da amargura. Vamos incendiar esta cidade e botar MacCruel para correr.

Bastou esse comentário de Darren para novamente o celular dela tocar.

Pensou que seria Aoife também buscando se reconectar com a amiga, ou talvez Owen não estivesse aguentando de ansiedade pelo momento de encontrá-la.

Mas era o homem que evitava contatar desde que descobrira tudo.

Stephen MacAuley telefonava-lhe.

Seu coração gelou.

29.

Quando Darren mostrou o visor indicando que era uma ligação da O'C, Emily saiu da banheira de supetão, não se importando com o alagamento que criava no piso. Buscou a toalha mais próxima e se enrolou para atender a ligação. Não podia dar indícios de que sabia quem o CEO realmente era.

— Alô?

Do outro lado da linha ouviu a voz dele. O homem que por anos vivera ali perto, fingindo ser leal aos seus pais. O empresário que armara um golpe contra ela para tomar a empresa que sua família tinha construído com tanto amor. Que tinha buscado roubar toda a sua sorte. Não podia acreditar que realmente falava com Stephen MacAuley.

— Emily, querida! Uma de minhas assistentes me informou sobre o seu retorno à cidade. Seja muito bem-vinda! Não quis atrapalhá-la em seu momento de descanso, mas estou ligando para saber se está tudo bem.

Que cínico, pensava. Até parecia que era MacAuley o ator entre os dois. Mas tinha anos de experiência e resolveu entrar em uma personagem para começar aquela conversa sem colocar tudo por água abaixo.

— Que atencioso! Obrigada pela ligação, Stephen! Precisei de um tempo fora para voltar ao meu antigo humor. Sabe como é, nada como as festas de Hollywood para nos fazer esquecer os problemas.

O homem forçou uma risada do outro lado, fingindo uma relação que nunca existira entre os dois. Eles sempre tinham conversado como desconhecidos, mesmo estando há anos na vida um do outro.

— Perfeito! Perfeito! Fez novos amigos em Los Angeles?

Sabia aonde ele queria chegar. O CEO podia estar desconfiado de que ela tivesse visitado a sede da Trindade Leprechaun. Emily precisava despistá-lo.

— Nessas festas o que nós mais fazemos são amizades, né? Mas nenhuma que tenha valido a pena aprender o nome para o dia seguinte.

A frase obteve o resultado que buscava. Notou que MacAuley ficou constrangido do outro lado pensando que ela continuava a mesma garota liberal de sempre.

— Fico feliz que tenha se divertido! Se precisar de alguma coisa, nós da O'C estamos aqui para ajudá-la.

O cinismo dele fazia as entranhas de Emily se contorcerem.

Como consegue falar desse jeito da minha empresa sabendo que a roubou de mim ao matar meus pais? É muita cara de pau!

— Ah, sim! Obrigada! Na verdade, adoraria receber os novos designs que foram elaborados após a minha saída. As socialites de LA estavam comentando sobre eles e é um absurdo que eu não tenha as amostras, não acha?

Percebendo a gafe, o homem tentou se desculpar.

— Mas é claro! Pensei que nossa equipe de marketing tivesse lhe enviado. Peço mil desculpas pelo inconveniente. Óbvio que Emily O'Connell precisa ter os novos pares da O'C.

Conseguira deixá-lo ainda mais constrangido; sua atuação estava funcionando. O homem não desconfiava de que ela soubesse quem ele realmente era, e muito menos que tinha em sua casa todos os poderes que um dia ele pensara ter roubado por completo.

— Quer saber? Adoraria passar amanhã na empresa! Acho que seria legal se os paparazzi percebessem que realmente voltei para a cidade, e de quebra faço propaganda para vocês. O que acha? Afinal, agora minha porcentagem é pouca, e por isso vocês precisam vender muito. Ainda tem que me sustentar, Stephen! Não tenho mais papai para fazer isso.

Emily forçou uma risada no final, tentando agir como a Emily do passado. Darren acompanhava tudo abismado.

Sem saber como escapar, MacAuley entrou no jogo dela.

— Claro! Você sempre será muito bem recebida na empresa. É só combinar com a minha secretária. Quem sabe realmente a sua presença não nos traga um pouco de sorte.

A última palavra foi frisada, como se ele quisesse ver como a garota reagiria.

— Sorte sempre foi o meu forte, não é? Não vejo a hora de estar com os meus pares novos. Ligarei para combinar tudo!

Desconversando, Emily se despediu do homem sabendo que tinha conseguido uma oportunidade.

Programara um encontro pessoalmente com Stephen MacAuley no local onde seus pais tinham sido assassinados. Já sabia quando seria a sua vingança.

Darren ainda a olhava tapando a boca com as duas mãos. Parecia Florence quando ficava chocada com os comentários de Demi.

— Se eu tivesse um Oscar em casa te dava neste exato momento. Nem ia ficar triste de perder meu douradão, pois essa conversa foi de aplaudir de pé.

Emily entendia a reação dele.

Agora que o momento havia passado, tremia dos pés à cabeça. E não era porque seu corpo estava molhado. Tinha realmente falado com o seu grande inimigo. Com o homem que havia matado os seus pais e a feito achar que seu namorado cometera o crime.

Que apodreça no inferno!

Vendo que a amiga estava prestes a desabar em um dos seus raros momentos de fraqueza, Darren a abraçou e levou a garota para a cama.

Emily então começou a chorar e se agarrou ao amigo que tanto queria de volta em sua vida.

— Isso, meu amor! Deixe toda essa tristeza sair. E ainda vamos usar esse talento para te fazer ganhar uma estrela na calçada da fama. Ah, e não ache que não estou chateado porque você foi a Los Angeles sem mim. Isso é uma traição maior do que ter pegado o homem que eu queria.

Os dois riram, mesmo que Emily soubesse que no comentário cômico havia verdades que ainda doíam nos dois. Ela tentou controlar o riso e percebeu que certas coisas nunca mudavam.

Felizmente a amizade com Darren era uma delas.

O grupo estava todo reunido na sala de televisão. Emily lembrava que há não tanto tempo ela estava naquele mesmo local sendo grossa com Liam, vestindo um moletom que não tirava há dias e se recusando a comer. Agora, era Liam quem estava sendo grosso com ela e havia mais três mulheres além de Darren para jantar.

— Calma aí! Você está dizendo que o tal do MacAuley realmente ligou? Que combinaram de se encontrar amanhã? — perguntou chocada Demi, sempre sendo a primeira a se expressar.

— Gostei dessa! — sussurrou Darren para Emily. — Ela tem o tom certo de pânico na voz.

Emily se segurou para não rir. Tinha que levar aquela reunião a sério. Seria o momento em que todos decidiriam juntos o que fazer com MacAuley.

— Sim! Ele ouviu dizer que eu tinha chegado, como suspeitei que aconteceria, mas deve ter sentido também uma mudança na atmosfera.

— Você acha que ele suspeita que você pegou o seu pote de ouro de volta, Emily? — questionou Florence curiosa.

— Acho que não. Acredito que estou sabendo controlar isso. Ele não pareceu muito desconfiado, e acho que o americano teria me avisado se MacAuley tivesse entrado em contato com ele.

— Mas até aí Aaron pode não conseguir te contatar. Se MacAuley suspeita de algo, com certeza dificultaria qualquer tipo de comunicação entre vocês — argumentou Liam, fazendo Wanda estremecer em um dos cantos.

— Essas são questões que não conseguiremos resolver. O que MacAuley sabe ou não sabe está fora de nosso alcance. O importante é decidirmos como vamos fazê-lo pagar. Quais serão os próximos passos?

O grupo se entreolhou em silêncio.

— Vocês pararam com aquela ideia maluca de matá-lo, né? — perguntou Darren olhando para Emily e Liam.

A questão fez Florence arregalar os olhos mais uma vez, dando um passo atrás por reflexo.

— Trouxe nossas armas, se for preciso chegar a esse ponto — respondeu Liam friamente.

Eu devo tê-lo estragado. Ele não parece a mesma pessoa.

— Não vamos matar ninguém — explicou Emily para o grupo, tentando acalmar os nervos das novas integrantes. — Eu tenho todo motivo do mundo para querer isso, e cheguei a cogitar a ideia quando fomos atrás de Margot, mas vi que nos transformaríamos no mesmo tipo de escória que ele é. Não quero que nenhum de nós passe por isso.

— Mas como conseguiremos justiça? — arriscou Demi.

Mais uma vez o silêncio, antes que Wanda tomasse a palavra.

— Temos que pegá-lo desprevenido. A Emily deve ir amanhã como se estivesse sozinha e, aos poucos, vai revelar que sabe tudo sobre ele. MacAuley vai tentar encará-la ou fugir, mas nós estaremos lá, e com a nossa sorte e habilidades unidas poderemos fazê-lo confessar.

— Essa é uma boa ideia — concordou Liam, ainda sério. — Mas só fazê-lo confessar seus pecados pra gente não funciona. Precisamos que ele sofra como nós sofremos, sendo enganados por aquele filho da mãe de pupilo dele.

— Concordo com o gostosão! Quase perdi meu negócio e minhas meninas por causa do mirradinho. Não posso só ouvir do chefão master que ele realmente me escolheu como vítima nessa loucura toda. Isso eu já sei.

Darren estava de braços cruzados em um canto, escutando tudo que falavam, até que teve uma ideia.

— E se vocês contassem com a ajuda da tal organização dos homenzinhos de cartolas verdes?

Demi riu da piada dele e Emily via que os dois podiam ser amigos no futuro, o que era estranho para a cabeça dela.

— A Trindade se mostrou inútil para mim por diversas vezes — respondeu Emily.

— Eles não sabem tomar decisões — complementou Liam, e a ruiva notou que havia dor no olhar dele ao falar aquilo.

Ele deve achar que a TL não devia ter me contado sobre MacAuley daquele jeito. Está os culpando pela nossa separação.

— Mas acho que agora eles foram bem úteis em nos reunir — argumentou Wanda. — Nós nunca teríamos nos encontrado se não fosse por eles.

— Wanda tem razão, Emily! Todas as vezes que precisei da Trindade, eles me ajudaram. Talvez essa seja mais uma oportunidade para eles fazerem isso. Margareth, Amit e Lachlan possuem muito mais experiência do que nós nessa área. Ninguém aqui é especialista em ser Leprechaun, e muitas de nós somos as primeiras da raça em nossas famílias.

Emily compreendia. Ainda que seu pai tivesse o mesmo tipo de poder, não aprendera nada com ele sobre isso.

A garota resolveu ligar para Amit e colocá-lo no viva-voz.

— Pensamos que você tinha desistido de nossa ajuda, srta. O'Connell! Ficamos sem notícias após o seu encontro com as outras vítimas.

As bochechas dela queimaram de vergonha.

— Amit, você está no viva-voz com Wanda, Demi, Florence, Liam e meu amigo de confiança, Darren. Nós estamos em Dublin no momento, e eu consegui uma reunião com Stephen MacAuley para amanhã.

Outra vez ouviu a risada característica do indiano que tanto a incomodava, por vir nos piores momentos.

— Aquele impostor foi infeliz de escolhê-la, O'Connell. Quando a senhorita coloca algo na cabeça, não desiste. Vejo então que o grupo está reunido. De todas as vítimas, falta apenas uma, correto?

— Sim, Amit! — respondeu Liam tomando a dianteira. — Margot Dubois não foi avisada deste encontro. Sabemos o lado que ela está, e não é o nosso. Agora estamos decidindo quais os passos que daremos amanhã. Emily encontrará o causador de todo esse inferno. Como estamos todos aqui, não existe situação melhor para encurralarmos esse desgraçado.

O chefe da comissão perseguidora deu um longo suspiro e pediu um momento para o grupo. Logo Margareth e Lachlan também estavam na linha.

— Então Emily irá ao encontro de Stephen. Acha que ele suspeita de alguma coisa? — questionou Margareth ao se inteirar da história.

— Acredito que não. Consegui despistá-lo enquanto conversávamos — respondeu Emily.

— Ela fez uma interpretação divina — acrescentou Darren.

— Stephen vai perceber que retomou o seu poder assim que a encontrar, srta. O'Connell — explicou Lachlan. — É preciso que você consiga fechar a porta do escritório com o seu poder antes que ele tente fazer alguma coisa.

— Talvez seja bom que o encontro seja no fim do dia para que tenha menos funcionários. Foi assim que ele conseguiu cometer a tragédia, não é? — aconselhou Amit.

— Tente aproveitar o choque dele para descobrir a verdade sobre os seus pais — sugeriu Margareth percebendo que a garota se calara do outro lado da ligação. — Quando precisar de ajuda, transmita um sinal para Liam já que possuem uma conexão afetiva. Ele poderá sinalizar para Florence se teletransportar até a sala para te dar um reforço.

— Mas para isso eu preciso de uma foto, ou não conseguirei localizá-la — complementou a italiana.

— Isso eu posso arranjar, *bella*! — voluntariou-se Darren, e em seguida deixou a sala.

Que saudade que eu estava dele me salvando, pensou Emily vendo o amigo deixar as diferenças deles para trás.

A atitude do garoto fez Liam torcer o nariz. Emily percebia que o ex-namorado não gostara de saber que tinha sido perdoada, mesmo que ele também tivesse recebido o perdão de Darren. Parecia gostar de vê-la sofrer, e ela até entendia o sentimento.

— Então vou tentar arrancar dele algumas verdades, e Florence vem me ajudar — recapitulou Emily.

— Ei, mas nós também viemos de longe para dar porrada nesse cara — reclamou Demi, revoltando-se com as sugestões.

— Não vim para ficar de telespectadora — concordou Wanda se incomodando com a atenção que Emily centralizava.

— Vocês e Liam precisam estar perto do escritório para conseguir com a sorte de vocês fazer com que ninguém da empresa chame a polícia. Temos que tentar abafar essa situação até ter tudo sob controle.

— E o que seria sob controle? — perguntou Liam, curioso e ao mesmo tempo cansado de nunca poderem agir.

— Quando Stephen confessar verbalmente o assassinato dos O'Connell e explicar por que escolheu vocês, tentem todos estar na sala e usem o poder de vocês para conseguir duas coisas — iniciou Margareth. — Uma carta de confissão assinada por ele, e outra de transferência de sua parte da empresa de volta para Emily. Esses documentos são essenciais. Quando conseguirem, vocês mesmos podem chamar a polícia. Façam com que Stephen pareça ter procurado Emily para lhe dar aquelas cartas por estar arrependido e digam que surtou ao vê-la. Ele vai tentar negar, mas será suficiente para ele ser levado para interrogatório.

— Mas MacAuley pode alegar que o forçamos a escrever as cartas quando estiver na delegacia. De nada adiantará a carta dele se não encontrarem evidências de que ele realmente matou os meus pais — argumentou Emily, confusa.

Darren retornou à sala com um porta-retrato na mão. Tinha achado no escritório de Padrigan uma foto dele com a esposa no lugar que Florence precisaria memorizar.

— Todos nós estamos esquecendo um detalhe! — disse Liam chamando a atenção de todos na ligação e na sala. — Queremos justiça pelos pais da Emily, mas também pelo roubo de nossos poderes! Ainda existe parte de nós dentro de MacAuley. Se conseguirmos recuperar nossos poderes e ainda roubar o dele, vamos ter sorte o bastante para a polícia tradicional conseguir achar evidências e prendê-lo!

Liam tinha razão.

Combinaram que conseguiriam as cartas, fariam a ligação para a polícia, mas antes precisavam cumprir algo significativo: roubar o pote de ouro de Stephen MacAuley.

Acabariam com o reinado dele.

30.

Quanto tempo havia esperado por aquele momento? Nem sabia mais! Havia ligado para a secretária de MacAuley e avisado que passaria pela empresa no final do expediente. Para não levantar suspeitas, durante o dia se ocupou com atividades próprias da antiga Emily O'Connell: foi às compras e frequentou bares da alta sociedade. Enquanto andava em direção à entrada do que antes havia sido o grande santuário de seus pais, seu coração acelerava como se estivesse prestes a explodir. Tinha medo de que a emoção a atrapalhasse revelando o seu poder antes da hora, mas não tinha mais tanto controle, precisava contar com a *sorte* e esperar que ela fosse maior do que a dele.

Apalpou o bolso de seu casaco enquanto atravessava o lobby principal. De última hora, havia buscado algo de que poderia precisar naquela ocasião. Enquanto falava com a recepção, pensava no grupo que se encontrava do lado de fora, pronto para atacar quando recebesse o sinal. Muita gente dependia dela e não sabia se daria conta de tudo, porém, era filha de Padrigan O'Connell, e aquilo significava que não desistiria de uma luta, mesmo se tivesse um final trágico.

— O sr. MacAuley está pronto para recebê-la, srta. O'Connell! Seja bem-vinda novamente — avisou uma jovem bonita que a levou em direção à antiga sala de seus pais.

Ao lugar onde eles foram mortos.

Enquanto andava, notava que a maior parte das salas estava com as luzes apagadas, e viu apenas um funcionário indo em direção à saída. Tinham sido espertos de escolher aquele horário. MacAuley talvez estivesse odiando o fato de que Emily o atrasava para chegar em casa.

Não é como se ele tivesse uma esposa e filhos para quem voltar.

Naquele ponto se sentia mais aliviada, pois sabia que não estaria destruindo uma família naquele processo. Stephen MacAuley já tinha se encarregado de fazer isso consigo.

— Sr. MacAuley, a srta. O'Connell está aqui para vê-lo!

A secretária virou-se para sair e fechar a porta. Stephen estava carregando algumas caixas com os últimos designs da O'C, mas parou no meio do caminho, subitamente chocado. Eles se entreolharam, e aquilo foi o suficiente. MacAuley derrubou as caixas no chão. Como combinado, Emily focou sua habilidade e deu um impulso para empurrar a secretária e trancar a porta magicamente atrás dela.

— Como o conseguiu de volta? — balbuciou o homem.

Do outro lado, a jovem secretária assustada batia na porta, preocupada com o barulho das caixas caindo e com a estranha sensação de ter sido empurrada.

Que Liam e as outras cuidem dessa daí.

— Sendo superior a você — respondeu Emily, e seus olhos transmitiam a raiva que percorria seu corpo.

— Eu sabia que Ansel tinha sido fraco com você! Nunca devia ter apresentado o plano para ele. Algo me dizia que vocês combinavam demais.

Ele tinha dito o nome verdadeiro de Aaron. Era a primeira vez que Emily escutava isso de outra pessoa.

— Tudo isso não passou de um plano para você, não é? Está feliz agora, MacAuley? Sentar nesta cadeira era o que você buscava na vida? O sangue que ainda mancha este piso foi o suficiente para você?

O homem tremia a sua frente. Uma reação que ela não esperava que ele pudesse ter. Estava surpresa que o CEO ainda não tivesse tentado usar a sua sorte contra ela.

— Você acha que eu fiquei feliz com a morte dos seus pais? Acha que senti prazer nisso? Sim, eu sempre quis estar nesta cadeira! Eu sempre quis ser poderoso como o seu pai, e não me vanglorio por ele estar morto!

Existia uma ilusão de verdade nas palavras dele, mas Emily não se deixava enganar.

— Claro! Porque você ainda vai continuar fingindo que é o grande amigo! O braço esquerdo do meu pai, já que o direito sempre foi a minha mãe. Será que foi isso que te incomodou? O relacionamento deles? O fato de que eram poderosos e tinham um grande casamento? Algo que pelo visto você nunca teve.

As palavras dela fizeram a expressão do homem mudar drasticamente. Ela pelo visto tocara em um ponto crucial.

— Cuidado com o que você fala, menina inconsequente! Você sabe do que sou capaz!

— Ah, eu sei mesmo! Sei que consegue roubar pessoas por pensar que elas são fracas, quando o fraco nessa história é você, que não consegue ser feliz com o que tem. Sei que é capaz de manipular almas perdidas, transformando-as em monstros, como o que você fez com Aaron. E sei que é um assassino a sangue-frio e que foi capaz de matar o seu suposto melhor amigo por pura inveja!

Emily já não conseguia se segurar. A vontade dela era pular em cima do homem e fazê-lo sofrer com pura agressão física. Notara que não havia mais barulho na porta do escritório, mas não sabia se era por conta da adrenalina ou se a secretária tinha mesmo deixado o lugar.

Tomara que ela não tenha ido ligar para a segurança ou a polícia.

Ainda não queria chamar Liam, pois havia muito a ser dito para o homem antes que o grupo todo chegasse.

— Você acha que já sabe tudo sobre mim, certo? Acha que aquele doente do Ansel te falou tudo que precisava. Sim, eu manipulei o menino para fazer o meu trabalho sujo, mas ele já tinha a alma negra antes mesmo de nossos caminhos se cruzarem.

— Não foi Aaron que me revelou sobre você, MacAuley! Outros sabem o quanto é podre, e hoje é o dia que vingarei a morte dos meus pais.

O homem pegou da prateleira no escritório um dos prêmios que Padrigan havia ganhado e o atirou na parede.

Emily sentiu-se orgulhosa por nem mesmo ter se mexido com o gesto. Não tinha medo dele. Era ela quem manipulava agora. Sua sorte também a avisaria se a intensão dele fosse atingi-la.

— Vejo então que andou conversando com a TL. Sabia que sua ida a Los Angeles tinha um motivo mais profundo. Aquele grupo de hipócritas não tem nada a dizer ao meu respeito. Os espiões deles nunca conseguiram chegar perto da minha família.

Hipócritas? Por que ele diz isso?

— Você fez Aaron me convencer de que ele havia matado os meus pais! Me fez odiar ainda mais o primeiro homem que eu amei! – gritou a menina, esquecendo qualquer tipo de discrição.

Stephen desatou a rir. Ele também agia como um desequilibrado.

— Primeiro amor! Você é tão patética, menina! Uma vergonha ser você a filha de duas pessoas tão fortes como os seus pais. Sempre preocupada com roupas, festas, drogas, pornografia. Uma infeliz que não sabia dar orgulho para o maior homem que existiu em Dublin. Foi por sua causa que eles morreram, sua retardada! Você é a grande culpada! Eu só não te matei ainda porque no final prometi ao seu pai que não faria isso. Não vou traí-lo como ele me traiu ao ouvir a sua mãe! Também não venha me falar sobre a Trindade, aquele bando de impostores. Eles sabiam muito bem sobre a sua família, e sabiam que tinham que te proteger quando seus pais morreram. Mas claro que não fizeram nada. Não havia vantagem para eles nisso, não é?

Eram muitas informações chocantes de uma só vez. Como podia ser culpa dela a morte de sua família? O que ele queria dizer com o seu pai tê-lo traído? Por que ele havia chamado a TL de impostores? E por que achava que eles sabiam sobre a existência do poder dela?

MacAuley se aproximou de sua mesa, a mesma onde Emily vira por tantos anos seu pai sentar. Ela esticou a mão, sinalizando para ele parar, indicando que usaria o seu poder se precisasse. O homem mostrou que iria apenas pegar um papel e o atirou na direção dela.

Emily teve medo de abaixar a vista sem saber que tipo de ataque poderia acontecer se ela não estivesse concentrada. Mas a curiosidade bateu mais forte.

A sua frente, via um dos familiares relatórios da Trindade Leprechaun. Nele, havia a informação de que uma família que poderia muito bem ser a sua havia sido vítima de um impostor. Pelas informações, o casal morto era influente na comunidade e colaborava com a organização. O relatório afirmava que eles precisavam proteger a herdeira, pois seu poder poderia ser um alvo. Realmente o documento poderia ser sobre ela, até porque informava que os eventos tinham acontecido em Dublin, e ela não conseguia imaginar quantas outras famílias existiam na cidade em que os pais foram mortos e deixaram apenas uma filha Leprechaun para trás.

— Dói saber a verdade, né? — zombou MacAuley, ainda afastado dela. O homem não parecia querer atacar, mas se mantinha longe o suficiente para que a menina não o ferisse também.

— Eu não me importo se a TL sabia ou não sobre mim. Que eles vão à merda também! O que me importa é que os meus pais foram mortos e você é o culpado!

MacAuley voltou a rir. Emily não conseguia entender qual era a graça.

— Eles são tão culpados na morte de seus pais quanto você! Seu pai foi o primeiro amigo que fiz como Leprechaun. Minha família herda esse dom há gerações, mas nunca me deixaram me envolver com outros da espécie. Nosso lema sempre foi fortalecer o poder da família tentando ser discretos no processo. Já sofremos com a caça às bruxas na Idade Média, e depois conseguiram transformar fadas, vampiros e Leprechauns em lendas infantis. Não podíamos nos expor, pois um dia isso poderia se voltar contra nós.

— Não quero saber a sua história de vida, MacAuley!

— Mas quer saber por que seus pais estão mortos, não é, infeliz? Então cale a boca e aproveite que estou sendo bonzinho o bastante para te contar! Logo minha secretária deve voltar com a segurança e você será presa por me atacar, enlouquecida com suas drogas sintéticas.

Então esse é o seu plano, pensou. Ao mesmo tempo, se a jovem não tinha voltado ainda era porque o grupo havia conseguido controlá-la. Precisava aproveitar as informações dadas pelo homem.

— E como conseguiu ter coragem de matar o meu pai se tinha toda essa admiração por ele? — questionou, tremendo de raiva e desespero. Ela segurava as lágrimas buscando manter a postura altiva.

— Seu pai falava sobre o poder dele abertamente comigo. Eu não falava do meu, mas ele desconfiava. Conforme os anos passaram, sua mãe foi o envolvendo mais com a TL. Ela acreditava que a organização era um bom começo para uma futura estruturação dos Leprechauns. Claire queria esperar que o mundo fosse mais receptivo antes de te contar sobre a tradição. Eles te tratavam como se ainda tivesse dez anos, e por isso você cresceu inútil desse jeito.

MacAuley achava que com os insultos seria capaz de desequilibrá-la, mas Emily mantinha-se forte.

— Mas meu pai nunca te dedurou para a Trindade — supôs ela, e pela primeira vez viu os olhos dele marearem.

— Ele nunca contou! Nem me pressionou a contar sobre mim e meus pais. Vivia me perguntando por que eu continuava a trabalhar para a O'C, e eu sempre respondia a mesma coisa: porque essa é a empresa de Padrigan O'Connell. E esse era o homem que eu decidi seguir para o resto da minha vida.

Com aquele comentário, ela percebeu: MacAuley devia ser apaixonado pelo pai dela! Aquilo explicava tudo. A necessidade dele de ficar perto da família, a busca por poder para tentar chamar a atenção do homem, a necessidade de fazer Aaron buscar por Liam antes dela. Explicaria muita coisa, mas não ainda a necessidade de matá-lo para ter o seu poder.

A ideia de MacAuley desejar o seu pai fazia ela perder o fôlego.

— E do que adianta ter essa empresa se ele não está mais aqui? — cutucou Emily conseguindo chegar aonde queria.

— Seu pai descobriu que eu estava buscando formas de engrandecer. As mesmas formas que aqueles impostores da Trindade também usam para fortalecer a organização. Busquei pessoas que estavam fazendo um desfavor ao significado de ser um Leprechaun, e com a ajuda de Ansel resgatei o poder delas para mostrar ao seu pai que eu também conseguia ser um grande homem como ele. Meu objetivo era aplicar esse poder na O'C para Padrigan perceber que eu devia comandar essa empresa ao lado dele. Não a sua mãe, muito menos você.

A garganta de Emily estava seca. Não sabia se chamava Florence ou se continuava a conversa. Podiam ser apenas mentiras. Mais mentiras inventadas por um homem que claramente tinha problemas mentais.

— Mas meu pai percebeu que você estava ficando mais forte e começou a suspeitar dos métodos, acertei? E você sabe como ele sempre foi certinho. Nunca aceitaria ter você como sócio ou parceiro fazendo o que fez!

O homem deu um soco na mesa. Mais uma vez se descontrolava na frente dela sem manter as aparências. Nem parecia ter tantos pedaços de sorte dentro de si.

— A cretina da sua mãe fez a cabeça de Padrigan! Fez de tudo para que ele visse que eu procurava ser grande como ele, por isso eu trouxe Ansel para revelar seu poder. Quem sabe, se eles se distraíssem com você, eu poderia conseguir mais tempo e provar para o seu pai que era a pessoa certa para estar ao seu lado.

Emily nunca tinha pensado que aquele encontro acabaria se transformando em uma declaração de amor distorcida de um homem como MacAuley para o seu pai.

— Mesmo assim eles acabaram mortos, não é, MacAuley? Você matou o homem que tanto amava, não percebe isso?

Silêncio.

Ela havia usado a palavra amor. Ele tinha percebido.

— Sua petulante! Você não tem a menor ideia do que eu sentia pelo seu pai! Ele foi um mentor para mim. O único que realmente me ajudou. Meu pai sempre foi distante e precisei me esconder a vida toda. Padrigan me fazia sentir especial, como se eu importasse. Ele me ajudou a ser o empresário bem-sucedido que sou hoje.

— Então como é que dois cadáveres aparecem neste chão? — perguntou a garota, sem conseguir mais conter o choro, apontando para onde eles haviam sido encontrados.

O homem desabou na cadeira, também chorando e mostrando uma fragilidade que ela nunca tinha visto nele. Acostumara-se com os ternos e a postura profissional. Mesmo sabendo que ele era o assassino, via em MacAuley uma alma perdida.

Perdida como Aaron.

Qual era o problema da humanidade? Emily não conseguia entender por que começava a ver o outro lado das pessoas por quem só queria sentir ódio. Será que o amor que sentira por Aaron havia estragado seu senso de certo e errado? Estaria com algum tipo de síndrome de Estocolmo? Confrontava o homem que planejara o roubo do seu poder, assim como o de outros seis Leprechauns, sem contar a morte das duas pessoas mais importantes para ela. Mesmo assim, ela conseguia sentir a dor do homem desolado a sua frente e começava a entender um pouco da maluquice que o havia levado às decisões que tomara.

— Eu tentei mudar o foco deles. Tentei mostrar que não adiantava nada protegerem a princesinha deles, pois o mundo é ruim. Só que sua mãe não me deixou em paz. Ela continuou colocando caraminholas na cabeça de seu pai, ao ponto dele decidir me entregar para a TL. Foi assim que tudo aconteceu...

— Que você os matou...

— Não! Durante nosso desentendimento, eu me teletransportei quando ele atirou, e sua mãe foi atingida na cabeça por engano. Padrigan entrou em desespero, surpreso ao ver que eu tinha conquistado aquela habilidade e que ele havia acabado acertando a esposa. Quando vimos só havia sangue por todos os lados.

Foi a vez de Emily surtar. A garota pegou a cadeira a sua frente e a arremessou pela janela. Não precisou nem sinalizar a Liam para que o grupo percebesse que ela precisava de ajuda.

— Você está mentindo!!! Você está mentindo!!! Seu desgraçado! É mentira!

Florence apareceu ao lado dela e a abraçou, o que fez MacAuley erguer a guarda, percebendo que tinha caído em uma emboscada. A habilidade que ele havia aprendido com o poder de Wanda permitiu-lhe arremessar as duas contra uma estante de livros.

Ao bater as costas, a italiana automaticamente se recuperou e se teletransportou até MacAuley para tentar impedi-lo de fazer qualquer novo ataque.

— Foi Padrigan quem matou a sua mãe, e tudo por achar que me enfrentar era uma forma de te proteger de impostores! Ele teria me matado ou aprisionado se essa tragédia com a sua mãe não tivesse acontecido! Eu, que fui tão fiel a ele, que passei anos ajudando-o a construir esta empresa, que estive ao seu lado enquanto fortalecia um dos maiores poderes já descobertos na Irlanda, teria sido desprezado por ele.

— Mentiroso! Mentiroso!

Liam, Wanda, Demi e Darren vieram correndo da porta do escritório. Seguranças vinham atrás deles. Emily viu um dos homens tropeçar no carpete, provavelmente por estar sem sorte contra tantos Leprechauns. Outro, que começava a falar pelo rádio, foi impedido por Wanda, que o empurrou, fazendo-o bater a cabeça e ficar inconsciente. Demi também conseguiu se esquivar do terceiro, e com sua sorte o acertou na têmpora, e ele desmaiou.

Wanda foi capaz de abrir a porta antes lacrada por Emily usando o mesmo truque. O grupo tinha conseguido trancar a empresa, a secretária encontrava-se desacordada no banheiro do primeiro andar, e Darren ajudava Demi a trancar os seguranças desacordados em uma sala de reunião.

Stephen tentou se teletransportar para fora da sala, mas Florence, que dominava melhor essa habilidade, conseguiu bloqueá-lo. Por alguns instantes, os dois ficaram se perseguindo pela sala em um aparece e desaparece, até ele se cansar e finalmente dizer:

— Agora você sabe como sua família morreu, Emily O'Connell! Seu pai a matou por acidente, e tirou a própria vida em seguida!

Darren levou as mãos à boca, chocado com o que acabara de ouvir. Liam e Wanda correram até o homem e tentaram segurá-lo e prendê-lo à cadeira. Demi deu uma joelhada nas partes íntimas dele para facilitar o processo.

Stephen tinha o poder dele e partes do poder dos outros, mas eles ainda estavam em maioria. Havia ódio demais contra ele para que conseguisse superá-los.

— Não acredite no que ele está falando, Emys! Deve ser mais uma mentira – gritou Liam tentando calar o homem antes que ele dissesse mais alguma coisa que pudesse machucá-la.

— Ou talvez ele esteja falando a verdade.

A frase foi dita por uma voz que não estava com o grupo.

Mas todos a reconheceram.

Parado na porta do escritório, com uma expressão séria e ao mesmo tempo triste, estava Aaron Locky ao lado de Margot Dubois.

Ele tinha aparecido para o confronto final.

31

Não havia tempo para pensar. Quando todos viram, Liam já deixara Stephen MacAuley de lado e praticamente voara em direção a Aaron.

O soco foi certeiro.

Pelo visto a sorte de Aaron não é mais a mesma, pensou Emily enquanto se recuperava do susto da chegada do americano e do soco inesperado que ele recebera.

O mundo parecia estar andando em câmera lenta para todos, mas poucos segundos depois o caos voltou a reinar. Eram gritos, sangue, empurrões, socos, tentativas de afastamento e de fuga. Liam e Aaron rolavam no chão enquanto Margot e Darren tentavam separá-los, mas os dois não eram as melhores pessoas para aquele trabalho. Do outro lado, Demi e Wanda tentavam segurar MacAuley, enquanto Florence brigava com ele mentalmente para impedir que o CEO se teletransportasse. Emily permanecia parada. Ainda perdida.

O que acontecera com seus pais? Por que Aaron achava que MacAuley falava a verdade?

A raiva foi crescendo junto com o barulho. A confusão aumentava conforme as frases se embaralhavam na mente dela. Eram muitos poderes diferentes no mesmo espaço. Muitas conexões feitas durante os anos. Por incrível que parecesse, aquela era uma grande, complicada e perturbadora família. Todos ali tinham uma espécie de conexão, e os poderes se misturavam, deixando a mente da garota a ponto de explodir. Até que aconteceu.

— SILÊNCIO!

Emily não tinha apenas gritado. Tinha feito todos os corpos se afastar como se houvessem sido pescados por um anzol imaginário, e os presentes naquele escritório estavam grudados às paredes ao redor. A cena era assustadora, mas necessária. Ela havia usado a mesma habilidade que Aaron empregara no momento em que supostamente havia se revelado para ela na Catedral da Santíssima Trindade. Os olhares confusos explicavam muito. Ela havia mostrado naquele momento quem tinha o maior poder.

Dali para a frente, quem ditava as regras daquela conversa era ela.

— Não me olhem desse jeito – pediu Emily, tentando ignorar os olhos dilatados de Darren, que sentia pela primeira vez o poder total de um Leprechaun.

Emily percebia pelo silêncio que, além de afastá-los, também tinha conseguido os calar. Sua sorte agia de uma forma que nunca previra.

— Aaron – disse, virando-se para o rapaz. Era a primeira vez que o via desde que tinham novamente se amado. Era a primeira vez desde que ela optara por roubar todos os poderes menos o dele. – Por que acha que ele pode estar falando a verdade?

Ela tentava permanecer altiva, mas as lágrimas escapavam livremente, e tremia com tanta raiva acumulada e pelo enorme esforço de segurar todos naquela posição.

— Confiei em Stephen desde o começo por ver a minha ambição nele. Sei que o que ele mais queria nesse processo era poder e, por algum motivo estranho, esta empresa. Nunca o vi matar antes, mas, assim como você, Emys, acreditei que ele enfim tinha realizado isso – muitas sobrancelhas se levantaram com a forma pessoal como o americano a havia chamado. – Ouvir o que ele disse para você fez muita coisa fazer sentido.

Em uma reviravolta distorcida do destino, ele deve ter machucado a pessoa que mais amou na vida. Sei como é isso. Consigo ouvir na voz dele. A morte de sua mãe pode ter sido um acidente durante uma discussão. Ele pode estar falando a verdade.

Emily ouvia o que o rapaz dizia e assimilava tudo o que ele deixava subentendido. Ela já estivera em tantas confusões nos últimos anos que percebia que a vida não era justa e que nada era simplesmente branco ou preto, havia outros tons envolvidos. Tanto Aaron quanto MacAuley eram pessoas e Leprechauns horríveis, mas podiam estar falando a verdade. Toda aquela situação podia ter sido um erro gigantesco.

— MacAuley, eu conheço meu pai. Pode ter certeza de que mais do que você. Eu podia não saber sobre o poder da minha família, mas sei que ele nunca se mataria, mesmo se tivesse ferido minha mãe em um acidente causado inicialmente por você.

Cada palavra dita por ela era uma flechada dolorida em seu peito.

Ela deixou o homem enfim falar.

— Se conhece tanto o seu pai, deve saber que ele nunca mais funcionaria sem a sua mãe ao lado. Eu bem tentei que isso acontecesse no passado, mas ele não era nada sem ela. Então, mesmo que ele sobrevivesse, como seria a vida para ele, sabendo que um golpe seu a levou ao fim?

O tremor de Emily se intensificava. Todos os presentes pareciam sentir. Começavam a ter medo que a mesma tragédia acontecesse naquele dia. Ela estava descontrolada e se guiando pelas emoções.

Magia e descontrole emocional não eram uma boa combinação. O destino de Padrigan e Claire O'Connell era uma prova disso.

— Ele não me deixaria... — sussurrou ela, ficando com o olhar perdido, parecendo prestes a desmaiar.

— Não — confirmou MacAuley. — Realmente não deixaria. Mas te olhar todos os dias sabendo o que havia acontecido teria acabado com ele. Isso o mataria de uma forma mais dolorosa, Emily.

Ela compreendeu o que seu grande inimigo dizia.

Ele o matou. Mas foi mais para poupá-lo do que viria depois.

Emily desabou no chão. Com ela, Darren, Liam, Wanda, Florence e Demi também saíram da posição que estavam. Apenas Aaron, MacAuley e Margot continuavam presos. Mesmo libertos, ninguém sabia o que fazer. Nem como consolar aquela menina.

Sim, Stephen MacAuley havia matado o seu pai. Sim, ele tinha sido o culpado pela briga que levara à morte de sua mãe. Mas não, ele não fizera aquilo por pura maldade. Tinha sido por uma ganância desmedida e um amor incompreendido. Por causa de segredos.

Segredos sempre são os piores inimigos.

— Emys, acho que você sabe o que fazer — disse Aaron com uma voz de quem gostaria de abraçá-la, mas não podia.

Ela sabia. Por isso ainda mantinha o papel em seu bolso.

MacAuley fechou os olhos, sabendo o que o aguardava. Era óbvio que os dois Leprechauns mais afetados por suas decisões tinham percebido onde era o final do seu arco-íris. Onde o CEO guardava a sua energia em todos aqueles últimos anos.

Naquele escritório.

Emily começou a recitar o feitiço entregue por Bárbara Bonaventura, o mesmo usado por ela em São Francisco para resgatar o seu poder de Aaron. Já acostumado com aquele processo, ele começou a recitá-lo com ela, em um ato de companheirismo que também revelava o quanto ele já tinha machucado pessoas no passado. Todas as que estavam ao seu redor.

Então a atmosfera mudou e ela percebeu que os outros do grupo não conseguiam ver as imagens que ela via. Apenas Aaron e ela sentiam o holograma no pote de ouro de Stephen MacAuley. Nem mesmo o homem ali presente parecia assistir à própria memória.

Emily e Aaron viram as imagens embaçadas de Padrigan e Claire, que se juntaram à de MacAuley.

Padrigan estava no antigo carpete de seu escritório, segurando o corpo inerte da mulher. Ele a agarrava com força como se tentasse puxá-la de volta para aquele mundo. MacAuley chorava de soluçar, percebendo que o homem que amava nunca mais o olharia da mesma forma.

Foi quando os olhos antes bondosos do pai dela encararam os do antigo amigo. Havia uma súplica nele. Algo difícil de traduzir. Mas Emily soube decifrar aquele pedido. Foi o momento em que MacAuley entendeu que precisava tomar a atitude que levou ao fim dos O'Connell.

A miragem do CEO virou-se para ela.

Naquela realidade paralela, Aaron conseguiu ir em sua direção e segurar a sua mão. Emily permitiu.

— Aqui estão os poderes — disse a voz fantasmagórica do homem engravatado a sua frente, que entregou as moedas com as insígnias "E O", "L B", "M D", "D P", "W T" e "F M". — E aqui está a principal de todas.

Foi então que ele lhe atirou uma moeda que não tinha visto antes.

Ele lhe deu uma moeda com a inscrição "S M".

Stephen MacAuley se rendia. Ele admitia todos os seus erros e aguardava as consequências.

RELATÓRIO TL   N° 1.211.000.230.003.670

Para a excelentíssima Comissão Perseguidora

Assunto:
ACOMPANHAMENTO DE ROUBO
• *Indivíduo recém-capturado* •

A Leprechaun Emily O'Connell acaba de resgatar o poder de Stephen MacAuley, responsável por arquitetar o roubo de outros seis Leprechauns cadastrados.

Localização do impostor: Dublin – Irlanda.

Informação importante: estamos no momento determinando os próximos passos em relação à família de MacAuley e ao impostor Aaron Locky.

Histórico: Stephen MacAuley vem agindo por anos em planos de conquista de novos poderes. Em um desses roubos houve o trágico incidente com Padrigan e Claire O'Connell.

Status: aguardando mais detalhes do ocorrido. Equipe enviada até a capital irlandesa. Só sabemos o que nos foi passado por Emily O'Connell através de contato feito por telefone. Pelo informado, ela sabe que tínhamos relação com sua família anteriormente. A relação com ela ainda está indefinida.

Acontecimento: Emily O'Connell, junto com todas as outras vítimas de Stephen MacAuley, o encurralou em seu escritório na sede da empresa O'C. Durante o encontro, Emily foi capaz de resgatar o poder de todos, e MacAuley lhe deu o próprio poder em uma espécie de pedido de desculpa.

32.

O turbilhão de acontecimentos se desencadeou quando saíram da miragem do final do arco-íris de MacAuley. Ninguém mais estava preso às paredes. Stephen encontrava-se sentado a um canto, como uma criança de castigo. Margot partira, revoltada, para cima de Emily, sendo impedida por Darren. A ruiva encontrava-se parada, estática, no mesmo local. Aaron estava preocupado ao seu lado, buscando uma reação da mulher petrificada.

Ela sentia novamente o corpo sendo invadido. Percebia o poder em menor quantidade dos outros Leprechauns voltar a habitar o seu corpo, mas agora havia também uma sensação podre dentro de si: MacAuley estava dentro dela por completo.

É como se eu tivesse acabado de me deitar com o diabo, pensou buscando a lata de lixo da sala para liberar sua ânsia.

— Toda essa sessão "Jovens Bruxas" é porque Emily roubou o poder dessa cara? — questionou Demi, finalmente compreendendo tudo que via, chocada. — Acho que todos nós aqui sentimos algo diferente acontecer.

Os outros concordaram com a cabeça.

— Tem poder nosso dentro dela — confirmou Wanda, que também sentira a transferência.

— Meu poder inteiro está dentro dessa horrorosa — reclamou Margot, que ainda era mantida presa por Darren.

A lembrança de que o poder de Margot fazia companhia ao de MacAuley piorou o desconforto de Emily.

Ela sentou-se onde antes seu pai costumava sentar e procurou o seu celular. Os outros continuavam não a entendendo.

— Para quem ela vai ligar agora? — perguntou Liam em voz alta, incomodado com o fato de que Aaron tinha compartilhado aquele momento simbólico com ela.

Ninguém soube responder. Todo o plano deles tinha ido por água abaixo. Não tinham precisado seguir os passos preestabelecidos e ficavam se perguntando se deviam mesmo ligar para a polícia.

— Amit, Emily aqui!

A garota explicou como havia ocorrido toda a emboscada e revelou para todos que realmente acessara o final do arco-íris do CEO. Avisou para Amit que MacAuley estava disposto a se entregar e que era melhor eles mandarem alguém o quanto antes. Ela também avisou para o indiano que devolveria o poder resgatado das vítimas, até mesmo de Margot Dubois, mas que não passaria o poder de MacAuley para eles. Revelou que sabia agora o quão negligente a TL tinha sido no seu caso e que queria distância deles daquele momento em diante.

— Meu pai foi amigo de vocês, Amit! Ele foi peça fundamental dessa suposta organização. O sangue dele também está em suas mãos, e espero que pelo menos honrem o nome da minha família com uma punição exemplar a MacAuley.

Emily desligou o telefonema sem deixar o homem tentar se explicar, mas imaginava que ele não saberia o que dizer. Ela só esperava que a deixassem em paz. Sozinha com o carma que havia herdado e com o qual precisaria aprender a lidar.

— E quanto a ele? — perguntou Florence indicando Aaron, e seus olhos se encheram de lágrimas ao ver o homem que amou.

— Pois é! Esse idiota não pode se safar! — concordou Wanda.

Todos rodeavam Aaron. O americano tinha os punhos fechados, em uma posição de quem estava pronto para se defender. Liam parecia doido para feri-lo novamente. A tensão entre eles parecia ainda maior.

— Notei algo enquanto resgatava os poderes em posse de MacAuley. Não havia o de mais ninguém por lá – balbuciou Emily para os outros.

Ninguém entendeu o que ela queria dizer.

— Minha diva, o que isso tem a ver com o impostorzinho? – perguntou Darren ainda de guarda perto de Margot, que finalmente se aquietara ao ouvir que teria seu poder de volta.

— Em Praga, quando nos encontramos, ele tinha uma missão. Precisava roubar o poder de uma pessoa. Só que ele não roubou.

Aaron a encarou.

A troca de olhares entre eles dizia tudo.

— E você acha que o fato dele não ter roubado mais ninguém o inocenta? – perguntou Wanda, raivosa.

Silêncio. Nem mesmo MacAuley, ainda encolhido no canto, ousava comentar.

— Não. Mas o que aprendi com tudo isso é que ninguém é cem por cento mau, e nenhum de nós é cem por cento bom. Tragédias acontecem na vida, nós cometemos erros, e as pessoas podem nos julgar pelo que elas acham que somos. Aprendi que não devo confiar em ninguém, mas, ao mesmo tempo, a sorte de cada um tem que falar mais alto.

— *A sorte é tudo, quer você nasça Leprechaun ou não. Quer viva ou morra. Quer seja bom ou mau. É tudo arbitrário* – disse Aaron, olhando-a como se soubesse que aquela sim era a despedida deles.

— Citando Duas Caras. Isso combina mesmo com você – complementou Liam.

Houve um último olhar.

Ainda existia amor entre eles.

No segundo seguinte, Aaron não estava mais lá.

— Filho da mãe! Ele conseguiu fugir! – reclamou Demi, arremessando para longe um dos objetos do escritório.

— Você o deixou escapar, O'Connell! Ainda deve ser apaixonada por ele! – brigou Wanda com as mãos na cabeça.

Os nervos estavam à flor da pele. Muito tinha acontecido naquela noite.

— E todas nós ainda não somos? – arriscou Florence. – A Emily fez o que qualquer uma de nós teria feito se ele tivesse continuado conosco o contato que continuou com ela. Ele passou na nossa vida por um motivo importante, nós não estávamos usando os nossos poderes para o fim que eles realmente deveriam ser usados. Esse está sendo o único bom aprendizado que tive disso tudo. Nós somos especiais, podemos fazer muito mais pela humanidade com o que temos, mas antes estávamos focadas em coisas mesquinhas. Pelo menos agora vamos poder canalizar nossos poderes de formas melhores. Pelo menos esses dois nos ensinaram isso.

Ninguém ousou falar depois do discurso da italiana. Ela estava com a razão em muito do que dizia.

— Só o loirinho aí parece ter superado ele. Conte pra gente, Liam Barnett, como conseguir tal proeza? – debochou Margot, admitindo que também havia sido deixada por Aaron.

— Mas isso é óbvio, não é, magricela? – respondeu Darren. – Porque não é Aaron que ele precisa superar.

Todos perceberam a deixa que o rapaz abria. Aquele era o momento de despedida. O momento em que Emily devolveria o poder daquelas pessoas, e depois elas provavelmente nunca mais se encontrariam.

De repente, dois agentes da Trindade Leprechaun apareceram na sala após se teletransportarem até o local.

Enquanto levavam Stephen MacAuley, o homem a encarou, e Emily se deixou encarar. Seria a última vez que veria aquela face. Não era só de Aaron e das mulheres que se despedia. Queria apagar por completo aquela fase da sua vida.

— Não sei se a atitude que tomou é a certa – disse Florence para a irlandesa enquanto recebia o resto de seu poder de volta. – Mas também acho que nosso amigo não vai mais prejudicar outros Leprechauns. Se um dia precisar de alguém, saiba que pode contar comigo.

Emily se sensibilizou com o discurso dela. Nunca imaginou que acabaria se afeiçoando às mulheres que também tinham se apaixonado pelo grande amor da sua vida.

Mas então lembrou-se de que aquilo já tinha sido possível no passado.

Atrás do grupo, Liam permanecia de braços cruzados, incrédulo ao ver que Emily realmente tinha deixado Aaron escapar.

— Quando quiser sexo novamente, garota, não procure aquele desgraçado, vai lá no meu bordel que te arranjo alguém — disse Demi na despedida.

Emily riu pela primeira vez naquela noite.

Wanda e Margot preferiram não falar nada. De todas, elas eram as que menos simpatizavam com a irlandesa, e se ressentiam porque ela havia estado no centro de todo aquele caos.

Mas havia uma pessoa que odiava mais o fato de Aaron ter focado mais Emily do que as outras mulheres.

— Enfim sós... — disse o rapaz quando Darren fez sinal de que iria embora e a encontraria mais tarde.

Agora estavam apenas ela e Liam no escritório.

Novamente eram apenas os dois.

— Até agora você não quis pegar o seu poder.

Emily ainda não sabia como Liam tinha conseguido segurar MacAuley e socar Aaron sem nenhuma sorte ao seu lado.

— Não preciso dele para me defender — respondeu o rapaz chegando mais próximo a ela.

— Eu fui horrível com você, Liam! Tão horrível quanto ele foi — sussurrou ela, voltando a chorar. Ali estava um homem que dera um amor puro para ela, e que mesmo assim Emily tinha afastado.

— Não quero falar sobre isso — respondeu ele dando outro passo na direção dela. — O que pretende fazer com MacAuley?

A pergunta lhe soou estranha.

— Para mim esse homem não existe mais neste universo.

— Mas ele está ainda dentro de você...

E realmente estava. O interior de Emily começava a se acostumar com tanta mudança de poder. Agora havia apenas o de Liam, o dela e o de MacAuley; contudo, ao contrário de todos os outros, o dele não parecia sossegar dentro dela.

— Não por muito tempo — respondeu a garota sem dar mais explicações.

— E Aaron, vai fingir que ele não existe mais? — perguntou Liam esperançoso, segurando o queixo dela gentilmente.

Desde a ida à sede da Trindade Leprechaun que não ficavam tão próximos.

— Nós dois sabemos que isso é impossível. Mas não significa que vou procurá-lo.

A mão de Liam que segurava o seu queixo travou por alguns segundos. Aquela não era a resposta romântica que ele esperava.

— Nós poderíamos ter sido ótimos juntos, Emily.

— Nós poderíamos...

Então ele a beijou. E ela retribuiu.

O beijo foi ardente, da forma intensa como costumavam fazer. No beijo houve uma troca intensa de energia, e Liam finalmente teve seu poder de volta, o que só foi possível porque, desde que ela pegara as moedas de ouro, ainda não as havia guardado em um final de arco-íris.

Então se afastaram, pois sabiam que, por mais que houvesse amor naquela relação, também havia muita dor. E traição, mágoa, memórias dolorosas. Nunca conseguiriam superar aquilo e ter um amor fácil como o que buscavam.

Um amor que pudesse ser apenas sentido e não remoído.

Aquele era o fim de Liam e Emily.

Assim como tinha sido o de Emily e Aaron.

E também havia sido o último capítulo de Stephen MacAuley, que para sempre se lembraria de que nunca teria um amor fácil, pois desejava o que não lhe era reservado pelo destino.

33

Emily ainda achava besteira eles terem se arrumado tão antes do horário. Teriam horas de estrada até chegarem ao local do casamento. Mas Darren insistira que seria muito mais chique andarem no conversível pelo interior da Irlanda vestidos com a mais alta costura irlandesa. Ele argumentara que ela lhe devia um momento de glamour como aquele.

A garota concordava. Darren merecia aquilo e muito mais.

— Dá para acreditar que aquela desmiolada está se casando? — perguntou Darren para Emily, que finalizava os últimos detalhes de sua maquiagem. — Ela não parava uma semana com um rapaz, agora está dizendo que vai mesmo passar o resto da vida com esse sujeito.

A ruiva riu, relembrando os momentos felizes que tinha passado solteira ao lado dos dois amigos.

— É difícil mesmo imaginar que estamos indo para o casamento de Aoife.

Não achava que estaria viva até aqui, pensou, mas não compartilhou essa ideia com o amigo. Não queria magoá-lo naquele dia especial.

A montanha-russa de acontecimentos que vivera desde a noite em que sentira pela primeira vez a força de seu poder a havia consumido por completo. Desde a festa que deveria ter sido apenas uma celebração a St. Patrick perdera muita coisa.

Não era mais a Emily O'Connell rainha da alta sociedade irlandesa, tampouco continuava o centro das atenções. Daquela parte não sentia saudade.

Só que não tinha mais os queridos pais ao seu lado para guiá-la em suas escolhas. Disso sentia muita falta.

Não tinha mais Aaron na sua vida, mesmo sabendo que em algum lugar do mundo ele também pensava nela. Mas ambos sabiam que aquele amor não era para ser vivido. Tinham mentido e se magoado demais.

Também não tinha mais contato com Liam, mas havia ficado feliz de saber por Darren que o ex-namorado estava apaixonado por um bonito baixista de uma famosa banda indie britânica. De vez em quando, recebia e-mails de Florence. Acabara comprando uma das peças raras que a italiana tinha leiloado para uma grande instituição que ajudava mulheres vítimas de violência doméstica. Também via fotos ousadas de Demi nas redes sociais e se perguntava como não eram barradas pela política de postagem deles.

Emily tinha sofrido e para sempre estaria de luto pelos seus pais, mas procurava viver um dia de cada vez, e resolvera ser uma pessoa melhor no processo.

— Nosso bonitão chegou! Não vejo a hora de irmos para a estrada. Por que mesmo irlandeses gostam de casamentos medievais no meio do nada?

— Desde quando ele virou o "nosso bonitão"? — perguntou Emily rindo.

— Nunca imaginei que ele fosse virar o seu, mas que sempre achei ele um gato é fato! Você que teimava não enxergar.

A jovem se olhou pela última vez no espelho. Fazia tempo que não se sentia bonita, bem e feliz como naquele instante. A normalidade havia feito bem para ela.

Estava feliz porque o casamento de Aoife aconteceria no interior, tinha riscado casamentos na cidade de sua lista de atividades.

— Pode ficar tranquila, senhorita. Está tudo em ordem aqui na casa — disse Eoin ao vê-los descer a escada principal da mansão O'Connell. — Os jardineiros me prometeram que finalizarão o trabalho amanhã. Espero que tenha um bom fim de semana. Quando voltar, essa casa estará como em seus dias de glória.

Aquela era a notícia que esperava desde que voltara a habitar a antiga casa de seus pais.

Por impulso, abraçou o mordomo, que ficou constrangido, mas ao mesmo tempo satisfeito com o gesto dela.

— Nos vemos em alguns dias, Eoin! — respondeu Emily saindo da casa em direção ao conversível vermelho que a esperava.

— Espero que tenha deixado o celular de trabalho em casa, princesa! Neste fim de semana não quero saber nada da sua vida de CEO, entendeu? Agora é um momento para relaxar e curtir seu namorado. Nada de sapatos, bolsas e causas sociais nessa cabecinha.

Emily riu e viu Darren entrar na traseira do carro para se posicionar para uma de suas comentadas fotos.

— Pode deixar, amor! Este fim de semana será todo devotado a vocês! — disse Emily antes de beijar Owen O'Connor, que estava maravilhoso em seu smoking Hugo Boss.

— É bom mesmo você ter me incluído nessa declaração — completou Darren buzinando para que andassem logo.

Os três partiram pela estrada, a caminho do casamento do século. Darren estava empolgado, pois tinha visto fotos do irmão do noivo de Aoife e se apaixonado no segundo seguinte. Emily estava apenas feliz de ter o amigo e o namorado ao seu lado para comemorar a felicidade de uma pessoa que havia sido importante na sua vida.

A recente relação com Owen tinha sido um choque para todos da cidade. Ninguém esperava que o playboy mulherengo fosse se aquietar um dia, mas fazia sentido que ele sossegasse com a sua versão feminina. Desde o seu retorno e a retomada do cargo na empresa, o que mais Emily fazia era chocar a sociedade, mas agora por motivos mais nobres, e não por fotos comprometedoras ou noitadas inesquecíveis.

Enquanto dirigiam, notaram um grande arco-íris pintar o horizonte. Aquilo despertou algo estranho dentro dela. Algo que ela tentara enterrar nos últimos tempos, mas que aquela imagem havia resgatado.

— Nossa! Fazia tempo que eu não via um desses — comentou Owen para os dois.

Darren olhou para Emily abalado, com medo da amiga voltar aos seus tempos de tristeza. Owen não sabia das habilidades dela, e muito menos do que ela realmente era. Emily havia decidido contar apenas se as coisas começassem a tomar rumos mais profundos.

— Amor, você pode dar uma parada perto daquele lago para mim?

Owen estranhou o pedido, mas Emily era uma pessoa que nunca parava de surpreendê-lo. Buscava apenas dançar conforme a música, pois, desde a primeira vez que a vira, sabia que aquela era a mulher para ele.

O rapaz parou o carro e Darren lançou mais um olhar para ela. Emily sorriu para o amigo, mostrando que estava tudo bem.

— Desculpa, pessoal! Só preciso ficar sozinha por um minuto.

A ruiva desceu do carro, não se importando de esfregar a barra do longo vestido no gramado. Ouviu Owen comentar ao fundo que ela parecia uma fada naquele cenário.

Emily andou até uma parte afastada no meio de uma pequena floresta, onde acreditava que o final do arco-íris estava. Sentia aquilo dentro de si.

Humanos não conseguiam encontrar os verdadeiros locais onde terminavam os arco-íris, mas Leprechauns eram destinados a caçar potes de ouro. Naquele momento, Emily sabia que estava em um local sagrado, e finalmente encontrara um lugar para o poder de Stephen MacAuley descansar.

Aquela era a hora.

— Pai, mãe, não sei se estão me ouvindo neste momento, mas sei que estão em algum lugar especial e espero que estejam juntos, sem nenhum peso do que aconteceu aqui – começou a dizer, olhando para uma árvore onde o arco-íris batia. – Sei que não fui a melhor filha do mundo, mas saibam que os amei a cada segundo que estivemos juntos. Toda vez que olho para o anel que me deram, lembro-me dessa jornada estranha que tive desde a partida de vocês, mas vejo que pelo menos segui os ensinamentos que me deram. Hoje completo o ciclo.

A garota beijou o trevo de três folhas formado em seu anel e, ao abrir a mão fechada, viu a moeda dourada com a inscrição "S M" aparecer. Ela encaixou a moeda em uma das fendas da árvore e em seguida a viu florescer magicamente. O alívio que sentia por não ter mais aquele poder dentro de si era indescritível.

Finalmente estava a sós.

Agora era apenas ela com sua sorte.

O ciclo do Espírito Santo acabava, e ela não precisava mais pedir por sorte, pois sabia que tinha a proteção do trevo. Sentia o seu toque de ouro e finalmente o merecia. Era uma pessoa mudada. Era finalmente uma mulher.

Ninguém a impediria de seguir seu caminho.

Voltava a sentir a magia do amor outra vez.

FIM

Impressão e Acabamento:
INTERGRAF IND. GRÁFICA EIRELI.